시골에서
살림 짓는
즐거움

살림노래,
오래된 나를 깨워 새롭게 걷는다

시골에서 살림 짓는 즐거움

글·사진 최종규 — 그림 사름벼리

스토리닷

벼리

여는 말 _ 24

살림을 짓는 길

ㄱ. "뭐? 남자가 무슨 김장이야?" _ 29
'사람으로 사는 사랑' 꿈꾸기

ㄴ. "쟤는 여자로 태어났어야 하는데" _ 32
왜 '여자만' 집일을 배울까?

ㄷ. 라면조차 못 끓이던 아버지 _ 36
반토막 사내 아닌 오롯한 사람 되기

ㄹ. 아이들한테 살림 가르치는 아버지 _ 40
가르치면서 배우는 집안일

ㅁ. 우리는 '아이 성 새로 짓기'를 합니다 _ 44
'어버이 성 안 쓰기'를 하는 마음

ㅂ. 아이들한테 '땅 물려주기' 하려고 _ 49
재산 아닌 살림자리를

ㅅ. 사내도 가시내도 못질 · 톱질 함께 배우는 _ 54
아이들하고 책상 짜기

ㅇ. 메뚜기쌀 _ 58
고흥에서 '제비쌀'을 바라는 마음

ㅈ. 국립공원 마을에 화력발전소 짓지 마셔요 _ 63
돈이 아닌 마을살림을 헤아리는 공무원은 어디에?

ㅊ. 빛나는 꽃송이 _ 68
제대로 자라며 고운 숨결

ㅋ. 사내가 '달거리천' 빨래하면 달라집니다 _ 71
핏기저귀 손빨래 열한 해를 돌아보며

사람이 되는 길

ㄱ. 대학 안 가고 책만 읽어도 됩니다 _ 81
대학 졸업장과 책읽기

ㄴ. 우리는 씨앗을 이렇게 심어요 _ 86
보금자리를 일구는 작은 손길

ㄷ. 흰민들레로 꽃밭을 이룰 꿈 _ 90
재미난 살림짓기를 바라는 길

ㄹ. 찔레무침 한 접시 _ 93
제철을 먹으려는 살림

ㅁ. 담 타고 넘어와 쑥 캐는 마을 할매 _ 96
먹는 쑥, 흙으로 돌아갈 쑥

ㅂ. 어떻게 그 길을 갈 수 있나요 _ 100
뜻 · 꿈 · 사랑을 스스로 짓기

ㅅ. 언제나 즐겁게 하는 일 _ 107
직업과 일 사이에서, 벌교중 푸름이한테 이야기 한 자락

ㅇ. "저 집은 으째 사내가 밥을 짓는감?" _ 112
'밥짓는 사내'가 일구는 평화살림

ㅈ. 1:99 _ 119
고흥 녹동고 푸름이한테 띄우는 글

ㅊ. 아이한테 학교는 마땅하지 않아요 _ 124
아이는 숲에서 놀며 자라야지요

ㅋ. 시골에서 살며 사전을 짓듯 읽고 쓰다 _ 128
백 번 읽을 책인가

책으로 배우는 길

ㄱ. 돼지가 '잡아먹히고 싶지 않다'고 말한다 _ 137
플랜던 농업학교의 돼지

ㄴ. '세계에 딱 하나만 살아남'은 고흥 좀수수치 _ 144
야생 동물은 왜 사라졌을까?

ㄷ. 예방접종은 우리 삶을 어떻게 망가뜨리나 _ 152
예방접종 어떻게 믿습니까

ㄹ. '대규모 문명'은 뭔가 크게 어긋난 모습 아닐까 _ 166
소농, 문명의 뿌리

ㅁ. 가장 비싼 루왁 커피는 '가장 끔찍한' 동물학대 _ 172
사향고양이의 눈물을 마시다

ㅂ. 꿀뿐 아니라 밥을 베풀어 주는 작은 벌 _ 181
사라진 뒤영벌을 찾아서

ㅅ. 항생제와 첨단장비로는 '아픈 데'를 못 고쳐 _ 187
땅이 의사에게 가르쳐 준 것

ㅇ. 아이를 '숲사람'으로 키우는 기쁨 _ 194
농부로 사는 즐거움

ㅈ. 아름다운 숲 _ 204
블루 백

ㅊ. 밥짓기 · 집짓기 · 옷짓기는
사랑짓기 · 삶짓기 · 사람짓기 _ 212
아나스타시아 4 함께 짓기

아이들하고 노래하는 길

ㄱ. 맨발이 아주 좋아 · 비랑 우산 · 손가락 베기 · 놀면서 기쁜 몸짓 · 아이들 전화 · 새벽 설거지 · 선물 줄게 _ 233

ㄴ. 배추된장국이었는데 · 보라가 좋아하는 빛깔이야 · 뚝딱뚝딱 쓱삭쓱삭 · 작은아이 새옷 · 은빛으로 · 빨래를 미루는 재미 _ 238

ㄷ. 왜 우리보다 늦게 자는데 일찍 일어나? · 연뿌리조림을 마친 날 · 삼천오백 원 오른 달걀 한 판 · 볶는 소리 · 따라쟁이 · 낡지 않은 자전거 _ 243

ㄹ. 밥보다 훨씬 좋아 · 아이를 키우는 길 · 사는 보람 · 기다림 · 네 손에는 · 선물이란 _ 247

ㅁ. 모든 아이는 착하다 · 우뚝 · 그림잔치 · 설거지 요정 · 잔소리도 새롭게 · 잔소리를 멈추면 _ 252

ㅂ. 하루 만에 책상 짜기 · 겉절이를 하는 밤 · 한 방울 짜내기 · '안아키'와 '사아키' · 글월 띄우기 _ 257

ㅅ. 어버이한테 팔이란 · 안 위험해요, 즐겁지요 · 작은 놀이벗 · 덜어 놓기 · 숲 _ 262

ㅇ. 하루 네 번 빨래 · 부채를 두 손에 쥐고서 · 겉절이 담그다가 씻기다가 · 손발을 쓴다 · 나들이를 가려고 · 부엌에서 별빛을 줍다 _ 266

ㅈ. 아이들 목소리 · 알타리무를 다듬으면서 · 밥을 짓는 기운 · 언제나 말은 딱히 안 했지만 · 골짜기로 달리는 마음은 _ 271

ㅊ. 우리 집 책순이 · 어울림 · 허리가 결려 못 앉는 · 야무진 마실돌이 · 귀지를 파는 아침 · 맛있게 먹는 아름다움 · 바지를 기우다가 _ 277

닫는 말 _ 282

여는 말

아기 낳아 기르면서 육아책 말고는 볼 겨를이 없더라는 어느 분. 그런데 나는 예전부터 육아책을 곧잘 읽었다. 사람이 살아가는 길에 큰 깨우침과 가르침이 담겼기 때문에, 아이를 낳지 않던 때에도 즐겨 찾으면서 읽었고, 기쁘게 받아들이며 마음에 담았다. (2011.9.11.)

2011년 9월에 쓴 살림노래를 문득 돌아봅니다. 저는 아버지로서 살림노래를 씁니다. '살림노래'란 무엇인가 하면 '육아일기'입니다. 저도 한때 '육아일기'라는 이름을 썼으나, 이제는 '살림노래'라는 이름만 써요. 아이를 넷 낳아서 둘은 바람처럼 나무 곁으로 보냈고, 둘은 제 곁에서 무럭무럭 자랍니다. 이렇게 여러 아이하고 살림을 꾸리는 동안 지켜보니, 아이를 키운다는 어버이는 언제나 아이한테서 보살핌을 받아요. 아이를 가르치는 어버이는 늘 아이한테서 배웁니다. 이런 하루를 한결같이 느끼기에 '육아일기'라는 이름은 저희한테 안 어울린다고 느껴요. 제 나름대로 생각을 기울여서 '살림노래'라는 이름을 새로 지었습니다.

살림을 노래하듯이 짓는 사람이라는 뜻에서 살림노래입니다. 살림노래를 부르는 저도 곁님도 아이들도 모두 '살림님'이자 '살림벗'이라고 생각해요.

《시골에서 살림 짓는 즐거움》은 저희가 시골이라는 보금자리에서 아이들하고 함께 지은 살림노래 가운데 한 자락입니다. 살림노래를 쓰고 책으로 묶으려는 뜻을 밝혀 본다면, 네 사람이 보금자리를 이루어 함께 살림을 짓고 시골에서 살며 한국말사전을 새로 쓰는 일을 하는 동안 배운 이야기를 이웃님하고도 나누고 싶어요. 저희 두 아이는 졸업장 따는 학교를 안 다녀요. 시골 폐교를 빌려서 책숲집(도서관학교이자 사전연구실이나 사진책도서관이자 숲놀이터)을 가꾸는데요, 우리 집 아이들은 제도권학교 아닌 '우리 집 학교'에서 즐겁게 가르치고 함께 배웁니다. 어버이로서 두 아이한테 무엇을 가르치면 아름다울까 하고 생각하며 스스로 날마다 새롭게 배우는 살림입니다. 밥 · 옷 · 집을 손수 지으며 누리고 나누자는 마음으로 밑바닥부터 하나하나 익히려는 사랑을 길어올리려 합니다. 이러한 뜻으로 '아이키우기(육아) · 살림(평등) · 사랑(평화)'을 이야기하고 싶어요. 사람으로 사는 사랑을 이야기하면서 새로운 사람길을 밝혀 보고 싶어요.

아이도 어른도 살가운 동무를 사귈 적에는 나이나 돈이나 얼굴이나 자가용이나 은행계좌나 졸업장은 대수롭지 않아요. 마음이 맞고 어깨를 겯을 수 있을 적에 비로소 동무예요. 살림을 함께 짓는 어버이하고 아이 사이도 새로운 살림길을 걷는 살림동무가 된다고 느껴요.

저희는 시골에서 살림을 짓습니다만, 서울(도시)에서 살림을 짓는 이웃님들은 서울이라는 터전이 앞으로 새로운 숲마을로 거듭나도록 북돋우는 멋지고 신나는 길을 걸어가실 수 있기를 빌어요. 서울도 시골도 모두 아름답게 거듭나서 서로 기쁘게 어깨동무하는 마을, 이른바 '어깨마을'이 될 수 있기를 빕니다. 차근차근 한 걸음을 내딛습니다.

2017년 10월

사전 짓는 책숲집에서

살림을 짓는 길

“뭐? 남자가 무슨 김장이야?”

‘사람으로 사는 사랑’ 꿈꾸기

아직 국민학교라는 이름을 쓰던 무렵입니다. 열 살이던 때라고 떠올라요. 그러니 국민학교 3학년이었겠지요. 저는 인천이라는 고장에서 나고 자랐어요. 시골 아닌 도시이지만, 도시에서도 해마다 가을이면 집집마다 부산했어요. 마을마다 시끌벅적했지요. 김장을 하고 김치독을 묻느라 부산하고 시끌벅적했답니다.

저는 아홉 살 무렵까지는 마냥 뛰어논다는 생각이었지만, 열 살부터는 철이 좀 트였어요. 아홉 살까지는 어머니가 김치를 담그며 부산하실 적에 곁에서 이모저모 거들자는 생각을 거의 못 했다면, 열 살부터는 어머니가 김치를 담그며 여러 날 부산하실 적에 ‘어머니가 이렇게 일하시는데 어떻게 나가서 놀지?’ 하고 생각했어요. 동무들이 불러도 못 나갔지요.

두 마음이 흘렀어요. 하나는 집에서 어머니를 돕자. 둘은 밖에서 동무들하고 놀자. 이때 저는 늘 어머니를 돕자는 마음이 이겼어요. 어머니는 저더러 “안 도와도 돼. 나가서 놀아.” 하셨지만, 제가 나가지 않고 어머니 곁을 맴돌며 "이거 나를까요?"라든지 "이 그릇 설거지해요?" 하고 여쭈면 "응, 그래." 하면서 자잘한 심부름을 맡기셨어요. "저기 소금 좀 여기다 부어."라든지 "물 좀 가져와."라든지, 얼핏 보면 아무것도 아니지만 여러모로 손을 쓰느라 바쁜데다가 손이 고춧가루 양념으로 물들어 다른 것을 만질 수 없는 터라 '아주 작은 손'조차 도움이 되었으리라 느껴요. 이때에 '부지깽이'조차 어떻게 바쁜 일철에 돕는다고 하는가를 몸으로 배웠습니다.

이런 국민학생이던 1980년대 첫무렵을 보내는데, 가을 김장철이면 학급마다 가시내가 꽤 많이 학교를 빠졌어요. 제가 6학년이던 해(1987년)까지도 적잖은 가시내는 김장철에 어머니 일손을 거들어야 하기에 며칠 동안 학교에 못 나왔어요. 그저 가시내이기 때문에 집안일을 거든 셈이지요. 사내 가운데 '어머니 김장 일손을 거들려고 학교를 빠지는 일'이란 없었습니다.

저는 밤 늦게까지, 또 새벽에도, 어머니 곁에서 잔심부름을 하며 김장을 돕는데, 어머니가 하루 내내 혼자서 엄청난 김장을 하셔야 할 모습을 볼 적에 차마 발길이 학교로 안 떨어졌어요. 저더러 얼른 학교로 가라고 내쫓으셨지만, 첫 수업을 하기 앞서까지 버티며 일손을 도우려 했습니다. 안 떨어지는 걸음으로 학교에 가는데 가슴이 얼마나 무겁던지요. 겨우 학교에 가서 걸상에 앉으니, 마침 옆이나 둘레에 빈 자리를 봅니다. 첫 수업을 하며 담임교사가 출석부를 부르는데 열 몇 가시내가 안 왔어요. 학교에 안 온 아이하고 같은 마을에 사는 아이가 말합니다. "선생님, 걔는 오늘 김장 거들어요." "김장 결석인가? 그래." '김장 결석'은 짧으면 사흘, 길면 닷새입니다.

김장을 거드느라 여러 가시내가 빠진 모습을 보며 생각합니다. '저 가시나는 어머니를 도우려고 안 나왔구나(또는 못 나왔구나). 나도 좀 씩씩하게 그냥 남아서 도울걸.' 하고요. 첫 교시를 마친 뒤 담임교사한테 갑니다. 말씀을 여쭙니다.

"선생님." "왜?" "어머니가 김장으로 너무 힘드신데, 집에 가서 김장을 도우면 안 될까요?" "뭐? 남자가 무슨 김장이야? 너 공부하기 싫어서 그런 말 하는 거지!"

담임교사는 출석부로 머리통을 내리칩니다. 출석부로 얻어맞았어도 그리 아프지 않습니다. 되게 세게 맞았지만 아프다는 생각이 안 듭니다. 제 마음은 이때 여러 가지로 불타올랐어요. 차마 담임교사 앞에서 이 말을 터뜨리지는 못했으나, 속으로 이렇게 외쳤어요. '선생님은 김치 안 먹어요? 김치를 먹으면서 김장이 여자만 하는 일이에요?' 하고요.

이 땅 모든 사내한테 물어보고 싶어요. 여보세요, 우리 사내들, 이녁은 김치를 먹나요 안 먹나요? 김치를 먹는다면, 그대는 김치를 담그나요 안 담그나요? 김치를 먹는 그대들은 김치를 담글 줄 아나요 모르나요? 김치를 좋아하는 그대는 소매 걷어붙이고 즐겁게 김치를 담그는가요 안 담그는가요?

“쟤는 여자로 태어났어야 하는데”

왜 ‘여자만’ 집일을 배울까?

만화책《달려라 하니》가 있습니다. 1985년에 나온 만화이고, 1988년에 만화영화로도 나왔어요. 만화책은 이제 찾아보기 매우 어렵지만, 만화영화는 텔레비전에서 곧잘 다시 나오기도 해서, 이 만화가 처음 나오던 1980년대 어린이뿐 아니라 1990년대나 2000년대 어린이도 ‘하니’ 이야기를 알 수 있습니다.

뜬금없는 하니 이야기를 꺼낸다고 여기실 수 있을 텐데, 우리 집 아이들은 2010년대를 살아가지만 이 하니를 압니다. 저한테는《달려라 하니》만화책이 있어요. 꽤 오래된 만화영화이지만, 동영상을 장만할 수 있기도 해요. 아이들하고 만화책을 돌려서 보거나 만화영화를 함께 보곤 합니다. 아이들은 하니 만화에서 이래저래 재미있는 이야기를 많이 찾아내는데, 며칠 앞서 ‘홍두깨 선생님이 옥탑에 있는 하니네 자취방에 찾아가서 김치를 담그는 모습’을 아주 재미있다면서 자꾸 말해요. 홍두깨 선생님이 손이 안 보일 만큼 빠르게 무를 써니까 무가 숭숭숭 썰리면서 하늘을 날아 커다란 통에 담긴다고 말이지요.

부엌에서 무를 썰며 아이들한테 이야기합니다. "자, 보렴, 무를 아주 빨리 썰어도 만화영화처럼 하늘을 날지는 않아. 만화영화는 사람들이 더 재미나고 또렷하게 잘 느껴 보라면서 그렇게 보여준단다. 음, 그런데 생각해 보면, 우리가 그야말로 손이 안 보이도록 무를 썰면 무가 슝슝슝 하늘을 날 수 있을지도 모르겠네."

아이들이 재미있다고 하는 '썰린 무가 하늘을 나는 모습'을 가만히 생각하다가 문득 한 가지를 알아챕니다. 1980년대 첫무렵에 나온 만화책《달려라 하니》에서 홍두깨 선생님은 '사내'이지만 김치를 담글 줄 알 뿐 아니라, 밥이나 국을 매우 잘 합니다. 다른 '하니' 이야기에 나오는 '만화가 홍두깨 아저씨'도 밥솜씨가 얼마나 훌륭한지 몰라요.

1980년대에 '사내가 부엌칼을 쥐는 일'은 으레 손가락질이나 놀림을 받았습니다. 그런 때였어도 만화에서는 '부엌칼을 쥔 사내'를 그렸어요. 이 대목을 좀 곰곰이 생각해 봐야지 싶어요. 홍두깨 선생님이나 홍두깨 만화가는 어머니나 곁님 없이 홀로 살림을 짓습니다. 혼자서 김치도 담가야 할 테고, 밥도 짓고 국도 끓여야 할 테지요. 빨래이며 청소이며 홀로 거뜬히 해내야 할 테고요.

만화에서 '하니'가 가시내 아닌 사내였다면, 하니가 집을 뛰쳐나와 옥탑방에서 혼자 먹고산다고 할 적에 무엇을 했을까요? '가시내 아닌, 사내 하니'는 김치를 담그겠다고 생각할까요?

만화를 보면서 '살림'을 새삼스레 생각합니다. 혼자 제금을 난다고 할 적에는 밥이며 옷이며 집을 스스로 건사합니다. 가시내이건 사내이건 손수 밥을 지어야 합니다. 김치나 반찬도 손수 마련해야 할 테지요. 빨래나 청소도 손수 해야 할 테고요. 우리는 가시내나 사내를 떠나서 옷이랑 집이랑 밥을 건사하는 살림을 누구나 배울 수 있어야지 싶습니다.

저는 집안일을 얼추 열 살 무렵부터 거들었다고 떠올라요. 그무렵부터 뭔가 머리가 굵으면서 이런저런 집안일을 거들었구나 싶어요. 그즈음 마을 이웃 아주머니들은 으레 이런 말씀을 하셨어요.

"종규 너는 어쩜 그렇게 어머니를 잘 돕니. 야무지지. 너는 여자로 태어났어야 하는데." "그러게 말야, 쟤는 여자로 태어났어야 하는데." "여자로 태어나서 일을 도우면 얼마나 잘 도울까." "우리 집 딸은 일을 시키면 얼마나 싫어하는지 몰라." "싫어하기만 하면 좋게. 우리 집 딸은 일도 잘 못해."

김장철에는 한 집에서만 김장을 하지 않고 집집마다 온 살림을 너른 마당에 다 내어놓고 함께 합니다. 그야말로 여기도 저기도 온통 김장 담그는 일로 시끌벅적해요. 어머니 곁에서 어머니 일손도 거들고 이웃 아주머니 일손도 거들다가 이런 말을 들으니 아뭇소리도 할 수 없는데다가 얼굴이 벌게집니다. 얼굴이 너무 화끈거려 그 자리에 그대로 있으며 어머니를 거들지 못하겠어요. 얼른 자리에서 벗어나고 싶어서 마음에도 없는 "이제 좀 놀러갈게요" 하는 말을 짧게 내뱉고는 후다닥 달아납니다.

달음박질을 치며 그 자리를 빠져나옵니다. 그렇다고 동무들이 노는 곳으로 가지 않습니다. 우리 마을을 벗어나서 기찻길로 갑니다. 오래되어 하루에 몇 번 안 지나가는 기찻길이 마을 가까이 있었어요. 그 기찻길을 여러 시간 하염없이 거닐며 '애먼 시간을 때웠'습니다. 이동안 생각에 잠겼어요.

'그래, 내가 가시내로 태어났으면 느긋하게 김장을 거들며, 김치를 어떻게 담그는가를 배울 수 있었겠지. 그런데 사내로 태어나도 김장을 거들며 김치를 어떻게 담그는가를 배우면 되지 않아? 왜 가시내만 김장을 거들고 김치 담그기를 배워야 해? 왜 가시내한테만 김장을 가르쳐야 해? 왜 가시내한테만 집일을 시켜야 해? 왜 사내는 놀기만 하고 집일을 안 배워? 이건 뭔가 잘못이 아니야?'

마을에서나 학교에서나 '평등'이라든지 '남녀평등(또는 여남평등)·성평등' 같은 말은 한 마디도 듣지 못하던 어린 날입니다. 1980년대를 이렇게 보냈어요. 평등이라는 말을 듣지도 보지도 못했으니 알지도 못했습니다만, 가슴에 어떤 싹 하나가 몽실몽실 태어나려고 했어요.

라면조차 못 끓이던 아버지

반토막 사내 아닌 오롯한 사람 되기

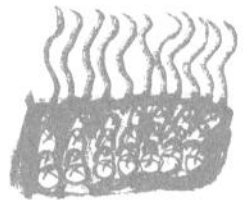

어릴 적에는 마을 아주머니가 저한테 "쟤는 여자로 태어났어야 했는데" 하고 들려주는 말이 '폭력'이 되는 줄 미처 몰랐습니다. 아주머니가 사내 아이한테 들려주던 이런 말은 '사내는 집일이나 살림을 몰라도 되고, 안 배워도 된다'로 읽혀 버릴 수 있어요. 거꾸로 '가시내는 마땅히 집일이나 살림을 알아야 하고, 꼭 배워야 한다'로 읽힐 수 있습니다. 사내는 집에서만 머물러도 집일을 안 해도 된다거나, 가시내는 집 바깥에서 일을 많이 해도 집일까지 도맡아야 한다는 뜻이 될 수 있어요.

가부장 권력은 아저씨(사내)가 윽박지르는 몸짓이나 목소리로만 퍼지지 않아요. 아주머니(가시내) 스스로 뿌리깊이 받아들이면서 물려주는 셈이 되기도 해요. 아저씨는 스스로 생각을 열어서 스스로 집일을 살펴서 함께 할 줄 알아야 하고, 아주머니는 스스로 기운을 내어 사내가 집일을 함께 하도록 이끌 수 있어야지 싶어요.

어린 날을 더듬어 보면, 어머니는 하루 내내 집에서 숱한 집일을 도맡고 집살림을 꾸리셨어요. 어머니는 한 해 내내 집을 비울 수 없었고, 집을 비울 틈이 없었다고 할 만해요. 밥이며 빨래이며 청소이며, 꽃그릇을 건사하고 곁일을 하고 두 아이 숙제를 보아주고, 새벽부터 밤까지 쉴 겨를이 없습니다. 이동안 아버지는 집 바깥에서 돈을 버는 일을 합니다.

아주 드물게 어머니가 한동안 집을 비워야 하는 일이 있곤 합니다. 아침 일찍 나가셔서 밤 늦게 돌아올 수밖에 없는 일이 생깁니다. 아마 어머니네 어머니나 아버지한테 일이 생겨서 서둘러 다녀와야 하는 일이었겠지요. 어떤 일 때문에 바삐 다녀오셔야 했는지는 얘기를 들려주지 않으셔서 모릅니다만, 어느 일요일이었어요. 이날은 아버지가 두 아이 끼니를 챙겨 주어야 했어요.

열세 평짜리 작은 집이건만 아버지는 부엌이 낯섭니다. 이 조그마한 집에서조차 아버지는 부엌으로는 거의 걸음하지 않았어요. 칼이 어디에 있는지 도마는 어디에 있는지, 밥솥은 어디에 있고 쌀은 어디에 있는지 하나도 모르십니다. 수저가 어디에 있는지마저 모르십니다. 저하고 형은 으레 어머니를 곁에서 도왔으니 이것저것 어디에 있는지 알아요. 이것은 여기에 있고 저것은 저기에 있다고 알려 드립니다.

그러나 막상 아버지는 쌀이며 밥솥이며 조리이며 다 찾았어도 어떻게 밥을 지어야 하는가를 모릅니다. 아버지는 끝내 '밥하기는 두 손 들어'요. 밥은 아무래도 못 하겠다고 여긴 아버지는 라면을 끓이기로 합니다. 그러나 라면이 또 어디에 있는지 모르시지요. 형하고 제가 라면이 어디 선반에 있다고 알려줍니다. 냄비는 어디에서 꺼내야 한다고 알려줍니다.

아버지는 라면 자루 뒤쪽에 적힌 '라면 끓이는 법'을 한참 읽습니다. 그러나 한참 읽으시다가 '라면 끓이기도 두 손 들어'요.

"얘들아, 우리 중국집에 시켜서 먹자."

아버지가 밥도 라면도 아닌 중국집에 짜장면을 시켜서 먹자고 들려준 말씀은 썩 반갑지 않았습니다. 쌀도 있고 라면도 있는데, 딱히 시켜서 먹어야 할 일이 없는데 굳이 시켜서 먹어야 하니 내키지 않습니다.

이날 저는 이렇게 생각했어요. '설마 오늘 하루 내내 시켜서 먹어야 하나?'

아버지는 형이나 저한테 '라면을 어떻게 끓이니?' 하고 묻지 않았습니다. 형하고 저는 라면을 퍽 잘 끓였어요. 어머니가 집에 안 계셔도 형이나 저는 스스로 라면을 끓여서 먹어요. 더구나 형도 저도 압력밥솥으로 밥을 할 줄 알아요. 이무렵 형은 국민학교 6학년이었고, 저는 국민학교 3학년이었습니다. 1984년에 국민학교 6학년이나 3학년이라는 나이는 '압력밥솥으로 밥하기'를 실과 수업에서도 배우지만, 집에서도 늘 어머니 곁에서 심부름을 하면서 물을 맞추고 불을 살피며 줄여서 끈 뒤에 뜸을 들이고 나서 김을 빼어 뚜껑을 여는 일까지 하나하나 할 줄 알기 마련입니다. 압력밥솥을 설거지를 할 적에는 꽤 힘들었지만 어떻게 부시고 어떻게 말려야 하는가도 알았어요.

1984년에 마흔 언저리였던 우리 아버지는 밥도 라면도 할 줄 몰랐습니다. 부엌 살림이 어떻게 있는지 모르시니 설거지도 할 줄 몰랐습니다. 그 뒤 서른 몇 해가 지난 오늘날 우리 아버지는 라면은 끓일 줄 아시는지 알쏭달쏭합니다. 몇 해 앞서 슬쩍 여쭌 적이 있는데, "라면은 끓일 줄 알지." 하고 말씀하셨으나 왠지 미덥지 않았어요. 어쩌면 이제는 끓일 줄 아실 수 있을 테고, 아직 라면을 못 끓이실는지 모릅니다.

라면도 못 끓이느냐고 따질 수 있지만, 어쩌면 라면 끓이기란 '쉬운 듯하면서 안 쉬울' 수 있어요. 해 보지 않는다면, 라면 자루 뒤쪽에 적힌 '끓이는 법'대로 따라하기가 너무 어려울 뿐 아니라, 무슨 소리인지 도무지 못 알아들을 수 있습니다.

집 바깥자리에서 큰 이름을 드날린다고 하더라도 집 안자리에서 살림을 거느리지 못할 적에는 반토막이 된다고 느끼며 자랐습니다. 우리 아버지가 밥하기도 배우시고 김치 담그기도 배우시면 좋겠다는 마음은 있으나, 그보다 저 스스로 이런 안살림을 차근차근 잘 익혀서 해 보고 나서 말씀을 여쭙자는 마음입니다. 우리 아버지도 언젠가 온몸으로 '이제라도 배우자'고 생각하시겠지요. 저는 오늘 우리 아이들한테 먼저 밥살림을 즐겁게 물려주려고 합니다. 함께 짓고 함께 먹으려고요. 함께 살피고 함께 가꾸려고요.

아이들한테 살림 가르치는 아버지

가르치면서 배우는 집안일

골이 띵해서 자리에 누워 허리를 폅니다. 부산하게 아침을 차려서 먹이고, 설거지를 하고, 밥상을 치우고, 부엌을 쓸고, 빨래를 해서 널고, 물병을 내놓아 햇볕을 쪼인 뒤에 들여놓고, 이것저것 갈무리를 하고 나서 '이제 되었나?' 싶으면 바야흐로 골이 띵합니다.

저는 어릴 적에 토요일하고 일요일, 또 방학 때면 어머니가 하루 내내 쉬지 않고 일하는 모습을 늘 지켜보았습니다. 어머니는 형하고 저랑 밥상맡에 함께 둘러앉는 일이 거의 없습니다. 두 아이 밥상을 차려 준 뒤에 다른 일을 하느라 언제나 바쁩니다. 어머니로서는 이 일이나 저 살림을 마무리짓지 않고서는 도무지 수저를 들 수 없는 마음이었지 싶어요.

어릴 적 그무렵에서 서른 몇 해가 지난 오늘날 가만히 생각합니다. 어릴 적에는 우리 어머니가 함께 밥상맡에 둘러앉지 못하던 모습이나 몸짓을 헤아릴 길이 없었어요. 함께 밥상맡에 둘러앉아서 이야기를 나누며 느긋하게 먹고 나서 함께 부엌일도 하고 집안일도 하면 될 텐데 싶었어요.

일손이 익숙한 살림지기로서는 남한테 일을 맡기기가 오히려 어렵기도 합니다. 손에 익은 대로 혼자 해치울 적에 한결 빠르다고 느낄 만해요. 이것을 이 아이한테 시키고, 저것을 저 사람한테 맡기자면 오히려 손이 더 간다고 여길 만해요. 때로는 이 일을 저렇게 하느라 뒤치다꺼리를 해야 하고, 저 일을 이렇게 해 놓고 가 버린 탓에 되레 일거리가 늘기도 하지요.

고단하거나 골이 띵할 적에 일손을 멈추고 생각해 봅니다. 왜 굳이 고단하도록 일을 하거나 골이 띵하도록 일손을 못 놓을까요? 왜 이 집일을 아이들한테 차근차근 재미나게 보여주거나 알려주거나 물려주지 못할까요? '빨리 해치우'거나 '얼른 끝내야'만 하는 까닭이 있을까요?

아이들이 하나씩 차근차근 배우면서 살림을 짓는 길을 익히면, 살림지기로서도 한결 수월할 뿐 아니라, 집일은 '고단하게 떠맡는 일거리'가 아닌 줄 스스로 새롭게 배울 만하지 않을까요?

거의 모든 어머니는 집안일을 짐이나 멍에로 떠안습니다. 사회가 이렇게 내몰아요. 그러나 이 집안일을 즐겁게 고이 받아들여서 알차게 일구는 어머니가 많아요. 아무리 사회가 가시내를 고단한 길로 내몰아도 슬기롭고 씩씩하며 사랑스레 집안을 돌보는 분이 많습니다.

어머니 아닌 아버지 자리에서 곰곰이 생각해 봅니다. 사내들이

'사회가 내몰아 모든 집안일을 홀로 떠맡아야 한다'고 할 적에는 어떤 모습이 될까요? 우리 사내들은 가시내처럼 슬기롭고 씩씩하며 사랑스레 집안을 돌보는 몸짓이 될 수 있을까요? 부드럽고 상냥하며 따스한 손길로 집살림을 건사하는 아름다운 살림지기가 될 수 있는 사내는 얼마나 있을까요?

마루나 방이나 마당에서 노는 아이들을 부릅니다.

"배고프니?" "음, 안 배고픈 듯한데?" "그러면, 밥 차려 놓으면 안 먹을 생각이니?" "음, 먹, 을, 까?"

어째 배고픈지 안 배고픈지도 모르랴 싶지만, 이때에 우리 아이들이 아닌 '제가 어릴 적'에 어떠했는가를 떠올리면 됩니다. 저도 어릴 적에 우리 어머니가 "얘들아, 밥 먹어라." 하고 부르면 '글쎄, 아직 배가 안 고픈 듯한데?' 하고 생각했어요. 노는 데에 온마음을 쏟으면 놀기에 바쁘기에 배고픈 줄 잊어요. 그림을 그리거나 책을 읽는다면, 이때에는 그림이나 책에 사로잡혀서 배가 고픈 줄 잊지요.

살림을 맡은 어머니로서는 '아이들이 언제 밥을 먹었는가'를 살펴서 '배가 고플 때에' 밥을 지어서 차립니다. 아이들은 이 대목을 거의 못 헤아리기 마련이로구나 싶어요.

오늘 이곳에서 새롭게 집안을 가꾸고 살림을 꾸리며 사랑을 길어올리자는 생각을 하면서 '배움'을 되새기려 합니다. 두 아이가 저희 힘이나 몸이나 손길에 걸맞게 차근차근 익힐 수 있는 살림을 보여주면서 가르쳐 보려 합니다. 함께 밥을 짓고, 함께 밥을 먹으며, 함께 밥상을 치우고, 함께 입가심을 하다가, 함께 해바라기를 하면서 쉬고, 다시 함께 기운을 내어 우리 보금자리를 일구는 길을 걸어 보려 합니다.

"마당에서 솔(부추)을 뽑아 줄래?" "마당에서 파를 끊어 줄래?" "마당에서 돌나물을 함께 훑을까?" "밥에 넣을 모시잎을 따 줄래?" "지짐이로 할 만큼 소쿠리에 쑥을 뜯을 수 있을까?"

아이들한테 하나하나 맡겨 봅니다.

"자, 작은 도마를 꺼내고 작은 칼을 꺼내 보세요. 한 사람씩 오이를 썰어 봐요." "누나가 오이를 썰면 동생은 토마토를 썰어 봐." "스스로 먹을 만큼 주걱으로 밥을 푸세요." "어머니 수저를 누가 챙겨 줄까?" "밥상을 펴면 행주로 잘 닦아 주세요."

끼니마다 날마다 똑같은 말을 되풀이해야 할 수 있습니다. 어쩌면 이러한 말을 몇 해 동안 날마다 해야 할 수 있습니다. 아이들은 날마다 끼니마다 으레 한 가지씩 거들면서 시나브로 어른이 되어 가지 싶어요. 우리 어른은 아이들한테 언제나 고운 마음으로 차분히 이야기를 들려주고 일손을 이끌어 심부름을 맡기면서 한결 무르익는 어른으로 우뚝 설 만하지 싶어요. 나이만 어른이 아닌 마음으로 아름다운 어른으로 거듭난다고 할까요. 아이들이 배울 '한살림(함께 가는 하나 될 살림)'은 어른들도 함께 배울 '사랑살림'이라고 생각합니다.

우리는 '아이 성 새로 짓기'를 합니다

'어버이 성 안 쓰기'를 하는 마음

어릴 적에 동무들은 흔히 저한테 "야, 넌 어떻게 그런 생각을 다 하니? 넌 참 다르다, 달라!" 하고 얘기했습니다. 요즈막에 이웃들은 으레 저한테 "최종규 씨는 어떻게 그런 생각을 다 해요? 참 다르네요." 하고 얘기합니다.

어릴 적에 동무들한테는 "거참, 너는 왜 안 다르니? 너하고 다른 동무는 안 다르니? 너하고 나는 안 다르니? 우리는 모두 달라. 다 다르니까 다를 뿐이야. 여기에 너하고 똑같은 사람이 어디 있니? 너도 참 달라." 하고 대꾸했어요. 요즈막에 이웃들한테는 "우리는 모두 다른 사람이에요. 우리는 서로 다르지 않으면 살 수 없어요. 숨조차 쉴 수 없어요. 풀밭에 자라는 풀도 다 같은 풀이 아니라 다 다른 풀이에요. 얼핏 보기에 비슷해 보이지만, 풀밭에 납작 엎드려서 바라보면 다 다르게 생겼고 크기도 달라요. 모든 사람은 다 다르기 때문에 다 다르게 아름다워요." 하고 대꾸합니다.

저는 어릴 적에 저한테 붙은 성인 '최'를 좋아했습니다. 이러면서도 왜 저한테는 '차'라는 성이 안 붙나 하고 고개를 갸우뚱했어요. 제 성인 '최'는 우리 아버지 성입니다. 저한테 안 붙은 '차'는 우리 어머니 성입니다.

어릴 적에도 어딘가 아리송했어요. 아니 왜 '아버지 성'만 써야 하나 싶더군요. 나는 '최'도 '차'도 함께 쓰고 싶었습니다. 이때가 1980년대 첫무렵입니다.

1980년대 첫무렵에 '어버이 성'을 함께 쓰자고 생각한 분이 있었는지 잘 모르겠습니다. 아마 있었으리라 생각합니다. 그때 저는 어린이였으니 둘레에 이런 생각을 하는 분이 있으리라고는 생각하지 못했으나, 틀림없이 있으리라 믿었어요. 다만 동무들한테 이런 말을 하면 하나같이 벙뜬 얼굴로 "야, 그게 말이 되니? 어떻게 두 가지 성을 다 써?" 하고 대꾸하더군요.

어릴 적에 처음에는 아버지 성도 어머니 성도 함께 쓰고 싶었습니다. 이렇게 생각하던 어느 날 한 가지를 깨달아요. 우리 어머니 성은 '우리 어머니를 낳은 아버지한테서 받은 성'입니다. 그러니까 '우리 어머니를 낳은 어머니'는 '우리 어머니를 낳은 아버지'하고 성이 달라요.

이 대목을 깨달으면서 머리가 어지럽습니다. 아아, 이건 뭐야? 그러면 어머니를 낳은 어머니를 낳은 어머니는? 또 자꾸자꾸 거슬러 올라가는 숱한 어머니들은? 할머니들은?

2008년에 우리 집 첫 아이가 태어날 때까지 이러한 생각이 머리에서 어지럽게 춤추었습니다. 그리고 이 어지러운 생각을 곁님이 아주 손쉽게, 참으로 슬기롭게, 더할 나위 없이 상냥하게, 여기에 매우 곱게 실마리를 풀어 주었어요. 2008년에 태어날 우리 첫 아이를 맞이하기 앞서 곁님은 "여보, 우리 아이한테는 성을 새로 지어 주면 어때요?" "응? 성을 새로 지어 주자고? 안 돼. 법으로는 그렇게 안 되어." "법으로 안 된다고요? 무슨 법이 그래? 성 하나를 새로 지어서 쓸 수 없다고? 한국에서 사람들이 성을 쓴 역사가 얼마나 된다고 성을 새로 못 지어?"

곁님이 마지막으로 물은 말에 저로서는 차마 대꾸할 수 없었습니다. 이 대목을 이제껏 생각해 보지 못했어요. 제 머리는 '현행 법 틀'만 헤아렸을 뿐, '현행 법이 슬기롭지 못한 틀'을 헤아리지 못했습니다. 이른바 '악법도 법이다'라는 생각에 멈춘 제 모습이었어요.

곁님은 곰곰이 생각하더니 새로운 생각을 들려줍니다. "그럼 이렇게 하기로 해요. 아이들 성을 새로 짓기는 하되, 법(주민등록)으로 등록할 때에는 그 법대로 하기로. 다만 우리 집에서는 법으로 등록한 성을 안 쓰고 우리가 지은 성을 쓰기로 해요."

저는 이 말을 듣고 곁님을 꼬옥 안았습니다. 법이 어떠하든 우리는 '법이 없이 즐거우며 아름답고 사랑스레 사는 길을 걸으면 되는 살림'이라는 대목을 깨달았어요. 아이 성은 주민등록에서는 '아버지 성'으로 올리되(곁님은 굳이 '어머니 성'으로 하지는 말자고 했습니다), 우리 집에서는 언제나 '우리 두 사람, 곧 아이 어버이인 우리가 지은 새로운 성'을 쓰기로 합니다.

사름벼리
산들보라

2008년에 이어 2011년에 둘째 아이가 찾아옵니다. 둘째 아이한테는 둘째 아이한테 알맞을 새로운 성하고 이름을 생각하여 사랑으로 지어 줍니다. 둘째 아이도 첫째 아이하고 똑같아요. 법으로는 '아버지 성'을 올립니다만, 집에서는 언제나 '어버이로서 아이한테 사랑으로 지어 준 성'만 쓰지요.

사름(성) + 벼리(이름)
산들(성) + 보라(이름)

저희는 '어버이 성 안 쓰기(부모 성 안 쓰기)'를 합니다. 아이들한테는 아이들한테 걸맞을 새로운 성하고 이름을 하나하나 지어서 주기로 합니다. 저희는 아이들한테 '가부장 흐름에 따라 이어주거나 이어받는 성'이 아니라 '아이들이 앞으로 스스로 새롭게 가꾸며 펼칠 꿈이 스며드는 성'을 주기로 합니다.

다시금 따져 본다면, 저희가 하는 일은 '아이 성 새로 쓰기'입니다 '아이 성 새로 짓기'이기도 해요.

아이들이 나중에 스무 살이 되면, 아이들 나름대로 어버이가 지어 준 성이나 이름이 아닌, 저희 깜냥껏 새로운 성이나 이름을 슬기롭게 지어서 쓸 수 있어요. 아이들은 '최 사름벼리'나 '전 산들보라' 처럼 이름을 쓸 수도 있겠지요. 아이들 마음이니까요.

아이들한테 어버이로서 이름을 지어서 물려준다고 할 적에는 '지나온 길(옛 역사)'을 이어받기를 바라는 뜻이 아닙니다. 아이들은 '새로운 길(아이 스스로 지을 역사)'를 스스로 찾아서 스스로 펼치고 스스로 이루기를 바라는 뜻입니다.

평등하게 아버지 어머니 성을 '함께 쓰기'를 하는 일도 나쁘지 않다고 생각해요. 여기에서 하나를 더 생각해 본다면, '어버이 성 함께 쓰기'는 나중에 아이들이 커서 새로운 짝꿍을 만날 적에 몹시 골치가 아플 만합니다. 아이들 성은 하루하루 자꾸자꾸 길어지면서 어지러워질 테니까요. 아버지나 어머니 가운데 어느 쪽 성을 앞에 쓰느냐를 놓고도 골치가 아플 테고요.

사내도 가시내도 아닌, 사내나 가시내를 넘어선, 오롯이 서는 사랑이라는 사람으로서, 우리 아이들이 즐거운 살림을 물려받기를 바랍니다. 사내랑 가시내라는 성별을 모두 가슴으로 품으며, 우리는 모두 그저 아름다운 사람이라는 마음으로, 다 같이 홀가분한 숨결로 씩씩하게 서기를 바라요.

아이들한테 '땅 물려주기' 하려고

재산 아닌 살림자리를

어릴 적 저희 집안은 퍽 가난했어요. 저희 집안뿐 아니라 이웃 집안도 하나같이 가난했어요. 함께 뛰노는 동무네 집도 나란히 가난했어요. 그렇지만 저는 저희나 이웃이나 동무가 '가난하다'고는 여기지 않았어요. 그때에는 '가난'이 무엇인지 몰랐어요. 밥상에 반찬이 한두 가지만 있더라도 '반찬 가짓수가 적어'서 서운하다고 느낀 적이 없어요. '고기 반찬'을 어쩌다 한 번 먹어도 그러려니 하고 여길 뿐 아니라, 이런 날은 잔칫날이겠거니 하고 여겼습니다.

도시에서 살림을 꾸린 우리 아버지 어머니는 '두 분 소유 집'을 이루기까지 꽤 오래 걸렸습니다. 늘 다른 사람 집을 빌려서 달삯을 치르는 살림이었어요. 이런 살림을 오래도록 보고 자라는 동안 '우리 아버지 어머니한테서 뭔가를 물려받는다'는 생각은 아예 해 보지 않았어요. 앞으로 제금을 날 적에 하나부터 열까지 스스로 장만해야겠구나 하는 생각만 들었어요.

스무 살부터 어버이 집에서 나와 따로 살았어요. 모든 일과 살림을 스스로 해내면서 한 살 두 살을 먹었습니다. 집안일이나 집살림이란 무엇인가는 스무 살부터 비로소 몸으로 깨달았고, 두 손에 '살림 굳은살'이 생기면서 삶을 바라보는 마음이 거듭났다고 느껴요. 다만 서른 언저리까지는 '즐겁게 살림하자'는 생각은 했되 '아이하고 어우러지는 살림'은 생각하지 못했어요. 서른 한복판을 지나면서 '우리 집 아이'를 맞아들이고서야 비로소 '어른이 아이하고 짓는 살림'을 처음으로 생각했어요.

그런데 제가 아이하고 처음 가꾸던 살림집도 우리 어버이 살림집처럼 '달삯을 치르는 곳'이었지요. '우리 집'이기는 하되 '우리가 가꾸어 물려줄 수 있는 집'이 아니었어요. 도시에서 살 적에는 웬만해서는 달삯살림을 벗어나기 어려워요. 더욱이 도시에서 '우리 소유 집'을 얻는다고 해도, 도시는 재개발이 너무 잦아서 '어버이로서 아이한테 우리 삶과 이야기가 깃든 보금자리'를 물려줄 수 없는 얼거리로구나 하고 느끼곤 했습니다.

저나 곁님은 우리 아이들한테 '재산'을 물려줄 마음이 터럭만큼도 없습니다. 저희 두 사람은 우리 아이들이 '재산'이 아니라 '살림자리'를 물려받을 수 있기를 바라는 마음이에요.

얼핏 보자면 '집'은 부동산이라고 하는 재산입니다. 깊이 살피자면 '집'은 두 어버이가 사랑으로 살림을 하면서 삶을 노래하는 보금자리입니다.

아이들이 물려받을 만한 터전이라면 바로 '보금자리'이지 싶어요. 또는 '살림자리'이지요. 또는 '사랑자리'요, 또는 '삶자리'이고, '이야기자리'라고 생각합니다.

저희가 도시를 떠나서 시골에 깃들 적에 장만한 살림집은 2011년에 '바가지를 써서' 1000만 원 돈을 치렀습니다. 97평에 1000만 원을 치렀지요. 측량을 처음으로 하고, 등기도 처음으로 하느라 치른 세금까지 더해서 1000만 원을 치렀어요. 이 집에 깃들고서 한두 해쯤 뒤에 이웃 할아버님이 넌지시 말씀해 주시더군요. 저희 집쯤이라면 300만 원이 알맞은 값(매매가)이었다고요.

이 말씀을 듣고 고개를 끄덕거렸어요. "그렇군요. 그래도 괜찮아요. 저희는 두고두고 살아가면서 기쁨으로 지을 살림집을 얻었으니까요."

나중에 우리 집 아이들이 무럭무럭 자라서 저희한테 '집을 물려받는다'고 하더라도 이 시골마을 작은 집은 '돈'이 될 만할 수 없으리라 느낍니다. 아마 그러하겠지요? 저희 스스로도 돈이 되기를 바라는 마음이 없고요. 그러면 저희는 왜 이 집을 보금자리 · 살림자리 · 사랑자리 · 삶자리로 가꾸어서 아이들한테 물려주고 싶은가를 이야기해 보겠습니다. 저희는 '보금자리 · 사랑자리' 같은 이름 그대로 이 터전(집)이 스스로 삶을 짓는 슬기롭고 즐거운 한마당이 되기를 바라요. 어버이 두 사람이 온 슬기와 땀방울을 들여서 알뜰살뜰 가꾸어 아이들이 새롭게 꿈을 지피는 바탕이 될 수 있기를 바랍니다.

'우리 집 나무'가 무럭무럭 자라서 열매와 그늘과 바람과 노래를 베풀어 줄 수 있는 보금자리를 바랍니다. '우리 집 흙'이 숲흙처럼 까무잡잡하고 구수한 내음으로 싱그러워서, 무엇을 심어 키우든 알차고 넉넉하게 얻을 수 있는 살림자리를 바랍니다. 평화롭고 사랑스레 살림을 짓는 동안, 이 평화로움과 사랑스러움을 아이들이 스스로 누리고 이웃하고 나눌 수 있는 사랑자리를 바라요. 아이들이 손수 가꾸고 짓고 짜고 엮고 건사하면서 '작은 하나부터 자급자족하는' 하루를 새로 배우는 삶자리가 되기를 바랍니다. 벌나비랑 멧새랑 개구리가 살가이 어우러질 수 있는 숲자리가 되기를 바라요.

저희가 아이들한테 물려주려고 하는 땅은 그냥 땅이 아닌 '숲 보금자리'나 '보금자리 숲'입니다. 숲이 될 보금자리, 또는 보금자리가 될 숲을 아이들이 물려받을 수 있기를 바라면서 차근차근 가꾸지요. 저희는 '숲 보금자리'나 '보금자리 숲'을 '숲집'이나 '집숲'이라는 이름으로 줄여서 말해요. 어버이요 어른인 두 사람으로서 '숲집 · 집숲'을 먼저 가꿉니다. 우리 아이들이 앞으로 이 '숲집 · 집숲'을 더욱 사랑스레 가꾸고 돌보면서 먼먼 뒷날까지 새로운 아이들이 꾸준히 물려받기를 꿈꾸지요. 200년이고 500년이고 1000년이고, 싱그러운 '마을숲집'으로 퍼지기를 바라요.

도시에서 사는 이웃님도 재산 아닌 집을 가꾸실 수 있으면 좋겠어요. 아파트나 빌라라는 곳은 어쩔 수 없이 자꾸 재개발을 해야 하잖아요? 도시에 사는 이웃님 스스로 꿈을 키워서 아파트나 빌라 아닌 '마당 있는 집'을 어여쁜 보금자리로 맞아들여서 이러한 보금자리를 아이들이 물려받아 더 싱그러이 일굴 만한 '숲집'으로 돌보신다면 참으로 아름다우리라 생각해요.

우리는 '임시 거주지'나 '적은 돈으로 얻을 거주지'가 아닌, '적어도 200년은 건사하면서 아이들한테 물려줄 만한 보금자리'를 누려야지 싶어요.

사내도 가시내도 못질 · 톱질 함께 배우는

아이들하고 책상 짜기

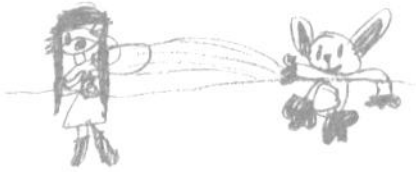

제가 어릴 적에 간호원(아직 '간호사'라는 이름을 쓰기 앞서입니다)이 되려는 꿈을 품은 동무가 있습니다. 이 동무는 제 꿈을 선뜻 밝히지 못했습니다. 사내라면 마땅히 '의사'가 되어야지, 간호원이 뭐냐고, 가시내나 하는 일을 사내가 하려 한다고 아주 쉽게 놀림이나 손가락질을 받았어요.

제가 스무 살이 될 무렵(1994년) 제 동무 하나는 중장비 면허를 땄어요. 중장비를 다루는 면허야 따는 사람이 제법 있으니 놀랄 만하지 않을 수 있으나, 이 중장비 면허를 딴 동무는 가시내입니다. 으레 사내만 따던 중장비 면허를 가시내가 땄고, 이 동무는 면허로만이 아닌 '중장비 기사'로 몸소 일하고 싶어 했어요. 그렇지만 제 동무는 기사로 일하지 못했습니다. 사내 아닌 가시내한테는 '기계를 맡길 수 없다'고 한다면서 몹시 슬퍼했어요.

2010년대를 가로지르는 오늘날에는 택시나 버스나 중장비까지,

굳이 사내만 운전대를 쥐지 않습니다. 가시내도 얼마든지 택시나 버스나 중장비 운전대를 손에 쥡니다. 이와 달리 1980년대를 돌아보면 그무렵에는 자가용 운전대조차 가시내가 쥐기 매우 힘들었어요. 적잖은 사내는 '자동차를 모는 가시내'를 보면 일부러 놀리거나 괴롭히기 일쑤였고, 때로는 거친 말을 마구 퍼붓기까지 했습니다.

더 생각해 보니 고작 서른 해쯤 앞서만 해도 가시내가 손에 망치를 쥐고 못을 박는 일도 말리던 흐름이 있었어요. 가시내가 부엌칼이나 빨래방망이가 아닌 웬 망치나 못을 쥐느냐면서 나무라곤 했어요. 무겁거나 큰 짐을 나를 적에도 으레 이런 일은 사내'만' 해야 한다는 듯이 여겼지요.

이러다 보니 가시내는 형광등 하나 갈 줄 모르도록 내모는 흐름이었어요. 대수롭지도 않은 일에까지 남녀를 뚜렷하게 가르면서, 사내도 가시내도 서로 반쪽짜리 사람이 되도록 하는 흐름이었다고 느낍니다.

두 아이를 건사하는 우리 집 살림을 짓는 동안 곁님하고 저는 두 아이하고 함께 나아갈 길을 날마다 새롭게 되새깁니다. 어느 일이건 하루 빨리 척척 해치우기보다는 서로 이야기하고 거들고 나누면서 한 걸음씩 나아가려고 해요.

아이들은 어버이한테 배우면서 '아이한테 더 쉽고 부드러이 가르치는 길'을 어버이가 스스로 배우도록 돕습니다. 어버이는 아이들을 가르치면서 '어버이답게 더 따스하고 넉넉한 마음으로 가르치는 살림'을 새롭게 배워요. 배우는 사람이 저절로 가르치고, 가르치는 사람이 저절로 배우지요.

널을 엮은 평상을 맨 처음에는 돈을 주고 장만했어요. 어느덧 열 해가 된 지난 일입니다. 이제는 우리가 쓸 평상을 우리 손으로 짭니다. 평상을 하나 짜고 보니, 새로 짜고 더 짜다 보니, 나무질이 시나브로 손에 익어요. 이러는 사이에 아이들은 어버이 곁에 붙어서 톱질을 구경하고 못질을 구경합니다. 사포질이라든지 옻질을 구경하지요. 하나하나 구경하는 동안 아이들도 저희 깜냥껏 톱이나 망치나 사포나 붓을 손에 쥐어 봅니다.

아버지가 일을 할 적에는 저희도 어렵잖이 해낼 만하리라 여기지만, 막상 아이들이 저희 손에 톱이나 망치나 사포나 붓을 쥐어 보면, 저희 생각대로 하나도 안 됩니다. 아이들 아귀힘으로는 톱으로 나무토막 하나 켜기가 대단히 어렵습니다. 못 하나 박자면 한나절이 걸릴 만해요.

아이들은 하나부터 열까지 어깨너머로 지켜보면서 천천히 생각합니다. 아이들은 처음부터 끝까지 곁에서 작은 심부름을 하면서 '작은 손길로 함께 짓는 살림'이란 무엇인가 하고 새롭게 헤아립니다.

다만 아이들은 심부름을 하며 지켜보다가 다른 놀이를 하러 자리를 떠나지요. 도움이로 아버지 곁에 있다가도 꽃삽을 쥐고서 흙을 파거나 나무를 타고 오르며 놀고 싶어요.

아직 톱이나 망치를 쥘 힘은 안 되어도 꽃삽을 쥘 힘이 됩니다.

나무줄기를 붙잡고 높이 올라갈 힘이 되어요. 살뜰히 일을 거들며 눈썰미를 키웁니다. 신나게 놀이를 즐기며 몸에 새로운 힘을 붙입니다.

사내도 가시내도 톱질 못질 옻질을 함께 배웁니다. 가시내도 사내도 부엌일 집안일 살림살이를 모두 배웁니다. 누구보다 어버이 스스로 보금자리를 가꾸는 길을 스스로 익히고 살피려 합니다. 스스로 지어서 스스로 누리는 삶을 걸어가는 동안, 아이들은 스스럼없이 무언가 하나를 바라보면서 배울 만하리라 느껴요.

서로 돕고 같이 누립니다. 함께 힘을 모으고 나란히 어깨동무를 합니다. 아이들하고 책상을 짜면서 우리 삶은 우리가 스스로 바꾼다고 깨달아요. 서른 해 앞서나 스무 해 앞서까지만 해도 우리 사회에서 안 받아들이려고 했던 모습을, 오늘 우리가 우리 보금자리에서 하나하나 새롭게 지어서 아이들한테 물려주자고 생각해요.

지난 스무 해나 서른 해 사이에 거듭난 모습이 있으면, 오늘부터 스무 해나 서른 해 뒤에는 더욱 거듭나고 한결 눈부시게 아름답도록 깨어나는 이야기가 있기를 비는 마음입니다. 못을 박고 나무를 켜며 아이들한테 말합니다. "아버지가 왜 이 일을 하는지 아니?" "음. 몰라." "평화." "평화?" "응, 평화롭게 살려고. 평화롭게 우리 스스로 짓고, 평화롭게 우리 스스로 누리고, 평화롭게 우리부터 바꾸는 삶이 되려고." "그렇구나."

메뚜기쌀

고흥에서 '제비쌀'을 바라는 마음

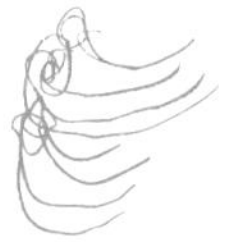

1960년대를 휩쓴 독재정권 새마을운동은 이 나라 시골마을에 몇 가지 큰 발자국이자 생채기이자 앙금이자 응어리이자 수렁이자 굴레를 남겼습니다. 첫째, 슬레이트지붕과 시멘트논둑. 둘째, 농약농사와 비닐농사. 셋째, 시골을 버리고 도시로 떠나기. 넷째, 시골숲과 시골들과 시골마을 가로지르는 고속도로와 기찻길 내며 외치는 경제발전.

2010년대가 되어도 독재정권 새마을운동 깃발은 사라지지 않습니다. 오히려 요즈음 들어 더 힘차게 펄럭입니다. 슬레이트지붕은 하나둘 철거하며 특수폐기물로 다룬다 하는데, 시멘트논둑에 이어 시멘트도랑이 생기고, 시멘트고샅이 되고 말았어요. 마당도 온통 시멘트마당으로 바뀌었지요. 농약농사는 줄어들 낌새가 안 보이고, 비닐농사는 아예 '커다란 비닐집 짓는 유기농'까지 생기는 흐름입니다. 거름은 똥오줌으로 대더라도 햇볕과 바람과 빗물을 먹지 못하는 유기농은 얼마나 유기농답다고 할 수 있을까 궁금해요. 오늘날 시골 초·중·고등학교 교과서와 학제를 살피면, 하나같이 '도시사람 되기 교육'이고, '도시로 가서 일자리 찾으라는 수업'일 뿐이기도 해요. 곰곰이 살펴보면 좋겠어요. 시골마을에 움튼 '농사꾼 가르치는 대학교'가 있는가요.

새끼꼬기, 씨뿌리기, 낫질, 낫갈기, 모시실뽑기, 베틀밟기, 물레잣기, 바느질, 지게질, 꼴베기, 두엄섞기. 볏짚엮기, 지붕잇기, 방아찧기, 절구찧기, 장작패기, 불때기, 나무하기, 나물캐기 같은 시골일을 가르칠 만한 대학교 학과라든지 교수라든지 교과서는 아직 하나도 없습니다. 그리고 지구자원 바닥난다는 소리가 높지만, 새 자동차를 만드는 일은 끊이지 않고, 새 찻길을 닦는 일도 거침이 없어요. 언제까지 이렇게 시골을 망가뜨리거나 무너뜨리거나 괴롭히면서 도시문명 사회가 버틸 수 있을까요.

도시사람은 알까 모르겠는데, '친환경농약'을 뿌려서 멸구나 나방을 잡는다 할 적에는 잠자리도 거미도 나비도 벌도 모조리 죽습니다. 벌레 잡는 '친환경농약'은 모든 벌레를 잡아요. 그리고 멸구나 나방은 '친환경농약'에 차츰 길들면서 더 센 농약을 주지 않으면 잘 안 잡힙니다. 이와 달리 잠자리나 거미나 나비나 벌은 '화학농약'에도 '친환경농약'에도 길들지 않아요. 그저 죽어요. 게아재비도 물방개도 미꾸라지도 그저 다 죽습니다. 개구리도 도룡뇽도 가재도 개똥벌레도 싸그리 죽고요.

고속철도를 놓는다며 천성산에 굴을 뚫으면 도룡뇽이 죽을 뿐 아니라 삶터를 빼앗기니 이 공사를 막을 수밖에 없다며 맞선 지율스님은 '도룡뇽 소송'을 했어요. '도룡뇽을 생각하며 밥굶기 싸움'까지 했지요. 이때에 아주 많은 사람들은 '고작 도룡뇽 때문에?' 하면서 비아냥거렸습니다. 도룡뇽 때문에 고속철도를 못 놓으면 경제손해가 어마어마하다고 외쳤습니다.

도시사람은 아무 쌀이나 그냥 사다 먹기 일쑤이지만, 혼인을 해서 아이를 낳았는데 아이 몸에 아토피가 생길라치면 이때부터 아무 쌀이나 함부로 사다 먹이지 않아요. 아무 소시지도 함부로 사다 먹이지 않으며, 아무 과자나 빵을 함부로 사다 먹이지 않습니다. 아이가 아토피 걸려 벅벅 긁으며 피가 나는데 '가게에서 파는 여느 과자'를 사다 먹이는 어머니나 아버지가 있을까요? 아토피에 걸려 얼굴에 벌겋게 우둘투둘 일어서는데 이 아이한테 '가게에서 파는 여느 케익'을 생일선물이라며 사다 주는 이모나 삼촌이 있을까요?

온 나라에 '화학농약' 농사가 널리 퍼진 어느 때부터 '오리쌀'이 나옵니다. 오리농법으로 지은 쌀이라는 뜻입니다. 여기에 언제부터인가 '메뚜기쌀'이 나와요. 설마 메뚜기농법이 있겠느냐만, 메뚜기가 죽지 않고 펄떡펄떡 뛸 만큼 깨끗하며 푸르다는 뜻을 내세우는 셈이에요. 또 어느 시골에서는 '개구리쌀'이 나오기도 합니다.

우리 식구 살아가는 전남 고흥쯤 된다면, 아마 한국에서 '제비'가 가장 많이 날아다니며 집짓고 살아가는 데라 할 수 있는데, 아직 전남 고흥에서는 '제비쌀'이나 '제비마을쌀' 같은 이름을 쓰지 않습니다. 아니, 이런 이름을 선불리 못 쓸 테지요. 해마다 봄이 되면 수천 수만 마리에 이르는 제비가 전남 고흥으로 찾아들지만, 이 제비들은 가을이 되어 다시 태평양 너른 바다를 가로질러 중국 강남으로 가기 앞서까지 꽤 많이 숨을 거두고 말아요. '친환경농약'은 멀구뿐 아니라 잠자리와 나비까지 모조리 죽이는데, 항공방제 헬리콥터가 뿌린 '친환경농약'을 뒤집어쓰거나 마신 잠자리나 나비를 잡아먹은 제비는 뱃속이 뒤틀리다가 숨을 거둡니다.

이러니, 어찌 '제비쌀' 같은 이름을 섣불리 쓰겠는가요. 마을마다 멸구 때문에 한창 농약을 치고 항공방제를 하는 요즈음, 고흥뿐 아니라 보성도 장흥도 강진도 영암도 해남도 거창도 상주도 문경도 양양도, 제비들이 온통 숨막히고 배아파 죽을 노릇입니다.

'메뚜기쌀' 이름을 붙인 시골에서는 참말 메뚜기가 펄떡펄떡 뛰놀까요? 메뚜기 곁에 사마귀도 있을까요? 사마귀 옆에 방아깨비도 있을까요? 방아깨비 둘레에 풀무치나 개똥벌레나 땅강아지나 길앞잡이나 소금쟁이도 있을까요?

한 마디 덧붙이자면, '친환경농약'을 뿌려서 멸구나 나방을 잡는다 할 적에는, 매미도 나란히 죽습니다. 저는 아이들을 자전거에 태워 이웃 여러 마을을 두루 돌아다니면서, 고샅이나 길바닥에 농약 맞고 죽은 온갖 풀벌레를 봅니다. 자동차에 치여 죽는 잠자리와 나비와 사마귀와 메뚜기와 개구리와 매미도 많지만, '친환경농약'이건 '화학농약'이건 온갖 농약을 뒤집어쓰며 죽는 잠자리와 나비와 사마귀와 메뚜기와 개구리와 매미도 아주 많아요.

차에 치여 죽은 작은 새도 곧잘 만나기에, 자전거를 세워 살며시 손에 들어 풀숲에 놓아 주곤 합니다. 이러면 샛자전거에 앉은 큰아이가 아버지한테 묻습니다.

"아버지, 저 새, 꽃으로 다시 태어나?"

"응, 다음 삶에서는 아름다운 들꽃으로 태어나서 환하게 웃으리라 생각해."

"그래? 새야, 작은 새야, 다음에 꽃으로 예쁘게 태어나? 그러면 내가 같이 놀아 줄게!"

민주정권은 언제쯤 마주할 수 있을까요. 민주와 평화와 통일을 바라는 농사와 행정과 교육과 문화는 언제쯤 이 나라에서 숨통을 틀 수 있을까요. 우리 집 처마에 깃을 들인 '지난해에 새로 깨어난 제비' 다섯 마리는 '지난가을 중국 강남으로 잘 갔다가 올봄에 씩씩하게 돌아왔는'데, 이 제비 다섯 마리는 봄에만 보았습니다. 여름으로 접어들어 마을마다 농약을 뿌릴 즈음 되고부터는 두 번 다시 보지 못했습니다.

국립공원 마을에 화력발전소 짓지 마셔요

돈이 아닌 마을살림을 헤아리는 공무원은 어디에?

왜 자꾸 시골에 화력발전소를 지으려 할까요? 왜 자꾸 시골에 원자력발전소를 세우려 할까요? 시골에서 살아가는 네 식구 아버지로서 곰곰이 생각해 봅니다. 참말 시골에 어마어마하게 커다란 발전소를 지어야 하는 까닭이 무엇인가 하고 깊디깊이 헤아려 봅니다.

아무래도 시골은 땅값이 쌀 테지요. 아무래도 시골은 반대하는 목소리가 낮겠지요. 아무래도 시골에 발전소 짓겠다 하면 서울이나 큰도시에 있는 언론사에서 취재를 나오는 일도 드물겠지요.

시골사람이 전기를 많이 써서 시골에 발전소를 짓는 일이란 없습니다. 우리 식구도 시골에서 살아가지만, 우리 집이나 이웃 어르신들은 전기를 얼마 안 씁니다. 오늘날 한국에서 시골사람은 무척 적기도 한 만큼, 우리 식구 살아가는 전남 고흥에서는 햇볕힘으로 고흥군 전기를 모두 댈 만큼 얻을 수 있어요. 전남 고흥은 굳이 화력발전소이든 원자력발전소이든 덧없습니다. 햇볕힘 얻는 전지판을 길이나 집집마다 지붕에 붙이면 됩니다.

포스코건설에서 전남 고흥이라는 데에 2020년까지 화력발전소를 짓겠다고 했습니다. 포스코건설은 처음에는 포항시에서 화력발전소를 지으려다가 주민 반대에 계획을 접었다고 하는데(2011년), 전남 고흥에 7조 원을 들여 화력발전소를 짓는다고 했지요(2012년). 전남 해남에는 다른 건설회사에서 이 또한 7조 원을 들여 화력발전소를 지으려 한답니다.

고흥도 해남도 전기가 모자라서 이곳에 발전소를 짓지 않습니다. 아무래도 전라남도 큰도시에서 쓸 전기가 모자라다고 여길 테고, 어쩌면, 부산이나 서울에서 쓸 전기를 이곳에서 뽑아내자고 여기는지 모릅니다.

가만히 보면, 서울이나 인천이나 부산이나 대구나 광주나 대전이나 울산이나, 이곳 큰도시 사람들은 먹을거리를 스스로 짓지 않습니다. 서울 초 · 중 · 고등학교 급식이나 대학교 구내식당 먹을거리는 '서울에서 흙을 일구어 얻은 곡식이나 푸성귀나 고기'로 마련하지 않습니다. 모두 '서울 아닌 시골'에서 흙을 일구어 얻은 곡식이나 푸성귀나 고기로 마련합니다. 서울에서 아파트를 짓거나 길을 닦을 때에, 모래나 흙이나 자갈은 어디에서 가져올까요. 서울에서 얻을까요, 시골에서 가져올까요.

지구환경이 크게 무너진다고 하면서, 쿠바에 있는 생태도시 아바나를 눈여겨본다고들 합니다. 쿠바 아바나가 얼마나 생태도시다운가는 제가 아바나를 찾아가지 못했으니 모릅니다만, 생태도시라 할 때에는 100% 자급자족을 하지 못하더라도 웬만큼 자급자족을 한다는 뜻입니다. 아바나에서 살아가는 사람들이 먹는 밥을 아바나에서 살아가는 사람들 스스로 텃밭을 일구어 얻는다는 뜻입니다.

시골자락 전남 고흥에서 살아가는 네 식구 아버지로서 생각합니다. 저는 우리 식구들 깃든 전남 고흥이 아름다운 시골마을로 이어가기를 바랍니다. 7조 원을 들여 화력발전소를 짓는다 할 때에, '특별지원 가산금'이 '건설비 5/1000에다가 세수입이랑 초기건설비 15/1000'라 합니다. 건설회사에서 내놓은 자료에 '3525억 원이 고흥군에 주어지'며 '고용창출 연인원 432만 명'이라고 밝힌다는데, 이 어마어마한 돈과 이 어마어마한 고용창출을 놓치면 안 된다고 말하는 분들이 있습니다.

문득 무척 궁금해요. 화력발전소를 짓는다면서 왜 3525억 원이나 고흥군에 주는가요? 화력발전소가 얼마나 '좋은(?)' 시설이기에 3525억 원을 거저로 고흥군에 준다고 하나요? 고용창출 432만 명이라면, 발전소를 짓는 막일꾼 고용창출이 432만 명이나 된다는 뜻인가요? 고흥군 사람들은 거의 모두 흙을 일구거나 고기를 잡으며 살아가는데, 고작 7만 명이 될락 말락 하는 작은 군 모든 사람들이 몽땅 막일꾼으로 일하더라도 432만 명은 턱도 없는데, 1만 명 고용창출도 아닌 432만 명 고용창출이 된다 한들 무엇이 어떻게 발돋움할는지 궁금합니다.

전남 고흥군에 짓는다는 화력발전소는 '나로도 우주센터' 곁이요, 이곳 봉래면은 '다도해 해상국립공원'입니다. 이제 와 생각하면, 나로도 우주센터부터 국립공원에 짓지 말았어야 하는 일이지만 짓고야 말았습니다. 고흥군 봉래면 바닷가가 국립공원이라 한다면, 군과 정부는 이곳 국립공원을 어떻게 돌보고 어떻게 지켜야 걸맞을까를 제대로 생각해야 합니다. 화력발전소를 지어 3525억을 거머쥐면, 이 돈으로 시골숲 터전이나 보금자리를 지키는 데에 쓸 마음인가 궁금합니다.

아무래도, 해가 갈수록 전기가 모자라기에 발전소를 더 지어야 한다고 말하는 듯싶습니다. 통계자료를 보면 이렇게 걱정할 만합니다. 그러면, 왜 전기가 모자란지를 생각해야겠어요. 우리는 전기를 왜 이토록 많이 써야 하나요. 발전소를 더 지으려고 애쓰기보다, 전기를 덜 쓰고 석유를 덜 쓰는 길을 찾아야 하지 않나요. 자가용을 줄이거나 자가용하고 헤어져야 하지 않나요. 자꾸자꾸 도시로 몰려들어 돈만 더 벌어들이는 삶길이 아니라, 우리 사랑스러운 식구들 먹을거리부터 우리 손으로 땀흘려 일구는 착한 삶길을 찾아야 하지 않나요.

화력발전소를 짓는다는 7조 원은 7조 원으로 그치지 않습니다. 화력발전소에서 땔 석탄값을 생각해야 합니다. 화력발전소에서 나올 매연과 쓰레기를 생각해야 합니다. 화력발전소를 짓는 중장비와 짐차가 내뿜을 배기가스를 생각해야 합니다. 화력발전소로 석탄을 실어나를 배가 오가며 바다에 흘릴 석유와 매연을 생각해야 합니다.

화력발전소가 한 번 서면 7조 원으로 그치지 않습니다. 전기를 얻는다며 들여야 하는 돈과 뒷치레가 너무나 큽니다. 7조 원이면 햇볕힘 얻는 전지판을 몇 개쯤 붙일 수 있을까요. 앞으로 화력발전소에 들일 자원값에다가 환경피해분담금을 햇볕힘 얻는 전지판을 집집마다 붙이는 쪽으로 쓴다면, 이 나라 대한민국은 얼마나 깨끗하며 환하게 빛나는 삶터로 거듭날까요. 고흥군이 눈먼 3525억 원이 아니라, 공장도 고속도로도 골프장도 기차역도 없이 정갈한 삶터로 이어가도록 더 힘쓴다면, 지구별 사람들은 쿠바 아바나만 생태도시로 바라보지 않고, 전남 고흥 또한 아름다운 생태마을로 여겨 숱한 사람들 발길이 찾아들어 저절로 지역살림을 발돋움할 수 있지 않을까요.

돈에 홀리지 않으면 좋겠어요. 돈에 파묻히지 않으면 좋겠어요. 돈을 바라보며 우리 보금자리를 망가뜨리지 않으면 좋겠어요.

사랑스레 살아갈 터전을 사랑스레 보살피면 좋겠어요. 사람은 종이돈이든 쇠돈이든 우걱우걱 씹어먹을 수 없고, 국을 끓여 먹지도 못해요. 사람은 맑고 기름진 흙에 씨앗을 심어 얻은 열매와 푸성귀와 곡식을 먹을 뿐이에요. 맑고 기름진 흙을 화력발전소로 더럽히고, 맑고 파란 바다를 화력발전소 매연과 쓰레기로 더럽힌다면, 우리 아이들뿐 아니라 우리 어른들부터 무엇을 먹을 수 있을까요. 한국에서 아직 깨끗한 삶터에 끔찍한 화력발전소와 원자력발전소를 끝없이 지은 다음, 깨끗하다 하는 머나먼 나라에서 거둔 곡식과 열매와 푸성귀를 값싸게 사들여서 돈을 치러 사먹어야 하나요.

고흥군수님은 핵발전소하고 화력발전소에다가 폐기물발전소까지 끌어들이려 애쓰셨으나, 시골 군민이 반대해서 이 세 가지를 모두 막아냈습니다. 부디 이런 막삽질이 다시는 안 일어나기를 빕니다.

빛나는 꽃송이

제대로 자라며 고운 숨결

새벽에 내린 이슬이 아직 걷히지 않은 아침나절, 아이하고 논둑길을 걷는데, 아이가 "비가 내려서 바지가 젖네." 하고 말합니다. 아이한테 "비는 안 왔어. 이 물방울은 이슬이야." 하고 대꾸합니다. 아이는 "이슬이야?" 하고 되묻습니다.

문득 발걸음 멈춥니다. 이슬방울 알알이 맺힌 들풀을 들여다봅니다. 권정생 할아버지가 쓴 동화 〈하느님의 눈물〉에 나오는 토끼가 떠오릅니다. 〈하느님의 눈물〉에 나오는 토끼는 풀잎을 뜯어먹으려 하다가 풀잎이 바르르 떠는 모습을 보고는 너무 슬프고 스스로 괴로운 나머지 밥을 먹지 못합니다. 그만 굶습니다. 눈물을 뚝뚝 흘리며 하느님더러 왜 토끼 저는 이슬을 먹고 바람을 마시며 살아가도록 만들지 않았느냐고 하소연을 합니다. 풀잎 하나 건드릴 수 없다고, 아프고 슬프다 하는 토끼 하소연을 듣던 하느님도 토끼마냥 그저 눈물을 흘립니다.

목숨을 먹는 일은 목숨을 빼앗는 일입니다. 목숨을 먹는 일은 두 목숨이 서로 하나되는 일입니다. 무엇을 먹느냐는 어떻게 살아가느냐 하고 얽힙니다. 이웃을 한껏 사랑하고 지구별을 깊이 생각하는 사람이라면, 밥차림과 밥먹기가 아주 다를밖에 없습니다.

목숨을 먹는 일은 내 몸과 하나될 좋은 님을 받아들이는 일입니다. 고기로 삼으려고 집짐승을 기르며 모질게 굴거나 값싼 사료와 항생제로 살점을 키운다면, 이렇게 키운 고기가 내 몸을 얼마나 살찌우거나 좋게 하겠습니까.

더없이 마땅한데, 풀을 먹는 사람이라면 풀에 풀약이나 비료나 항생제를 칠 수 없습니다. 풀약과 비료와 항생제가 고스란히 내 몸 속에 들어오잖아요. 고기를 먹는 사람도 이와 마찬가지가 되어야 옳지 않을까요. 너른 들판에서 너른 햇살과 바람과 비를 먹으며 자라나는 풀이 더 맛나고 싱그러우며 좋은 밥이 되듯, 너른 들판에서 풀을 뜯고 마음껏 달리며 햇살이랑 바람을 누리는 짐승을 잡아 고기로 마련해야 비로소 '고기를 먹어도 내 몸을 살리는 고기'가 되리라 느껴요.

값싸게 먹는 밥은 내 몸을 값싸게 내동댕이칩니다. 더 적은 돈으로 끼니만 얼추 때우면 그만이 될까요. 그러면, 내 품값도 더 값싸게 쳐도 될까요. 나를 일꾼으로 부리는 사람이 내 품값을 값싸게 후려쳐도 좋을까요.

값싸게 장만해서 읽는 책은 내 마음을 살찌우지 못합니다. 내 마음을 살찌우려고 읽는 책은 값싸게 장만하는 책이 될 수 없습니다. 제값을 알맞게 치러 장만하는 책이어야 하고, 제값을 알맞게 치러 마련한 책꽂이에 즐겁게 꽂아야 합니다.

새벽에 내린 이슬에 젖은 풀꽃을 아이랑 나란히 바라봅니다. 집으로 돌아와 우리 집 풀도감 꽃도감을 뒤지지만, 이 꽃이름을 알아내지 못합니다. 풀도감 꽃도감을 뒤져 '자운영' 한 가지를 새로 압니다. 이슬 머금은 하얀 꽃송이 이름은 알아내지 못했지만, 옆에 나란히 자라는 옅은보라 꽃송이 이름은 알아냅니다. 자운영은 이름을 알고 나서 더 즐겁게 풀잎을 뜯어서 먹습니다. 아직 봉우리 터뜨리지 않은 줄기를 꺾어 냠냠 씹어 보기도 합니다. 풀잎을 뜯고 몽우리를 따면서 스스럼없습니다. 내 몸으로 스며들어 또다른 내 모습이 될 풀이요 꽃이며 목숨이거든요.

빛나는 꽃송이를 바라보며 빛나는 내 눈길이 되도록 합니다. 빛나는 풀잎과 몽우리를 고맙게 먹으며 빛나는 내 몸과 마음이 되도록 합니다.

나 스스로 빛나는 생각을 품을 때에 빛나는 내 삶이 될 테지요. 나 스스로 곁님이랑 아이하고 빛나는 이야기를 나눌 때에 빛나는 내 살림을 꾸릴 테지요.

사랑을 들려주기에 사랑이 자랍니다. 사랑을 속삭이기에 사랑이 피어납니다. 사랑을 꿈꾸기에 삶이 아름답습니다.

사내가 '달거리천' 빨래하면 달라집니다

핏기저귀 손빨래 열한 해를 돌아보며

우리는 손이나 낯이나 발을 닦는 천을 한 번만 쓰고 버리지 않습니다. 부엌에서 개수대를 훔치거나 밥상을 닦는 행주를 한 번만 쓰고 버리지 않아요. 속옷을 한 번만 입고 버린다든지, 보자기를 한 번만 쓰고 버리지 않아요. 그러나 한 번만 쓰고 버리는 살림이 있으니, 이 가운데 하나는 아기 기저귀와 가시내 달거리대입니다.

이 나라뿐 아니라 다른 모든 나라를 통틀어서, 아기 기저귀하고 가시내 달거리대를 한 번만 쓰고 버린 물질문명은 얼마나 되었을까요? 아기 기저귀하고 가시내 달거리대를 한 번만 쓰고 버리기에 놀랍거나 새롭거나 멋진 물질문명일 수 있을까요?

저희 집은 두 아이를 천기저귀를 대며 살림을 가꾸었습니다. 아이한테 천기저귀를 대려면 으레 '그 많은 빨래를 어떻게?' 하고 생각할 분이 많으리라 봅니다. 그런데 저는 이 물음이 달갑지 않아요. 아이를 낳아서 돌볼 적에는 어버이가 얼마나 많은 품을 들여야 하느냐 하는 대목이 아니라, 아이가 무엇을 반기거나 좋아하느냐를 헤아려야지 싶어요. 아이 몸에 알맞거나 좋은 길을 헤아려야 한다고 느낍니다.

아기는 종이기저귀를 좋아할까요? 오줌을 몇 번이고 누더라도 축축해지지 않는다는 화학종이 기저귀를 아기가 참말로 좋아할까요?

까만 전구가 있습니다. 영어로 블랙 라이트라 하는데, 방을 어둡게 하고서 까만 전구를 켜면 우리가 쓰는 종이나 천에 깃든 형광물질이 또렷하게 드러납니다. 이를 일찌감치 안 분이라면 종이 한 장을 쓰더라도 아무 종이를 쓰지 않아요. 옷을 입을 적에도 아무 천으로 지은 옷을 함부로 입지 않지요.

저희는 두 아이한테 쓸 천기저귀를 처음 마련하려고 하면서 몹시 어려운 담을 넘어야 했습니다. 2008년에 태어난 큰아이하고 2011년에 태어난 작은아이한테 쓸 천기저귀를 찾아보면서 '형광물질이 없는 천기저귀'는 거의 만날 길이 없었거든요. 천기저귀를 지어서 파는 회사에서는 100퍼센트 면이라고 하는 대목을 밝히지만, 정작 면만 썼는지, 면을 잇는 바느질 마감에 형광물질이 있는 실을 썼는지 제대로 밝히는 곳은 없어요. 더욱이 100퍼센트 면이라고 해도 형광물질이 깃든 면이 꽤 많아요. 기저귀뿐 아니라 손천이나 이불이나 담요 모두 이와 마찬가지이고요.

오래된 포대기라든지, 마을 할머니가 손자한테 쓰고 싶어서 옛날에 미리 마련해 놓은 기저귀천은 형광물질이 없더군요. 저희는 이런 포대기나 기저귀천을 매우 고맙게 얻을 수 있어서 두 아이가 똥오줌을 떼기까지 즐겁게 천기저귀를 쓸 수 있었어요.

기저귀 빨래를 놓고 살짝 적어 본다면, 가시내인 큰아이는 세이레가 되기까지 하루에 쉰두 장에 이르는 기저귀 빨래를 내놓았습니다. 저희는 천기저귀를 모두 마흔 장 마련했으니, 날마다 모든 천기저귀를 한 번 넘게 빨아야 했어요. 머스마인 작은아이는 누나하고 다르게 세이레가 되기까지 서른 장 남짓 내놓았어요. 가시내하고 머스마는 이렇게 다르네 하고 새삼스레 느끼고 배웠는데, 작은아이는 내놓는 기저귀 빨래가 적은 듯해도 한꺼번에 많이 누느라 막상 이불 빨래를 훨씬 자주 해야 했으니, 가시내이든 머스마이든 빨래에 드는 품은 같았습니다.

아이를 돌보며 천기저귀를 쓰자면 가벼이 마실을 하는 길에도 천기저귀를 잔뜩 챙겨야 하고, 배냇저고리에다가 옷가지도 나란히 챙겨야 해요. 그야말로 짐이 한가득이었는데요, 이렇게 살림을 하면서 벅차거나 힘들다는 생각보다 '천기저귀하고 중성세제로 빨래한 옷'을 누리는 아이가 좋아하는 방긋웃음에 언제나 즐겁게 짐을 짊어지고 손빨래를 했어요.

그리고 곁님 핏기저귀 빨래를 함께 했지요. 아기가 태어나면 아기 어머니는 며칠 동안 핏물을 꾸준히 잔뜩 내놓습니다. 아기한테 천기저귀를 대려면 아기한테뿐 아니라 아기 어머니가 쓸 핏기저귀를 함께 갖추어야 해요. 이 대목은 아기를 낳고 돌보면서 처음으로 배웠습니다. 아기가 젖을 떼면 곁님은 바로 달거리를 하니, 이때부터 집안 빨래는 아기 똥오줌 기저귀하고 곁님 핏기저귀를 나누어서 빨래하느라 하루가 참 길었어요. 쉴새없이 빨래하고 널고 말리고 개고, 장마철이나 겨울철에는 제대로 안 마르니 기저귀천을 하나하나 다림질을 하느라 밤을 잊었지요.

저희 집 큰아이는 2017년에 열 살입니다. 머잖아 큰아이는 가시내로서 달거리를 맞이합니다. 큰아이는 종알종알 말을 잘 하고 스스로 옷을 꿰어 입을 무렵, 집에서 기저귀랑 옷이랑 이불이랑 빨래를 해서 널고 말리고 개는 아버지 곁에서 함께 기저귀도 개고 옷도 개면서 살림놀이를 했어요. 그리고 아버지가 어머니 핏기저귀를 삶아서 빨래하고는 마당에 널 적에 일손을 거들지요. 이러면서 저절로 사람살이와 사랑살이를 배워요. 아기를 낳는 몸이란 무엇이고, 아기를 품는 몸이란 무엇이며, 이 몸이 다달이 어떻게 움직이는가를 배웁니다.

저희는 천기저귀를 쓰기도 하지만, 빨래를 할 적에 화학세제를 안 씁니다. 화학비누도 안 쓰고 화학치약도 안 써요. 어른에 앞서 아이들이 먼저 화학세제 냄새를 잘 느낍니다. 몸이 좋아하는 냄새를 살피는 아이로 자라고, 스스로 몸을 아끼는 살림을 받아들이는 하루라고 할 수 있어요. 그러니 가시내인 큰아이는 '큰아이 몫 달거리천'을 두겠지요. 큰아이는 제 달거리천을 앞으로 손수 빨래하는 길을 배우리라 생각합니다. 처음에는 아버지가 어머니 핏기저귀와 함께 빨래하는 모습을 지켜보면서 배울 테고, 나중에는 스스로 삶아서 헹구어 내다 너는 몸짓이 되겠지요. 그리고 이러한 옷살림은 큰

아이만 맡을 몫이 아니라고 느껴요. 작은아이도 한집안 사람으로 살아가기에, 작은아이도 어느 만큼 철이 들어 손놀림이 야무지게 거듭나면, 어머니나 누나 핏기저귀를 삶는 일을 때때로 함께 할 수 있으리라 생각해요.

아이는 배우면서 자라기도 하지만, 살림을 거들거나 손수 맡아 보면서 자라기도 합니다. 아이는 누구나 처음에는 어버이가 씻겨 주는데요, 나중에는 아이가 스스로 씻어요. 몸을 스스로 씻듯이 옷도 스스로 빨래하고 널고 말리고 개며 건사하는, 이러다가 구멍난 데는 스스로 기우고, 뜨개질을 익혀서 제 옷을 스스로 짓는 길을 나아갈 적에 튼튼하며 아름다운 어른으로 자란다고 생각합니다.

이러한 살림짓기는 가시내(어머니) 혼자 맡아서 이끌거나 가르칠 수 없어요. 반드시 머스마(아버지)가 함께 맡아서 함께 이끌고 함께 가르쳐야 한다고 느낍니다. 그리고 아기를 낳아 돌보는 가시내(어머니)는 오래 쉬고 느긋하게 몸을 돌보아야 하니 머스마(아버지) 자리에 선 이라면 오래도록 집안일이며 집살림을 도맡을 줄 알아야지 싶어요. 아들이 태어나건 딸이 태어나건 아이들은 한집안에서 머스마 자리에 있는 아버지가 이러한 살림과 일을 도맡는 모습을 지켜보면서 무언가 깊고 넓게 배울 수 있으면 좋겠다고 생각해요.

우리는 누구나 밥을 먹고 누구나 옷을 입어요. 누구나 잠을 자고 누구나 하루를 짓습니다. 가시내도 머스마도 손수 밥을 지어서 차릴 수 있어야 한다고 봅니다. 가시내도 머스마도 손수 옷을 건사하는 살림을 할 줄 알아야 한다고 봅니다.

달거리천은 달거리천에서 그치지 않는다고 느껴요. 말썽이 많은 '화학종이 생리대'가 도마에 오르기도 하는데, 우리는 왜 언제부터 이런 화학종이 생리대를 한 번만 쓰고 버리는 삶을 보내는지 이제부터 다시금 되짚어야지 싶습니다. 이러한 삶은 가시내뿐 아니라 머스마가 함께 되짚을 뿐 아니라, 함께 살림을 짓고 서로 사랑하는 길로 생각을 북돋아야지 싶어요.

더 좋은 화학종이 생리대를 더 값싸게 사서 쓸 수 있으면 좋을까요? 더 좋다고 하는 화학종이 생리대이든 값싼 화학종이 생리대이든, 이런 화학종이 생리대를 한 번만 쓰고 버릴 적에는 어디로 갈까요? 아기한테 쓰는 종이기저귀도 한 번 쓰고 나서 버리면 어디에 묻힐까요?

천으로 지은 수건이나 행주나 옷은 두고두고 입습니다. 천으로 지은 기저귀도 두고두고 쓰지요. 아기가 쓰던 기저귀는 나중에 달거리천 구실을 합니다. 아기가 쓰던 기저귀는 잘 삶고 빨아서 행주로 삼을 수 있고, 무나 배추를 감싸서 냉장고에 두는 좋은 보자기 구실을 하기도 해요. 이렇게 잘 쓰다가 해질 대로 해진 기저귀천은 흙으로 돌아가지요.

화학약품을 섞은 생리대를 만드는 회사가 한 번만 쓰고 버리는 이런 화학제품을 이제 멈추고서, 앞으로는 땅에서 푸르게 자란 풀에서 얻은 실로 정갈하면서 좋은 달거리천을 지을 수 있기를 빕니다. 이런 길로 달라질 수 있으면, 시골에서 흙살림을 하는 분들도 더욱 좋을 테고, 우리 터전은 훨씬 나아질 수 있습니다.

제가 열한 해째 곁님 핏기저귀를 삶고 헹구면서 살아온 바탕에는 이런 뜻이 있어요. 비록 저 한 사람 몸짓이라 하더라도, 작은 한 사람 몸짓으로 살림을 조금씩 가꿀 수 있다고 생각해요. 그리고 우리 집 두 아이는 어버이한테서 손으로 가꾸거나 지어서 흙을 보듬는 살림을 물려받을 수 있을 테고요.

시골에서도 서울에서도 기저귀 빨래가 따사로운 볕을 받고 싱그러운 바람을 쐬면서 눈부시게 춤추는 모습을 그려 봅니다. 집집마다 빨랫줄을 걸고서 즐겁고 아름답게 옷살림을 다스리는 새로운 모습을 그려 봅니다.

사람이 되는 길

대학 안 가고 책만 읽어도 됩니다

대학 졸업장과 책읽기

책을 좋아하는 사람이라면 '대학 안 가고' 책읽기를 하면 된다고 생각합니다. 그림을 좋아하는 사람이라면 '대학 안 가고' 그림그리기를 하면 된다고 생각합니다. 춤을 좋아하는 사람이라면 '대학 안 가고' 춤추기를 하면 된다고 생각합니다. 노래를 좋아하는 사람이라면 '대학 안 가고' 노래하기를 하면 된다고 생각합니다.

굳이 대학교 '졸업장'을 따야 하지 않아요. 졸업장을 거머쥐고는 이 종잇조각으로 돈을 더 잘 버는 자리를 찾아야 하지 않아요. 돈을 잘 버는 자리를 찾으려고 하면, 그만 스스로 무엇을 하고 싶은가를 놓치고 말아요.

흔히들 '대학교도 경험'이요, 대학교에서 여러 사람을 만나고, 대학교에서 맺은 만남으로 오래도록 좋은 길을 열 수 있다고도 합니다. 틀리지 않은 말이에요. 그러나 이는 '졸업장을 거머쥐어 돈을 잘 버는 일자리를 얻자'고 하는 마음하고 이어져요.

생각해 봐요. 좋은 경험은 대학교에만 있을까요? 대학교 바깥에는 좋은 경험이 없을까요? 사람은 대학교에서만 만날 수 있을까요? 대학교에서 맺은 만남, 이른바 '학연'이라고 하는 줄을 붙잡아야 '성공'을 할까요?

대학 교육에 들이는 돈하고 시간하고 품을 헤아려 보면 좋겠어요. 그 돈하고 시간하고 품을 '남들하고 똑같이' 학과수업에 과제에 선후배 어울리기에 영어 점수에 들이지 말고, 네 해 동안 세계여행을 누려 봐요. '졸업장 아닌 세계여행 경험'을 쌓아 봐요. 굳이 대학교 틀에 얽매여 '시험점수(토익·토플)를 따려는 영어 공부'는 내려놓고서, '온몸으로 세계 곳곳에서 부딪히며 영어를 배워서 써' 봐요.

대학교에 들어가서, 이른바 '미대(미술 대학)'에서 그림을 배워도 나쁘지는 않아요. 그렇지만 다르게 해 볼 수 있어요. 대학등록금이나 교수 지도에 이끌리지 말고, 스스로 붓 하나 쥐고서 네 해 동안 온누리를 골골샅샅 돌아다니면서 스스로 천천히 그림을 그려 봐요. 구태여 세계여행을 하며 그림을 그리지 않더라도 한국이라는 나라를 골골샅샅 누벼 봐요. 자전거를 타든 두 다리로 걷든, 네 해 동안 붓하고 종이하고 물감만 챙겨서 온 나라 구석구석 다니며 그림을 그려 봐요.

글을 쓰거나 사진을 찍을 적에도 이와 같아요. 꼭 대학교 문예창작학과나 사진학과에 들어가야 하지 않아요. 이름난 교수나 스승을 찾지 말고, 스스로 모두 온몸으로 부딪히면서 배워 봐요. 네 해라는 시간을 들여서 이 땅을 교수로 삼고, 여러 마을을 스승으로 삼아 봐요. 숲과 들과 바다와 골짜기를 교수로 삼고, 바람과 구름과 나무와 꽃을 스승으로 삼아 봐요.

대학교 다닐 네 해뿐 아니라 고등학교를 다니는 세 해, 여기에 중학교를 다니는 세 해도 생각해 봐요. 모두 열 해라는 나날인데요, 이 나라 중 · 고등학교 여섯 해는 '대학바라기 입시지옥'이에요. 아이들을 여섯 해 동안 입시지옥에 몰아넣지 말고, 또 푸름이 스스로 입시지옥에 뛰어들지 말고, 저마다 씩씩하고 당차게 '학교 밖'으로 나와 봐요. 3 + 3 + 4, 이렇게 열 해 동안 시골에서 흙을 만지면서 아침에는 땅을 일구고, 낮에는 그림을 그리거나 글을 쓰고, 저녁에는 바느질이나 뜨개질을 해 봐요. 열네 살 푸름이가 열 해 동안 아침 낮 저녁을 모두 손수 짓고 배우며 부대끼는 살림으로 보낼 수 있다면, 이때에 우리는 얼마나 새로우면서 아름다울 만한가 하고 생각해 봐요.

대학 교육 네 해에 들일 돈으로 책을 사서 읽는다면, 거의 사오천만 원에 이르는 책을 사서 읽을 수 있어요. 엄청나답니다. 사오천만 원에 이르는 돈을 스스로 책방에 가서 책을 골라서 읽고, 이렇게 읽어서 모은 책으로는 저마다 마을도서관을 열 수 있지요. 네 해에 걸쳐 사오천만 원에 이르는 돈으로 책을 읽어서 모아 두었으면, 앞으로 이 책으로 헌책방이나 마을책방을 열 수 있기도 해요. 마을도서관도 열 수 있지만, 스물네 살 젊은이 나름대로 새롭고 재미나게 멋진 책방을 열 만해요.

어느 모로 본다면 아직 이 나라에 마땅한 '교육개혁 정책'이 없으니 아이들도 어른들도 고달프다고 할 만합니다. 그러나 우리는 굳이 정치꾼이나 공무원이 엄청나거나 대단하거나 놀라운 정책을 내놓아 주기를 기다리지 않아도 될 만하다고 생각해요. 우리가 스스로 다 함께 '대학바라기를 그만둔다'면 하루아침에 대학입시뿐 아니라 중·고등학교 얼거리도 달라질 만하지 싶어요. 우리 스스로 '굳이 대학교에 안 가도 되지 않나?' 하고 생각할 수 있다면, 나아가 씩씩하게 '대학입시를 안 치른다'면, 또 대학입시를 안 치를 생각이 단단할 적에는 아예 중·고등학교조차 굳이 안 다닐 만하다고 깨달을 수 있다면, 바보스러운 교과서나 학교폭력 같은 말썽거리도 하루아침에 풀릴 만하지 싶어요.

너무 빠듯하고 메마르게 치고박으면서 밟고 일어서서 1등이 되려는 다툼판이 되다 보니 대학교도 중·고등학교도, 게다가 초등학교마저도 뒤틀리지 싶어요. 이제는 우리 스스로 생각을 바꾸어서 하나씩 새롭게 해 보면 좋겠어요. 이래저래 여러 가지 길을 우리 나름대로 내 볼 수 있어요.

ㄱ. 대학 교육에 드는 돈으로 책을 사서 읽는다. 이렇게 네 해 동안 책을 사서 읽어서 모인 책으로 마을책방이나 마을도서관을 열 수 있다. 저절로 일자리를 스스로 지을 뿐 아니라, 마을살림을 북돋우는 멋진 길이 됩니다.

ㄴ. 대학 교육에 들일 돈이나 시간이나 품으로 시골에서 흙을 짓고 살림을 배우며 산다. 저절로 자급자족을 이루고, 밥이며 옷을 손수 지으니 대량생산하고 맞물리는 소비를 안 할 수 있다. 생태나 유기농 같은 이름이 없이도 아름답게 잘 살 수 있다.

ㄷ. 대학 교육에 바칠 돈이나 시간으로 세계여행을 한다. 네 해 동안 맨몸으로 세계 여러 나라를 두루 돌면서 새로운 말을 익힐 뿐

아니라, 새로운 살림(문화)을 겪어내면서 눈이 트이고 말과 마음 모두 활짝 여는 아름다운 사람으로 거듭난다. 당찬 마음과 몸이 되어 우리 앞길을 스스로 뚫을 수 있어요.

ㄹ. 대학교에서 배우지 않고, 스스로 나라 구석구석 다니면서 그림을 그리거나 글을 쓰거나 사진을 찍으면서 스스로 깊고 너른 사람으로 거듭날 수 있다. 이러는 동안 저절로 작품이 예술로 태어날 테니, 교수 연줄이나 학벌이 없어도 얼마든지 세계에 기쁨을 나누어 주는 한 사람이 될 수 있다.

남들이 다 한다고 우리까지 해야 하지 않아요. 남들이 하건 말건 우리 스스로 무엇을 하면 즐거울까를 생각해야지 싶어요. 남들 하는 대로 좇는다면, 입시지옥에서 아이들이 살아남도록 내몬다면, 또 우리 스스로 입시지옥이나 취업지옥에서 '혼자 살아남기'를 하려고 악을 쓴다면, 사회는 앞으로도 늘 그대로이리라 느껴요.

졸업장을 내려놓을 수 있다면, 껍데기를 안 쓸 수 있다면, 삶을 스스로 짓고 살림을 손수 가꾸는 길로 갈 수 있다면, 우리는 다 함께 슬기로이 어깨동무할 만하다고 생각해요.

우리는 씨앗을 이렇게 심어요

보금자리를 일구는 작은 손길

바야흐로 봄을 맞이하면서 씨앗을 심습니다. 겨우내 이 봄날을 기다렸습니다. 즐겁게 우리 보금자리에 심을 씨앗을 헤아렸어요. 추위가 가시고, 땅이 녹고, 바람이 산들산들 불고, 볕이 따스한 봄날을 기다렸어요.

시골에 살든 도시에 살든 밭을 가꾸는 분이라면 누구나 씨앗을 심어요. 그리고 저마다 스스로 좋아하는 결에 맞추어 씨앗을 심을 테지요.

우리 보금자리에는 그리 넓지는 않으나 마당하고 뒤꼍이 있어요. 이 가운데 어제 하루 뒤꼍에 옥수수 씨앗을 심습니다. 그제는 비트 씨앗을 심었는데, 곧 다른 씨앗도 차곡차곡 심으려고 생각해요.

저희는 서두를 마음이 없이 씨앗을 심습니다. 아이들하고 함께 움직이면서 씨앗을 심습니다. 어른 혼자서 심지 않아요. 먼저 어른이 호미질하고 낫질을 보여준 뒤에 아이들도 함께 호미질을 합니다. 다만 낫질은 아직 안 시키지만, 큰아이가 열 살이니 이제 큰아이도 곧 낫질을 익히도록 할 생각이에요.

먼저 저희 보금자리에서 씨앗을 심는 몸짓을 간추려서 적겠습니다.

ㄱ. 날씨를 살핀다. 날씨를 살펴서 씨앗을 언제 심어야 잘 자랄는가를 헤아린다.

ㄴ. 땅을 살핀다. 어느 자리에 씨앗을 심으면 우리 보금자리에 한결 싱그러운 바람이 불는지 헤아린다.

ㄷ. 씨앗을 고른다. 한 가지 씨앗만 잔뜩 심지 않는다. 작은 땅뙈기여도 여러 씨앗을 골고루 심는다. 알맞춤하게 심고, 한꺼번에 심지 않는다. 며칠 사이를 두고 나누어 심는다. 옥수수를 보기로 든다면, 서른 알을 심었으면 사나흘이나 너덧새 뒤에 다시 서른 알을 심고, 또 사나흘하고 너덧새 사이를 두고서 서른 알을 심는다. 한꺼번에 거두지 않게끔, 다시 말하자면 옥수수를 거둘 적에 늘 그때그때 가장 싱그러운 열매를 얻어서 먹도록 며칠씩 사이를 두어 심는다.

ㄹ. 땅을 갈지 않는다. 씨앗을 심을 자리만 호미로 쫀다. 씨앗 자리에 풀뿌리가 깊으면 이때에만 풀뿌리를 뽑는다. 다른 풀은 그대로 둔다.

ㅁ. 씨앗을 심고서 물을 안 준다. 씨앗을 심은 뒤에는 씨앗 자리 둘레에서 자란 풀을 낫으로 베어 빙 두르듯이 덮어 준다.

ㅂ. 씨앗을 심기 앞서 씨앗을 손바닥에 얹고서 몇 분쯤 햇볕을 쬐어 주며 씨앗한테 말을 건다. 이 씨앗이 우리 보금자리에 기쁘게 깃들어 새롭게 깨어나서 우리 식구 몸을 아름답게 살찌워 주기를

바란다는 뜻을 마음으로 속삭인다.

ㅅ. 씨앗한테 우리 마음을 속삭였으면, 이 씨앗을 입에 머금는다. 다른 곳에서는 씨앗을 물에 불린다든지, 젖은 천이나 솜에 두어 싹이 트도록 할 텐데, 우리는 우리 몸에 있는 침으로 씨앗이 깨어나도록 북돋아 준다. 씨앗을 심을 적에는 '입에 머금은 씨앗'을 한 톨씩 뱉아서 심는다.

먹을거리를 얻겠다는 뜻으로 씨앗을 심어요. 다만 먹을거리를 그냥 얻을 마음은 아니에요. 더 많이 얻으려는 뜻이 아닌, 늘 즐거우면서 아름다운 살림이 되기를 바라면서 씨앗을 심어요.

그래서 저희 집에서는 땅에 비료나 농약을 쓰지 않습니다. 비닐을 씌우지도 않습니다. 밥찌꺼기하고 똥오줌을 땅한테 돌려줄 뿐입니다. 이밖에 다른 것을 더 주지 않으나, 저희가 우리 밭뙈기하고 씨앗한테 주는 것은 따로 있어요. 바로 우리 사랑을 주어요. 아이들은 밭뙈기이며 마당이며 신나게 넘나들면서 뛰어노는 동안 웃음하고 노래하고 이야기를 씨앗한테 베풀어 줍니다. 저는 마당이나 뒤꼍 풀밭에 앉아서 책을 읽거나 글을 쓰면서 씨앗하고 함께 있습니다. 씨앗을 심은 자리 둘레로 풀이 우거지려 하면 알맞게 낫으로 베어 땅에 덮어 줍니다.

뿌리를 뽑지 않아요. 풀뿌리를 뽑으면 그만 흙이 갈 곳이나 힘을 잃거든요. 풀이 뽑힌 자리는 비가 조금만 내려도 흙이 쓸려요. 풀을 뽑지 않고 그대로 두거나 위쪽 줄기를 베어서 덮으면 비가 아무리 드세게 내려도 흙이 안 쓸립니다.

풀뿌리를 뽑지 않고 그대로 두면, 우리가 심은 씨앗은 다른 풀뿌리를 붙잡고 더욱 튼튼히 자랍니다. 다른 풀줄기를 잘 베어 땅바닥에 덮으면 햇볕이 아무리 뜨겁게 내리쬐어도 밭뙈기 흙이 안 말라요. 풀줄기는 마르면서 흙으로 돌아갈 뿐 아니라, 흙이 늘 촉촉하고 기름지도록 북돋아요.

저희가 그리 넓지 않다 싶은 땅뙈기를 이렇게 건사한다고 볼 수 있어요. 넓은 땅뙈기라면, 이른바 수천 평이나 수만 평이라면 저희처럼 건사하기 어렵겠지요. 저희는 저희 먹을거리만 얻으려 하니 알맞춤하게 작은 밭자락을 이렇게 건사할 만합니다.

땅뙈기 한쪽은 나무가 자라서 시원스레 그늘을 베풀면 여름 내내 시원하면서, 이 둘레에서는 풀이 그리 높이 못 자랍니다. 나무는 나무대로 나무 열매를 베풀어 주고요. 다른 자리는 우리가 심은 씨앗으로 남새를 얻으면 이대로 즐거우면서 틈틈이 낫질을 해서 풀을 다룰 수 있고, 남새도 잘 돌볼 만합니다.

차근차근 함께 심고, 조금씩 함께 돌보며, 즐겁게 함께 거둡니다. 봄날은 신나는 마당살림을 짓는 하루입니다.

흰민들레로 꽃밭을 이룰 꿈

재미난 살림짓기를 바라는 길

우리 식구가 전남 고흥에 깃들던 2011년을 떠올려 봅니다. 그즈음 마을 어디에서나 흰민들레를 보았습니다. 고샅에서도 논둑에서도 길가에서도 흰민들레는 매우 흔했습니다. 이무렵에는 제비가 매우 많이 찾아왔어요. 우리 집 대문 바로 앞에도 흰민들레가 씩씩하게 뿌리를 내려서 하얀 꽃을 피우고 동그랗게 고운 씨앗을 맺었습니다.

마을 어디에나 흔하던 흰민들레는 차츰 줄어듭니다. 마을 어느 집이나 농약을 많이 쓰기도 하고, 논둑이나 길가를 차츰 시멘트로 덮으면서 이제는 웬만해서는 흰민들레를 구경하지 못합니다. 이러면서 제비까지 해마다 매우 크게 줄어들어요. 제비가 흰민들레를 보려고 이 나라를 찾아오지는 않을 테지만(그러나 우리가 모를 뿐, 제비가 꽃을 보려고 찾아올 수도 있겠지요), 이 땅을 오래도록 지켜 온 작은 숨결이 사라지는 흐름하고 제비가 줄어드는 흐름하고 맞물린다고 느껴요.

숱한 들풀이나 들꽃이 사라지듯이 흰민들레도 삶터를 지키기는 만만하지 않습니다. 이 땅에 수수하게 흔하던 목숨은 아주 조그마한 삽질에도 쉬 힘을 잃거든요. 찻길을 낸다며, 아파트를 세운다며, 공장이나 골프장을 지어야 한다며, 큰 발전소하고 송전탑이 들어서야 한다며, 여기에 관광지를 꾸려야 한다며, 작고 수수한 목숨은 하루아침에 밀려서 사라지기 일쑤입니다.

우리 식구가 건사할 수 있는 땅은 아직 넓지 않습니다. 그렇지만 우리 식구가 건사하는 보금자리와 뒤꼍하고 책숲집에서 피고 지는 흰민들레는 우리 손으로 돌볼 수 있습니다. 해마다 씨앗을 받아 우리 집 마당하고 뒤꼍에 새로 심거나 씨앗을 날립니다. 우리 책숲집에서도 곳곳에 흰민들레씨를 심습니다.

이 흰민들레는 꽃받침이 꽃을 감싸는 노란민들레와 함께 무척 오래된 이 나라 들풀·들꽃 가운데 하나라고 합니다. 우리 집 뒤꼍에는 오랜 노란민들레가 한 포기 함께 있습니다. 이 오랜 노란민들레를 퍼뜨리고 싶은 마음이 굴뚝같은데 아직 여러 포기로 퍼지지는 않습니다. 그래도 해마다 어김없이 피어나 노란 꽃송이를 베풀어요. 해마다 봄에 물끄러미 바라보고, 봄이 저물 무렵 고맙다고 절을 합니다. 가을볕에 따사로울 적에 다시금 꽃을 피우는 이 민들레를 마주하면서, 이 따순 고장에서는 한 해에 두 차례씩 찾아오니 참으로 좋아라 하고 노래를 합니다.

오랜 들풀·들꽃이기에 흰민들레하고 노란민들레를 가꿀 마음이지 않습니다. '므은들레'라는 옛이름처럼 온 들에 흐드러지던 민들레가 우리 보금자리에 흐드러질 수 있기를 비는 마음입니다. 이른바 보릿고개라 할 만한 봄철에 맛난 잎을 내어주면서 고운 꽃을 피우는 민들레가 새롭게 가득한 민들레밭을 한켠에 일구고 싶은 마음입니다.

곰곰이 보면 민들레는 다른 어느 풀꽃보다 '아이 손을 타면서 씨앗을 퍼뜨립'니다. 어느 풀꽃도 민들레처럼 아이들이 곳곳에 흩뿌려주지 않습니다. 민들레뿐 아니라 박주가리도 솜털을 매단 씨앗이라 바람을 타고 잘 날아가요. 그런데 민들레씨는 아이들이 냉큼 알아보고 냉큼 꺾어서 냉큼 후후 불어서 날려 주지요. 이곳에도 날려 주고 저곳에도 날려 주어요. 개미가 제비꽃씨를 물어서 곳곳에 심어주듯이, 아이들은 민들레씨를 후후 날려서 온 들이며 숲에 푸른 숨결이 깃들도록 북돋웁니다.

잎이 오를 적에는 나물로 삼고, 꽃이 돋을 적에는 꽃으로 반가우면서 향긋하다가는, 씨앗을 맺을 적에는 더없이 즐거운 놀잇감이 되어 주는 풀꽃이 민들레이지 싶어요. 흰민들레 꽃밭이 한쪽에 퍼지면, 다른 한쪽은 노란민들레 꽃밭이 퍼지기를 빌면서 밭자락을 돌봅니다. 민들레가 자라는 집, 이른바 '민들레집'이 되는 일도 재미난 살림짓기 가운데 하나라고 생각합니다.

찔레무침 한 접시

제철을 먹으려는 살림

겨울이 저물고 봄이 찾아올 무렵 우리 식구는 우리 보금자리에서 돋는 풀이나 겨울눈을 찬찬히 살핍니다. 바야흐로 새봄에 어떤 기쁨을 누리면서 살림을 지을 만한가 하고 헤아립니다. 매화나무에 꽃이 피고 지면 머잖아 매화알이 익을 테니, 매화알을 재워 둘 큰 유리병을 챙기고 햇볕에 말립니다. 매화알은 꽃이 먼저 피고 지는 만큼 먼저 익으니 먼저 훑어서 건사합니다. 이다음으로 모과꽃이 피고 지기에 모과알을 건사해서 모과잼을 졸이려고 부산하지요.

봄을 알리는 숱한 들꽃은 우리한테 나물도 되고, 봄내음을 베푸는 향긋한 숨결도 됩니다. 흰민들레가 꽃망울을 터뜨리는 삼월 한복판에 찔레나무에 새잎이 돋습니다. 새잎이 돋으면서 새 줄기가 뻗으려고 싹이 오르지요. 찔레싹은 사월 한복판에 살짝 훑습니다. 한 번 훑고서 다시 한 번 훑을 수 있습니다.

여느 봄나물은 꽃이 피어도 꽃이 달린 채 무쳐서 먹지만, 찔레싹은 조금이라도 때를 놓치면 곧 단단해지면서 줄기로 거듭나요. 보드라운 때에 얼른 훑어야 합니다. 더욱이 찔레싹은 사람만 좋아하지 않아요. 진딧물이나 풀벌레도 좋아합니다. 우리가 하루나 이틀쯤 찔레싹 훑기를 미루면 진딧물하고 풀벌레가 찔레싹에 잔뜩 달라붙어요. 찔레싹은 이런 진딧물하고 풀벌레한테 이기려고 더 바삐 단단하게 굳겠지요.

찔레싹을 훑어서 나물로 무칩니다. 전라도 고흥에서는 '찔구'라고 하는 찔레입니다. 아이하고 함께 찔레나무 곁에 서서 찔레싹을 훑습니다. 아이한테 찔레싹을 어떻게 훑는지 보여줍니다. 잔가시나 큰가시가 있으니 잘 살펴야 한다고 이릅니다. 한 손으로는 길다란 가지를 잡고서 다른 한 손으로 찔레싹을 뽁뽁 뽑듯이 살짝 눕혔다가 잡아당기면 이쁘게 훑을 수 있다고 이야기합니다.

막상 말로 들어도 몸으로 옮기자면 잘 안 될 수 있어요. 해 보고 또 해 보아야 손에 익힐 만합니다. 가시가 정 두려우면 가위를 써서 자르라고 이야기합니다. 저는 아무렇지 않게 맨손으로 찔레싹을 훑습니다. 이러다가 마음을 살짝 딴 데 팔면 그만 가시에 주욱 긁혀서 피가 나요.

어느 모로 본다면 찔레싹 훑기를 비롯한 나물하는 일은 스스로 고요한 마음이 되어 살림을 짓는 길이라 할 수 있습니다. 언뜻 보기로는 제철에 누리는 봄나물 가운데 하나입니다. 깊이 보자면 제철을 살피고 누리자는 살림살이입니다. 넓게 바라본다면 제철에 맞는 제일을 하면서 제대로 바람을 마시고 볕을 쬐면서 흙을 밟자는 뜻입니다.

찔레싹을 훑을 적에도, 훑은 찔레싹을 흐르는 물에 헹굴 적에도, 한동안 그늘에서 물을 말릴 적에도, 큰 냄비에 물을 끓여서 찔레싹을 1분 30초나 2분 즈음 데칠 적에도, 잘 데친 찔레싹을 집게로 건질 적에도, 바야흐로 고추장이랑 된장으로 따로 무칠 적에도, '우리 신나는 봄살림'이라고 생각합니다.

먼저 된장으로 한 소쿠리를 무치고, 고추장으로 한 소쿠리를 더 무칩니다. 두 가지 찔레무침을 아이 입에 넣어 줍니다. 된장찔레무침도 고추장찔레무침도 맛나다고 합니다. 두 가지 찔레무침을 접시에 덜어서 마을회관으로 들고 갑니다. 우리가 짓는 봄살림을 이웃 할매하고 가붓이 나눕니다. 마을논에서 흐드러지는 유채꽃내음을 담아 봄찔레맛을 품습니다.

담 타고 넘어와 쑥 캐는 마을 할매

먹는 쑥, 흙으로 돌아갈 쑥

봄을 맞이한 우리 집 밥상은 날마다 조금씩 다릅니다. 봄은 삼월하고 사월하고 오월이 사뭇 다르다 할 만큼 며칠 사이로 빠르게 달라지거든요. 하루하루 달라지는 결을 살펴서 나물을 훑습니다. 며칠마다 새로운 나물을 하고, 며칠마다 새로운 밥을 합니다. 저녁에 먹고 남은 밥이 있으면, 이 식은 밥으로 이튿날 아침에 볶음밥을 해서 따뜻하게 먹는데, 그냥 볶음밥이 아닌 '쑥볶음밥'을 합니다.

쑥떡이나 쑥국이나 쑥밥이나 쑥지짐이는 익숙한 분이 많을 텐데, 쑥볶음밥은 낯선 분이 많을 수 있어요. 볶음밥을 하면서 쑥을 넣는다는 생각을 못할 분이 많을 테니까요.

쑥볶음밥은 쉽습니다. 볶음밥을 할 적에 볶을 여러 가지를 밑손질을 먼저 해 놓습니다. 쑥도 미리 뜯어서 잘 헹군 뒤에 체에 놓고 물을 말립니다. 센불에 당근이며 감자이며 마늘이며 함께 볶다가, 양파하고 버섯을 넣어 더 볶고, 달걀을 풀어서 바지런히 섞은 뒤 불을 살살 줄여서 쑥을 잘게 썬 뒤에 넣어서 섞습니다.

쑥볶음밥을 하면 아이들이 놀랍니다. "쑥을 그렇게 많이 넣어?" 하고요. 빙그레 웃으며 대꾸하지요. "많아 보여? 그렇지만 숨이 죽으면 아주 적지. 이만큼도 되게 적게 넣었단다."

삼월에는 봄까지꽃이나 곰밤부리나 갈퀴덩굴을 잘게 썰어서 볶음밥을 할 수 있습니다. 사월에 갓 돋은 감잎이라든지 뽕잎으로도 볶음밥을 할 수 있어요. 모시나 민들레나 소리쟁이로도 볶음밥을 할 수 있습니다. 어느 풀이든 맛난 볶음밥 '풀양념'이 되어요.

쑥이 한창 돋을 무렵 마을 할매들이 자꾸 우리 집 뒤꼍이나 마당을 넘봅니다. 우리 집은 농약을 한 방울도 안 치는 터라, 풀이 자라도 웬만하면 그대로 두었다가 잘 클 즈음 낫으로 톡톡 끊어서 눕히는 터라, 봄이면 온통 쑥밭이 되어요. 우리 집 쑥을 몰래 가져가려는 마을 할매가 많습니다.

마을 할매는 허리가 구부정한 채 걸으시면서도 밭을 가르는 돌담을 타고 넘어와서 쑥을 몰래 캐려 합니다. 마을 할매는 이녁 밭에서는 쑥을 못 캐지요. 쑥을 따로 키우지도 않을 뿐더러, 할매 밭은 온통 농약투성이일 터이니 쑥을 섣불리 캘 수도 없습니다.

우리 집에 아무 말도 안 하고 담까지 타고 몰래 들어와서 쑥을 캐는 할매를 말립니다. "할매, 여기는 저희 밭이에요. 밭에 호밀씨를 잔뜩 뿌려서 호밀이 이렇게 올라왔는데 호밀을 마구 밟으면서 쑥을 함부로 뜯으시면 안 돼요." "쑥 저렇게 놔두면 누가 먹나? 좀 가져가면 안 되나?" "안 되지요. 저희가 먹을 쑥을 할매들이 몰래 다 캐 가면 저희는 뭘 먹어요? 좀 먹을 만하게 크면 몰래 들어와서 샅샅이

캐 가니 저희는 못 먹어요. 게다가 할매가 선 그 자리에는 옥수수를 심었는데, 옥수수싹이 다 밟혀요. 생각해 보세요. 제가 할매 밭에 몰래 들어간 적 있나요? 제가 할매 밭에 몰래 들어가서 저 마늘이나 배추 몰래 뽑아 가도 되겠어요? 이렇게 몰래 마구 캐 가시면 안 돼요. 저희한테서 쑥을 얻고 싶으면 얘기하세요. 그러면 저희가 드릴 수 있는 만큼 저희가 캐서 드릴 테니까요."

저희는 쑥을 캐서 먹기도 하지만, 쑥꽃이 필 때까지 그냥 두기도 합니다. 꽃이 피는 쑥은 꽤 크게 자랍니다. 쑥꽃이 피고 쑥씨가 맺는 쑥대는 잘 베어서 말려 놓으면 쑥불을 피울 적에 아주 좋습니다. 씨앗을 맺은 쑥대를 말리면, 쑥대가 마르면서 나는 냄새로도 무척 향긋하지요. 잘 마른 쑥대를 태워서 쑥불을 피우면 모깃불도 되고 집 안에 고운 내음이 퍼집니다. 쑥불을 태우고 나온 재를 밭에 주면 흙이 좋아해요. 따로 쑥불을 피우지 않고 쑥대를 베어 눕혀 놓으면 다른 풀이 거의 안 돋기도 합니다.

먹을 쑥은 철을 살펴서 알맞게 먹으면서 누립니다. 굳이 안 먹고 두는 쑥은 쑥불을 피우는 쑥대 구실을 합니다. 쑥불을 안 피우고 그대로 베어 놓기만 해도 땅을 살리는 거름 구실을 하지요.

마을 할매는 저희처럼 쑥대나 다른 풀이 흙으로 저절로 돌아가서 거름이 되기를 바라지 않습니다. 그냥 농약을 치고 비료를 칩니다. 저희는 이 땅에서 아이들이 맨발로 뛰어놀고 나무를 타며 놀기를 바라기에 쑥을 고이 건사하면서 알맞게 누립니다.

낮밥으로 쑥지짐이를 합니다. 두 아이는 쑥지짐이를 석 장을 먹습니다. 두 장을 더 해서 접시에 옮깁니다. 나중에 아이들이 주전부리로 먹도록 둡니다. 여기에 석 장을 더 합니다. 쑥지짐이 석 장은 마을회관으로 들고 갑니다. 낮밥을 자시고 커피 한 잔을 마시며 텔레비전을 보며 쉬는 마을 할매들한테 주전부리로 쑥지짐이를 드립니다. “이 귀한 것을 주시오? 이녁 아이들 주셔야 하지 않소?” 하고 말씀하시는 마을 할매들한테 “봄이니까 봄맛으로 했어요. 저희도 배불리 먹었어요. 주전부리로 드셔요.” “그라오? 그러면 고맙게 먹겠소. 자 다들 한 점씩 잡솨 봐. 맛나네.”

어떻게 그 길을 갈 수 있나요

뜻 · 꿈 · 사랑을 스스로 짓기

저는 1988년에 중학교에 들어갔습니다. 국민학교를 마치고 중학교에 들어가기 앞서 둘레에서 여러 가지 이야기를 들려주었습니다. 국민학교에서도 한 살 위인 언니한테 말을 놓았다가는 곧장 주먹이 날아왔습니다만, 중학교에서는 한 살 위라면 꼬박꼬박 높임말을 써야 한다고 했어요. 교사보다 선배가 더 무섭다는 말을 들었습니다.

제가 들어간 중학교는 새로 지은 지 얼마 안 되는 구석진 곳에 있었어요. 선배라고 할 이들이 '선배 없이' 학교를 다니는 데에 익숙하다 보니 3회째로 들어간 우리(후배)를 그리 닦달하지 않았습니다. 귀여워했지요. 이와 달리 또래는 무척 거칠었어요. 툭하면 싸움이고 걸핏하면 거친 말이나 주먹이 춤추었습니다.

사내만 모아 놓은 중학교는 날마다 몇 차례쯤 주먹다짐이 있지 않고서야 하루가 지나가지 않습니다. 어디에선가 누가 맞고 누가 때리고 책걸상이 날아다니고 밀걸레가 춤추었어요. 다들 바보스럽네 하는 생각이었는데, 그렇다고 이 중학교를 뛰쳐나갈 만큼 씩씩하지 않았습니다. 1980년대 끝무렵에 중학교만 마치고는, 아니 중학교를 그만둔 '국졸' 가방끈으로 무슨 일을 하며 돈을 벌며 살아갈 만한지 알 길이 없었어요.

날마다 싸움판이던 중학교를 가까스로 마친 뒤 고등학교에 가는데, 고등학교도 새로 생긴 곳입니다. 우리 형이 1회로 이 학교를 마쳤고 사촌 형이 2회 선배로 다닙니다. 저는 4회 새내기로 들어갑니다. 1회 2회 선배가 한집 사람으로 버젓이 있는 터라 중학교 적하고 대면 아주 조용합니다. 그렇지만 답답한 가슴은 엇비슷해요. 오직 대학입시만 바라보는 중 · 고등학교에서는 사람으로서 사람답게 살아갈 길이 무엇인가를 생각할 겨를도 배울 틈도 나지 않습니다. 새벽부터 밤까지 쳇바퀴질입니다.

1980년대가 저물며 1990년대로 접어들지만, 아직 군사독재자가 대통령 자리에 있던 무렵이에요. 사회는 아프면서 어수선하고, 학교도 아프면서 어지럽습니다. 고등학교를 다니는 동안에도 '어떻게 이 고등학교를 그만두며 혼자 조용히 살 수 있나?' 하는 생각에 늘 젖어들었습니다. 우리 어버이가 시골에서 흙을 만지는 분이었으면 굳이 학교를 안 다니고 흙살림으로 살아갈 만하지 않았나 하고도 생각했어요. 그러나 도시에서 나고 자란 몸으로 어느 시골에 어떻게 가야 하는가를 하나도 알 길이 없고, 이를 여쭐 어른도 없습니다. 담임 교사하고 진로 이야기를 할 적에 꼭 한 번 '농부'가 되는 길을 꺼내 보았다가 "농대 가려고? 거긴 뭣 하러 가?" 하는 소리에 다시는 '농부' 되는 길을 입밖으로 내지 않았습니다.

어느 모로 본다면, 저로서는 1994년에 처음 발을 디딘 대학교를 첫날부터 '이런 곳은 더 다닐 까닭이 없이 돈도 시간도 아깝다. 얼른 그만두어야겠다'고 생각할 씨앗이 마음속에서 자랐다고 할 만해요. '새내기 새로 배움터(이무렵에 이런 말이 생겨서 대학교마다 퍼졌습니다. 줄여서 '새터'라고들 했습니다)'를 한다며 처음 대학교에 갔더니, 이날부터 술을 얼마나 무섭게 먹이던지요. 대학교에 첫발을 디뎠으니 '가볍게 소주 한 병을 대접이나 주전자에 가득 부어 한칼에 비우라'고 하네요.

한 번만 치르면 되겠거니 하고, 이런 짓을 받아들였더니, 이튿날에도 다음날에도 이런 술자리는 이어집니다. 학기를 연 뒤로도 날이면 날마다 선배들은 새내기 대학생을 술자리로 이끕니다.

어디에서 어떤 돈으로? 이렇게 저녁 너덧 시부터 밤 늦게까지 술을 마시면서 어떤 공부를? 이러면서 책을 한 권이라도 읽나?

1994년 한 해 동안 선배가 날마다 마련하는 자리에 한 번도 안 빠지고 나가 보았습니다. 제 마음속에는 한 해를 치러 보자는 생각이 있었어요. 12월 31일까지 날마다 끝없는 술자리를 징하게 치르고 나서 1995년부터는 모든 술자리를 한 번도 찾아가지 않았습니다. 술자리에 가도 물만 한 모금 마시고 술상(술집이니까요)에 책을 척 올려놓고서 읽었습니다. 1995년 이해에는 집을 나와서 신문사 지국에서 먹고자면서 신문배달로 살림돈을 벌기도 했습니다. 새벽에 신문을 돌리려니 술을 마실 수 없기도 했어요. 신문배달은 술자리에서 빠져나오는 좋은 핑계였어요.

이렇게 하며 1995년 11월에 군대에 스스로 들어갔고, 1997년 12월 31일에 사회로 돌아왔으며, 1998년 한 해 동안 대학교에서 부전공으로 신문방송학 과정 네 해치를 몽땅 듣고서 아쉬움 없이 자퇴서를 냈습니다. '고졸'이 되기로 했습니다.

저는 이러한 길을 어떻게 걸을 수 있었을까요? 두려움이 없었을까요? 네, 두려움은 따로 없었습니다. 중학교를 다니며 교실이며 운동장이며 어디에서고 주먹다짐이나 거친 말이 춤추더라도 '내가 내 마음과 말을 지키자'고 생각했습니다. 그 흔한 '○8'이라는 말을 한 번도 안 썼어요. 고등학교 세 해를 다닐 적에도 그 흔한 '개○○'라는 말을 혀에 한 번도 안 얹었어요. 같은 물에 섞이려는 마음이 없으니 누가 무어라 하든 한귀로 흘릴 수 있었어요. 내 입에서는 "그래? 그러냐? 그렇구나." 하는 말만 흘렀어요.

비록 우리 어버이한테서 자급자족을 배우지 못했고, 흙살림을 물려받지 못했습니다만, 돈이나 땅뙈기 하나 없는 몸이었으나, 저한테는 꿈이 있었어요. 제 몸뚱이조차 그리 안 튼튼하고 오랜 병을 마흔 살까지 달고 살기도 했습니다만, 이러거나 저러거나 저 스스로 이루려고 하는 뜻이 있었어요. 바로 "어른이 되고 싶습니다"입니다.

어른이 되려면 어떤 사람이 되어야 하나 하고 늘 생각하고 찾아보았어요. 어른이 되어 아이한테 삶을 물려주거나 보여주거나 가르치려면 스스로 어떻게 거듭나야 하는가 하고 언제나 돌아보고 살폈어요. 오늘은 어설프거나 엉성하더라도 이튿날에는 조금씩 나아지면서 새롭게 태어나자고 생각했어요.

어느 분은 저한테 "그대가 살아온 길은 '세상 기준하고 하나도 안 맞아'" 하고 말할 수 있습니다. "그대는 그렇게 살았어도 다른 사람더러 그렇게 살라고는 못 해." 하고 말할 수도 있어요. "그대가 그렇게 사는 일은 그대 자유인데, 그게 돈이 되나?" 하고 물을 수도 있지요.

그런데 있지요, 저는 고졸 가방끈이지만 1999년 여름에 출판사 영업부 일꾼으로 뽑혔습니다. 스물다섯 살 일입니다. 2001년 1월부터는 '국어사전 짓는 편집장' 일을 맡았습니다. 2003년 9월부터는 '돌아가신 이오덕 님 유고와 원고 정리 책임자' 일을 했습니다. 국립국어원에서 강사 노릇도 했고, 한글학회에서 '공공언어 순화 작업'을 할 적에 이러한 일을 업무책임자로 이끌기도 했습니다. 지난 2016년에는《새로 쓰는 비슷한말 꾸러미 사전》같은 한국말사전 한 권을 혼자 써내기도 했어요.

젊은 대학생 눈으로 보기에 아직 사회살이가 두렵거나 까마득하다고 느낄 수 있어요. 일자리를 얻어 돈을 벌어야 집삯을 내고 살림돈을 댈 수 있다고 여길 수 있어요. 돈이 없이는 아무것도 못 하리라 생각할 수 있어요.

틀린 생각은 아니에요. 그러나 우리 삶은 언제나 우리 '뜻'하고 '꿈'이 가장 밑바탕이라는 대목을 헤아릴 수 있으면 좋겠어요. 우리 삶은 우리가 스스로 '사랑'할 적에 즐거울 길을 씩씩하게 찾아낼 수 있다고 알아채면 좋겠어요.

우리 길은 남이 알려주지 않아요. 스스로 생각을 기울여서 수수께끼를 풀어야 우리 길을 찾아내요. 우리가 스스로 수저를 들어 밥을 떠먹어야 배가 부르듯, 우리가 스스로 생각을 지어 삶을 이끌어야 꿈이나 뜻을 시나브로 이루어요.

저는 갓 스물이 넘을 무렵 '스무 살까지 학교를 다니며 배운 모든 것은 아무 쓸모가 없네' 하고 느꼈어요. '스무 살까지는 학교에서 아무 쓸모가 없는 것을 쓸모없이 가르쳤구나 하고 몸으로 아로새긴 나날이었네' 하고도 느꼈어요.

저로서는 스무 살 적부터 0살이라고 생각했어요. 스무 살 나이를 모두 버리고, 그때부터 스스로 0살이니 처음부터 모조리 새로 하자고 다짐했어요. 남이 알려준 책이 아니라, 스스로 도서관하고 새책방하고 헌책방에 파묻혀서 책시렁에 가득 꽂힌 수많은 책을 통째로 읽어내자는 마음으로 날마다 새로 배우며 살았어요. 1994년에 0살인 셈이니 2017년은 스물세 살인 셈일까요? 이제 겨우 스물세 해째 삶을 배우는 셈이라고 할 만해요.

사회가 일그러졌다고 느낀다면 이 일그러진 사회를 펴려고 애쓰면 된다고 생각해요. 또는 스스로 이 일그러진 사회에서 뛰쳐나와 새로운 사회를 짓는 길을 걸으면 된다고 생각해요. 저는 우리 이웃님한테 이야기해 주고 싶어요. 이제껏 몸으로 먹은 나이를 모두 털어내자고요. 우리 모두 0살이라는 마음으로 새롭게 한 걸음씩 내딛으면서 차근차근 다시 배우자고요. 이렇게 해 보면 되어요. 두려움이나 걱정을 마음에 심지 말아요. 즐거운 뜻과 기쁜 꿈을 고운 사랑으로 심어요. 둘레에서 부는 바람에 휩쓸리지 말고, 우리 스스로 우리 마음을 읽어 봐요.

언제나 즐겁게 하는 일

직업과 일 사이에서, 벌교중 푸름이한테 이야기 한 자락

‘직업’이라는 낱말은 “먹고살려고 하는 일”을 가리킵니다. ‘직장’이라는 낱말은 “먹고살려고 일을 하는 곳”을 가리키고요. 직업이나 직장이 있다면, 먹고사는 일을 한다는 뜻이 될 만합니다. ‘일’이라는 낱말은 “먹고살려고 하는 모든 몸짓”도 가리키지만, “스스로 이루려 하는 모든 것”을 나타내기도 합니다. 그러니까 ‘직업’은 “먹고사는 데”에서 그치는 낱말이지만, ‘일’은 “살아가는 자리”를 두루 헤아리는 낱말입니다.

직업이 없는 사람은 있어도 일을 하지 않는 사람은 없습니다. 우리가 살아서 움직이는 모든 나날은 고스란히 ‘일’이기 때문입니다. ‘놀이’를 놓고도 “노는 일”이라고 해요. 밥을 먹을 적에도 “밥 먹는 일”이 되고요. 누군가를 좋아하면 “좋아하는 일”이 되고, 글을 한 줄 쓰면 “글 쓰는 일”이 됩니다. 설거지를 하거나 빨래를 하거나 비질을 해도 ‘일’이고, 두 다리로 걷거나 버스를 타도 ‘일’이에요. 우리가 보여주는 모든 몸짓은 언제나 ‘일’이 됩니다.

'직업'이 있기를 바란다면 먼저 이 대목을 찬찬히 헤아려 볼 수 있어야지 싶습니다. 내가 이 땅에 태어나서 "먹고사는 일"을 할 적에는 틀림없이 뜻이 있을 텐데, "먹고사는 일"만 하려는지, 스스로 어떤 꿈을 마음속에 지어서 이 꿈으로 한 걸음씩 나아가는 즐거움을 누리려 하는가를 생각해 보아야지 싶습니다.

'일'은 남이 시켜서 할 수 없습니다. 남이 시켜서 그대로 따르는 몸짓이라면 '심부름'입니다. 그런데 퍽 많은 어른들은 스스로 좋아서 하는 '일'보다는 남이 시키는 '심부름'을 하기 일쑤입니다. 어떤 직업이 있으면서 직장을 다닐 적에는 '남이 바라는 일'을 해 주기 마련이거든요. 청소년이 하는 알바도 어느 모로 본다면 남이 시키는 일인 심부름이기 일쑤입니다. 나 스스로 좋아해서 즐겁게 배우려고 하는 일이기보다는 돈을 벌려고 하는 심부름이기 일쑤이지요.

돈을 벌려고 하는 심부름이 나쁠 까닭이 없습니다. 심부름을 맡은 뒤에 얻는 돈으로 나 스스로 바라는 어떤 것을 장만할 수 있으니까요.

그러면 이 대목에서 한번 생각해 보아야지요. 남이 시키는 일만 하면서 돈을 얻는 삶이나 살림이 얼마나 즐거운가를 생각할 노릇입니다. 스스로 즐겁게 할 수 있는 일을 하면서 돈을 얻는 삶이나 살림은 될 수 없는가 하고 생각할 노릇입니다. 그리고 스스로 즐겁게 할 수 있는 일을 하면서 '먹고사는 일'을 풀 수 있다면, 돈에 얼마나 얽매여야 하는가를 생각할 수 있을 테고요.

우리가 손수 집을 짓고, 손수 옷을 지으며, 손수 밥을 짓는다면, 우리한테는 돈이 얼마나 있어야 할까요? 우리가 손수 땅을 일구고 숲을 가꾸어서, 나무를 얻고 나물과 고기를 얻으며 실과 바늘을 얻는다면, 우리는 돈을 얼마나 벌어야 할까요? 자급자족을 하는 삶이나 살림이라면 우리는 돈을 얼마나 벌어서 얼마나 써야 할까요?

숫자로 따지는 돈을 많이 버는 삶이 나한테 어떤 즐거움이 되는가를 생각하면서 일거리를 찾을 적에 몸이나 마음이 모두 홀가분하리라 봅니다. 숫자로 돈을 따지더라도 내 삶이나 살림을 즐겁게 건사할 만한 겨를이 어느 만큼 있는가를 함께 생각할 적에 언제나 한결같이 할 수 있는 일거리가 되리라 봅니다.

저는 전남 고흥 시골에 머물면서 '한국말사전(국어사전)'을 짓는 일을 합니다. 오늘날에는 인터넷과 컴퓨터라고 하는 것이 있기에, 굳이 도시에서 살지 않아도 이런 일을 시골에서 조용히 할 수 있습니다. 한결 느긋하게 삶터를 돌아보고, 한결 넉넉하게 보금자리를 생각하면서, 제 마음을 살찌우는 길을 걸어갈 수 있습니다.

도시에서 살며 높은 집삯하고 살림돈을 벌어서 채우는 일이 나쁘다고는 느끼지 않습니다. 그런데 더 많은 돈을 벌어서 높은 집삯하고 살림돈을 버느라 막상 몸이나 마음이 너무 고단하고 만다면, 우리가 이 땅에 태어나서 살아가는 뜻이나 보람이나 사랑은 어디에서 찾을 수 있을까요? "도시로 가서 직업을 얻어야 성공"이라고 여기는 흐름이 대단히 짙은데, '성공'이라는 낱말은 "뜻을 이룸"을 가리켜요. 우리가 하고픈 일을 하면서 뜻을 이룬다고 할 적에는, 참말로 스스로 하고픈 일을 바라는 꿈대로 이루는 모습이라고 봅니다.

텔레비전에 나와야만 가수이지 않습니다. 언제 어디에서나 스스럼없이 노래를 부르면서 웃는 사람이 가수이지 싶습니다. '프로'라는 이름이 붙는 운동선수가 되어도 성공 가운데 하나일 테지만, 프로가 아니어도 얼마든지 스스로 즐겁게 공을 차거나 바둑을 두거나 사진을 찍거나 그림을 그릴 수 있으면, 누구나 기쁨을 누릴 수 있다고 봅니다.

날마다 먹는 밥은 '프로 요리사'나 '셰프'가 차려 주어야 하지 않습니다. 늘 먹는 밥은 늘 사랑으로 따스하게 차리는 손길로 짓기 마련이라고 느낍니다.

새롭게 바라보고, 새롭게 생각하며, 새롭게 꿈꾸는 마음이 되기를 바랍니다. 하려고 하니까 하기 마련이고, 하려고 하지 않으니까 하지 못하기 마련이라고 느낍니다. 남보다 나아 보이는 직업이 아닌, 내가 스스로 즐겁게 삶을 노래할 수 있는 신나는 일을 생각할 수 있기를 바랍니다. 일이든 직업이든 아주 빨리 찾아내야 하지 않아요. 내가 마음속에 한결같이 품을 만한 꿈을 생각할 적에 내 일거리를 제대로 찾을 수 있다고 느낍니다.

제 이야기를 해 본다면, 저는 대학교 졸업장이 없는 채 제 삶길을 먼저 생각했습니다. 제 삶길을 걸어가는 일을 헤아리지 않고서 졸업장을 더 거머쥐어 본들 부질없다고 여겼습니다. 졸업장이 없기 때문에 한국 사회에서 푸대접을 받거나 일거리를 못 쥐는 때도 꽤 있다고 할 만하지만, 졸업장이 있든 없든 저 스스로 마음에 담은 뜻이 있기 때문에, 제가 즐거우면서 홀가분하게 할 수 있는 일도 꽤 많습니다. 그리고 '남들이 졸업장을 따려고 애쓰는 동안' 나는 내 삶길을 즐겁게 갈고닦거나 가다듬는 데에 훨씬 힘을 쏟으면서 살아올 수 있었어요.

졸업장이나 자격증을 따야 한다면 따면 돼요. 굳이 안 따야 하지는 않아요. 다만 이런 것에 얽매이지는 말아야지요. 온누리 모든 어머니는 '어머니 자격증'이 없어도 훌륭한 어머니입니다. 온누리 모든 농사꾼은 '농사꾼 자격증'이 없어도 아름다운 농사꾼입니다. 그런데 온누리 모든 어머니(와 아버지)를 비롯해서 모든 농사꾼이 슬기로운 사람(일꾼)일 수 있다면, 이분들은 모두 "언제나 새롭게 배우기를 하기" 때문이라고 느낍니다.

이를테면, 졸업장이나 자격증을 땄다고 하더라도 배움을 멈추지 않을 때에 비로소 슬기로우면서 아름다울 수 있어요. 졸업장이나 자격증을 땄어도 배움을 멈춘다면 '삶이나 살림'을 바로 그때부터 멈춰 버립니다. 졸업장이나 자격증을 따지 않더라도 늘 새롭게 배우려는 마음이나 몸짓이라면, 우리는 스스로 내 '삶이나 살림'을 늘 새롭게 가꾸는 기쁜 웃음을 지을 수 있다고 느낍니다.

사람이 사람인 까닭은 살면서 늘 새롭게 살림을 배우는 사랑을 싱그러이 살찌우기 때문이리라 생각합니다. 사람답지 못한 모습을 보여주는 사람이 있다면, 아마 그분은 '새롭게 배우는 사랑'을 그만 잊거나 잃었기 때문이지 싶어요. 어떤 일거리나 직업을 찾더라도, '늘 새롭게 배우는 사랑'을 벌교중학교 여러분이 마음으로 곱게 건사할 수 있기를 빕니다. 고맙습니다.

"저 집은 으째 사내가 밥을 짓는감?"

'밥짓는 사내'가 일구는 평화살림

저는 열아홉 살까지 집밥을 먹었습니다. 어머니가 차리신 집밥을 먹었어요. 스무 살에는 바깥밥을 먹었습니다. 고향을 떠나 서울에서 학교를 다니며 한 해 동안 내내 바깥밥을 사다 먹습니다. 스물한 살부터는 손수 밥을 지어서 먹습니다. 이때부터 제금을 나며 혼자 살았기에, 혼자 살며 밥도 마땅히 혼자 지어서 먹습니다.

짝님을 만나고 아이를 만난 뒤에는 '혼밥'을 열 몇 해 만에 내려놓고 하루 두 끼니 밥을 짓습니다. 남들은 하루 세 끼니 밥을 먹지만 우리 집에서는 하루 두 끼니만 먹기에 두 끼니 밥을 지어요. 제 나이가 마흔 줄이 넘으니 손수 밥을 지어서 먹은 지 스무 해가 넘습니다.

큰아이는 아침저녁으로 물어요. "아버지, 오늘은 무슨 밥?" 저는 이런 물음을 듣고는 뾰족히 대꾸를 못 해 줍니다. "음, 음, 오늘은 '오늘 밥'이지." "'오늘 밥'이 뭐야?" "오늘 먹어서 '오늘 밥'이야." 때로는 좀 달리 대꾸해 봅니다. "오늘은 '맛밥'이야." "'맛밥'은 뭐야?" "맛있는 밥이니 '맛밥'이지." 때로는 아이들이 마루에서 놀다가 저희끼리 얘기를 나누더니 부엌으로 쪼르르 달려옵니다. "아, 맛있는 냄새. 오늘 무슨 밥이야?" "맛있는 냄새가 난다니, 오늘은 그야말로 '맛밥'이 되겠구나."

우리 식구가 아직 도시에 살던 무렵, 도시에 있는 이웃들은 우리를 보며 으레 이렇게 물었습니다. "저 집은 여자가 일을 안 해? 왜 남자가 밥을 해?" 하고요. 우리 식구가 시골에 사는 오늘날, 마을에 있는 이웃이나 읍내에 있는 분 들은 우리를 보며 흔히 이렇게 물어요. "저 집 가시내는 뭐 하는고? 저 집은 으째 사내가 밥을 짓는감?"

이런 말을 열 해쯤 듣고 살면서 딱히 대꾸를 하지 않습니다. 대꾸할 만한 말도 없고, 대꾸하고 싶지도 않습니다. '아니 왜? 왜? 어째서? 밥은 가시내만 지어야 하남? 사내는 가만히 팔짱 끼고 앉아서 밥상만 받으면 되남? 때가 어느 때인데 여즉 사내는 부엌 언저리도 맴돌지 말아야 하는감?'

저는 집에서 '밥짓는 사내'로 삽니다. 밥을 손수 지어서 아이들한테 열 해째 먹이는 살림을 꾸리는데, 이러는 동안 늘 '밥말'을 들려줍니다. '밥말'이란 밥하고 얽힌 말이나 이름입니다. 부침개를 할 적에 '부침개'가 뭔지 알려주고, '부침(부치다)'하고 비슷하지만 다른 '지짐(지지다)'을 알려줍니다. 또 '볶음(볶다)'을 알려주며, '무침(무치다)'이나 '데침(데치다)'이나 '버무림(버무리다)'을 알려주지요. 비슷한 듯하지만 다른 낱말을 알려줄 적에는 저 스스로 새롭게 배우기도 합니다. 고기를 삶기도 하고 볶기도 하고 끓이기도 하면서, 또 그냥 '익힐' 적하고 '데울' 적에 왜 이렇게 달리 말을 하는가를 알려주며 이때에도 저 스스로 새롭게 말을 배워요.

밥을 짓거나 살림을 꾸리면서 이런 이름 저런 말을 그냥 쓰지는 않습니다. 게다가 제가 하는 '집밖일'은 한국말사전을 새롭게 엮는 일이에요. 우리 집에서는 고기를 잘 안 먹지만 더러 고기를 볶거나 지지는데요, 아이들이 당근을 워낙 좋아해서 '당근닭볶음'이나 '당근돼지볶음'이나 '당근소볶음'이나 '당근오리볶음'을 곧잘 합니다. 당근을 고기보다 더 많이 넣어서 볶기 때문에, '당근'이라는 낱말을 '밥이름'에 넣어요.

'닭도리탕'은 아직 해 본 일이 없습니다. 다만 '매운닭볶음'을 두어 번쯤 해 보았으나 '매운볶음'이 되면 아이들이 못 먹어요. 아이가 둘 있는 우리 집에서는 늘 아이 혀맛에 맞춘 '부드럽고 여린 간'을 합니다. 카레조차 매운맛이 하나도 없이 부드럽게 해요. '밥짓는 사내'는 집에서 김치를 손수 담글 적에도 고춧가루는 되도록 적게 쓰거나 아예 안 쓰기까지 합니다. 아무튼 '닭도리탕'이 아닌 '매운닭볶음'이 제대로 된 이름이기는 한데, 이를 안 맵게 하자니 '맑은닭볶음'이 되는 셈일까요? 아니면 '하얀닭볶음'쯤 될까요? 아니면 '감자닭볶음'이라고만 하면 될까요?

늘 집에서 밥을 지으니 '집밥'을 손수 차려 먹는데, 때로는 어깨가 무거우니 바깥마실을 하며 사다가 먹습니다. 이때에 우리는 모처럼 '바깥밥'을 누립니다. 바깥밥을 먹으면 설거지를 안 해도 되어 홀가분해요. 더구나 바깥밥을 먹는 동안에 '다른 집(또는 가게)에서는 밑반찬을 어떻게 차리고 간을 어떻게 하는가' 하고 살펴요. 아이들은 밥상에 올리는 대로 맛나게 먹는다면, '밥짓는 사내'인 나는 '우리 집에서도 한번 해 보자'는 생각으로 바깥밥 반찬을 한 점씩 천천히 씹으면서 간맞춤과 밑손질을 어림해 보곤 합니다.

요새는 인터넷을 켜서 밥짓기를 배우기도 해요. 열린 인터넷이란 온갖 밥을 숱한 사람들이 저마다 다른 손길로 짓는 모습과 몸짓을 손쉽게 지켜보면서 배우는 길을 열어 준다고 느껴요. 지난날에는 어머니 어깨너머로 밥짓기를 배워야 하거나 요리학원을 다니거나 요리책을 봐야 했어요. 지난날에는 '사내가 왜 밥짓기를 배워?' 하면서 밥짓기나 반찬하기나 김치담기를 배우기가 몹시 어려웠어요. 웬만하면 사내한테는 아예 안 가르치셨지요.

하루 두 끼니를 지으며 사이에 '샛밥'을 내놓아요. 주전부리일 수 있고 새참일 수 있어요. 가볍게 즐기는 입가심일 수도 있고요. 하루에 두 끼니를 지어서 차려도 밥짓기에 품을 많이 든다고 느껴요. 스무 해 남짓 '밥짓는 사내'로 살면서 '밥짓는 품'이란 무엇인가 하고늘 온몸으로 느껴요.

이 나라 숱한 어머니와 할머니와 가시내는 으레 하루 세 끼니를 지으시는데, 밥도 짓고 옷도 짓고 살림도 하고 끝없는 집안일을 건사하는 분들은 그야말로 온 하루가 오롯이 집일이랑 집살림에 쓰인다고 할 만합니다. 저는 밥을 짓고 살림을 꾸리면서 우리 어머니나 할머니뿐 아니라 참말 온누리 가시내가 그동안 어깨에 짊어지던 무게를 늘 느낍니다.

이러한 무게를 왜 우리 사내들은 '사내보다 힘이 여리고 몸집도 작다고 하는 가시내'한테 도맡기나 싶어 아리송하곤 해요. 힘이 세고 몸집도 큰 사내라면, 기꺼이 신나게 씩씩하게 밥도 짓고 살림도 하면 참으로 좋을 텐데 말이지요.

우리는, 아니 '우리는'이라기보다 '이 나라 사내'들은 집에서 어떤 사내로 지내는가요? '밥짓는 사내'로 지내는가요, 아니면 '밥상받는 사내'로 지내는가요?

우리는 저마다 어느 자리에 서서 어떤 삶 · 살림을 짓느냐에 따라 말 · 넋 · 생각이 모두 다르리라 느껴요. 밥말이란 밥을 짓던 사람들이 널리 쓰면서 이어온 말일 테고, 부엌에서 살림을 짓고 온 집안 살림을 건사하던 사람들이 두루 쓰면서 물려받은 말이에요. 어느 모로 본다면 '밥말'은 '가시내 말'이었다고 할 수 있어요. 부엌일이나 집안일을 퍽 오래도록 오로지 가시내한테 떠넘겼으니까 말이지요. 그래서 한겨레 '부엌말 · 살림말'을 가만히 살피면 '한자를 모르고 한자를 쓸 일도 없던 수수한 사람들이 쉽고 살가이 쓰던 낱말'이로구나 싶어요.

요즈음은 '셰프'가 되려고 하는 사람들이 많아요. '부엌지기'나 '밥지기'나 '밥짓는이'가 아닌 외국말 '셰프'하고 얽힌 말은 영어나

프랑스말 같은 외국말이 가득해요. 물고기 살점을 날로 뜨는 '날물고기살'인 '회'를 다루는 곳에서는 일본말이 가득하지요.

오늘 하루도 하루 두 끼니를 차리고 샛밥을 마련하는 '밥짓는 사내'로서 '밥말·부엌말·살림말'을 새삼스레 되새깁니다. 제가 부엌에서 밥을 지으면서 쓰는 말은 먼먼 옛날부터 수많은 가시내가 피와 땀과 눈물을 바치면서 빚은 말마디이지 싶어요. 저는 이 밥말·부엌말·살림말을 우리 아이들한테 새롭게 물려주고 싶어요. 너무 고되거나 힘겹거나 벅찬 일에 짓눌리며 쓰는 말이 아니라, 즐겁게 웃고 노래하면서 쓰는 밥말 · 부엌말 · 살림말이 되도록 가다듬어서 물려주려는 마음이에요.

아이들하고 살기 때문이기도 하지만, 저는 언제나 "식사를 하자"고 말하기보다는 "밥을 먹자"고 수수하게 말합니다. 밥상을 닦고 설거지를 하고, 비로 바닥을 쓸고 걸레로 훔치고, 설거지를 하고 개수대를 갈무리하고, 밥찌꺼기는 그릇에 담아 뒤꼍으로 가져가서 거름이 되도록 건사해요. 우리 집 부엌에서 나오는 구정물이 밭으로 돌아가도록 화학세제는 한 방울도 안 쓰는 살림으로 가꾸고, 플라스틱 없는 부엌살림이 되도록 돌봅니다.

둘레에서 다른 분들이 앞으로도 "저 집은 으째 사내가 밥을 짓는감?" 하고 혀를 끌끌 차시면 이렇게 말씀을 여쭈려고 해요. 빙그레 웃으면서 얘기하려고요. "저희는 저희대로 즐겁게 밥을 지으며 살림을 가꾸려 해요. 우리는 모두 밥을 먹는 사람인데, 사내도 가시내도 밥짓기를 함께 배우고 기쁘게 살림을 짓는 길을 배워야 한다고 여겨요. 사내랑 가시내가 함께 밥을 짓고 살림을 해야 집안이 넉넉하고 나라도 평화롭게 거듭나리라 생각해요."

1 : 99

고흥 녹동고 푸름이한테 띄우는 글

고흥에서 태어나 자라는 어린이와 푸름이는 모두 어버이한테서 아름다운 선물을 물려받는구나 하고 느낍니다. 왜냐하면, 오늘날 시골에서 태어나는 사람은 도시에서는 누릴 수 없는 한 가지가 있거든요. 시골에서 태어나 자라다가 도시로 가서 학교를 다니거나 일자리를 찾을 수 있는데, 시골에서 도시로 가더라도 '돌아올 시골'이 있어요. 이와 달리 도시에서 태어나 자란 사람은 도시에서 시골보다 한결 수월하거나 가깝게 학교나 일자리를 찾는다 하더라도 '찾아갈 시골'이 없어요.

어릴 적에 시골을 누리거나 겪지 못하는 사람과, 어릴 적부터 시골을 누리거나 겪는 사람은 아주 다릅니다. 녹동고등학교 푸름이가 서울이나 다른 도시에 있는 대학교라든지 공장이라든지 회사에 들어간다고 생각해 보셔요. 고흥에서 나고 자란 사람은 '들과 숲과 멧골'을 알아요. 다음으로 '바다'를 알아요. '꽃과 풀과 나무'가 싱그럽고 푸르게 자라는 빛을 언제나 곁에서 마주해요. 이와 달리 도시에서는 어떨까요? 도시에서 태어난 사람은 밀물과 썰물조차 제대로 모르고, 갯벌이나 드넓은 태평양 바다를 본 적이 없어요. 고흥사람은 집 앞이나 마을 앞이나 조금만 나가면 바다이지만, 도시에서는 한참 나와야 바다를 봅니다.

도시에서 나고 자란 어린이와 푸름이는 아침저녁으로 밥을 먹어도, 밥이 되기까지 볍씨를 어떻게 불리고 키워서 모판을 마련해 모내기를 한 뒤 사름을 보면서 푸릇푸릇 싱그럽게 오르는 벼포기에 이삭이 패어 누르스름한 물결로 나락누리가 되는 줄 알 길이 없어요. 책으로는 볼는지 모르지만, 곁에서 눈으로 보지 못하고, 곁에서 낫질을 하건 콤바인을 타건 나락내음을 몰라요. 다 벤 나락을 길바닥에 반반하게 펴서 틈틈이 뒤집으면서 햇볕에 말리는 빛과 냄새를 도시내기는 하나도 알 수 없어요. 오직 시골내기만 알 수 있는 빛과 냄새입니다.

똑같이 교과서를 쓰고, 똑같이 대학입시를 치르더라도, 이리하여 똑같은 대학교에 붙는다거나 똑같은 회사에 들어가더라도, 시골내기와 도시내기는 삶바탕이 달라요. 풀내음과 숲내음과 바다내음을 아는 사람은 풀도 숲도 바다도 모르는 사람보다 마음이 한결 깊기 마련이에요. 풀처럼 푸르고 숲처럼 그윽하며 바다처럼 넓은 마음과 사랑입니다.

시골마을을 떠나 도시로 가든, 시골마을에 남아 이곳을 아름답게 일구는 빛이 되든, 고흥 녹동 둘레에서 태어난 즐거움을 듬뿍 누릴 수 있기를 빌어요. 참말 아주 즐거우며 아름다운 시골이거든요. 봄 여름 가을 겨울 빛과 소리와 냄새가 언제나 달라요. 삼월과 사월과 오월은 같은 봄이라도 사뭇 달라요. 삼월에도 첫째 주와 둘째 주와

셋째 주와 넷째 주는 햇볕과 바람이 모두 다르고, 날마다 뜨고 지는 해와 부는 바람 또한 언제나 달라요. 시골에서는 달력이 없이도, 또 시계가 없이도, 날을 깨닫고 때를 살피며 날씨를 읽습니다.

학교 공부에 바쁘더라도 아침저녁으로 하늘을 바라볼 수 있기를 빌어요. 낮에도 틈틈이 운동장으로 나와서 천천히 걸으며 바람을 마시고 구름과 하늘을 누릴 수 있기를 빌어요. 공장도 발전소도 골프장도 기차역도, 온갖 위해시설 하나 없는 고흥은 다른 어느 시골보다도 맑고 싱그러운 바람이 불어요. 겨울에도 짙푸른 후박나무와 동백나무는 다른 시골보다 한결 푸르며 밝은 바람을 베풀어요.

요새는 서울사람도 동백꽃이나 배롱꽃쯤 알 테지만, 후박꽃을 아는 서울사람은 몇이나 있을까요. 새봄이 되면 들판을 그득 채우는 '봄까지꽃 · 코딱지나물꽃 · 곰밤부리꽃 · 냉이꽃 · 꽃다지꽃 · 꽃마리꽃 · 씀바귀꽃'을 알뜰히 누릴 수 없는 서울사람은 봄꽃도 봄내음도 봄빛도 제대로 모른다 할 만해요. 우리 고흥 녹동고등학교 푸름이는 서울 동무들한테는 없고 서울 동무들은 하나도 모르는, 푸르고 싱그러운 이야기를 알뜰살뜰 들려줄 수 있어요.

서울은 시골 아닌 도시라, 또 시멘트와 아스팔트만 가득한 곳이라, 텃밭 하나 변변하게 없어요. 녹동고 푸름이들은 어떻게 생각할까 궁금한데, 서울에서는 자동차 한 대 세울 자리를 마련하려면 1억 원이 든다고 해요. 몇 평 안 되는 조그마한 땅뙈기에 자동차를 두려면 자그마치 1억 원을 써야 한다고 해요. 자동차만 엄청나게 많거든요. 사람도 어마어마하게 많기도 하지만요.

이런 서울은 참말 숨이 막혀요. 자동차 배기가스, 공장 매연, 너무 많이 몰린 사람들이 북적이며 푹푹 찌는 더위, 한겨울에도 펑펑 돌리는 난방, 한여름에도 춥게 돌리는 냉방, 이런 서울에서는 요즈음 '아그로 시티 서울'을 이루겠다면서 수백 억원을 들인다고 해요. '아그로 시티'가 무언지 아는 푸름이가 있을까요?

저도 잘 모릅니다. 인터넷을 함참 뒤진 끝에 '아그로'란 '농업'을 뜻하는 줄 알았어요. 그러니까, 저 커다란 도시 서울이 '아파트 도시'나 '자동차 도시'나 '자본주의 도시'나 '물질문명 도시'가 아니라 '농업도시 서울'이 되겠다고 외치면서 수백억 원을 쓴다는 소리예요.

서울은 왜 수백억 원을 해마다 들여서 '농업도시'를 이루겠다고 할까요? 서울사람은 왜 '도시텃밭'을 일구겠다며 그토록 용을 쓰고 땀을 뺄까요? 게다가, 서울에서는 농약과 화학비료 하나도 안 쓰는 '도시농업'을 하겠다고 외쳐요. 이와 달리, 우리 고흥에서는 아직도 농약과 화학비료를 많이 써요.

고흥과 서울은 서로 어떻게 다를까요. 고흥과 서울은 저마다 어떤 삶터일까요. 고흥에도 서울처럼 오십 층짜리 아파트를 지을 수 있지만, 고흥에서는 굳이 이런 높은 아파트를 지을 까닭이 없어요. 마당이 있고, 마당에 나무가 자라며, 텃밭을 넓게 누리는 집을 얻기에 넉넉한 고흥이에요. 도시에서는 마당도 밭도 없이, 게다가 도시에서 오십 층짜리 수십억 원 하는 아파트에 살더라도, 아이들이 뛰지 못해요. 집에서 피아노를 못 치고 노래하지 못해요.

고흥읍이나 도양읍에도 아파트는 제법 있으니, 고흥에서 아파트살이를 하는 푸름이는 서울 동무들과 똑같이 집에서 피아노를 치기 어렵고, 어릴 적에 방방 뛰거나 구르지 못했을 만하리라 생각해요.

마당이 있고 텃밭이 있는 시골집에서 태어난 푸름이라면, 날마다 신나게 마당을 달리고 고샅을 뛰면서 놀았겠지요. 서울 같은 도시에서는 빈터가 없고 놀이터가 없으며 마당이 없어서 '주말이면 숲으로 가려고 자가용 몰고 한참 교통정체에 시달려'요. 고흥에서는? 고흥에서 살아가는 우리들은 방문만 열어도, 마루에서 내려서도, 날마다 즐겁게 숲을 누릴 수 있어요.

학교 공부는 학교 공부대로 하면서, 또 도시로 나아가서 어떤 직업이나 학문을 더 누리고 싶다면 이대로, 스스로 가슴에 고운 꿈을 품기를 바라요. 그리고, 이러한 직업과 학문을 누리는 일 못지않게, 시골마을에서 태어나 자란 보람과 뜻과 즐거움과 사랑을 예쁜 선물인 줄 살가이 느끼면서 웃음꽃 터뜨릴 수 있기를 빌어요.

요즈음 인구통계를 보면, '시골사람 1 : 도시사람 99'라고 해요. '1 : 99'란, 고흥이 그만큼 따돌림받거나 외진 시골이라는 뜻이 아니에요. 도시사람 눈높이로 본다면 섣불리 이렇게 말하겠지요. 그러나, 우리 고흥내기, 고흥사람, 고흥 녹동고 푸름이 눈높이로 생각해 보셔요. 우리는 나락을 알고, 바다(게다가 태평양!)를 알며, 갯벌을 아는 데다가, 숲과 들과 멧골을 알아요. 섬을 알고 바람을 알지요. 후박꽃과 무지개와 별자리를 알아요. 깊은 밤에 불빛 없는 시골집 마당에 서서 하늘을 올려다봐요. 서울이건 부산이건 대구이건 인천이건 도무지 볼 수 없는 눈부신 별자리가 우리 가슴으로 촉촉히 내려옵니다. '아흔아홉 사람한테는 없고, 아흔아홉 사람은 도무지 못 누리는' 시골빛을 우리 고흥사람은 '신나게 누리는 하나'인 줄 사랑스레 되새길 수 있기를 빌어요.

아이한테 학교는 마땅하지 않아요

아이는 숲에서 놀며 자라야지요

큰아이가 다섯 살을 누리던 무렵 겪은 이야기를 적어 보겠습니다. 큰아이는 돌 무렵부터 둘레 어른들한테서 '보육원'이나 '유아원'에 가야 하지 않느냐는 소리를 들었습니다. 다만, 아이는 이런 소리를 들어도 스스로 보육원이나 유아원에 가야 한다고 생각하지 않았으리라 봅니다. 그저 어른들이 저한테 말을 거는구나 하고 느꼈겠지요. 이러다 다섯 살로 접어들고 보니, '어린이집'에 갈 때가 되었다는 소리를 자꾸 듣습니다. 시골에서는 나라에서 돈을 다 대니 아주 마땅하게 어린이집에 보내야 한다는 소리를 듣습니다.

시골에서는 보육원이든 유아원이든 어린이집이든 돈이 들 일이 없습니다. 초등학교와 중학교와 고등학교에서도 딱히 돈이 들 일이 없다고 느낍니다. 다 나라에서 돈을 댈 테니까요.

저하고 곁님은 학교라는 곳이 마땅하다고 여기지 않습니다. 저하고 곁님은 학교뿐 아니라 어린이집이나 유아원이나 보육원이나 마땅하다고 여기지 않습니다.

나라에서 돈을 대는 보육원이나 유아원이나 어린이집이 '숲 배움터'라면, 아이더러 놀이 삼아 다니라고 해 볼는지 모릅니다. 나라에서 뒷배한다는 초·중·고등학교에서 아이한테 흙일과 물일을 찬찬히 가르치면서 집일을 일깨운다면, 곰곰이 생각해 볼는지 모릅니다. 그러나 어느 어린이집이든 어느 학교이든, 아이한테 지식만 집어넣습니다. 어느 배움터이든 배우는 터 노릇을 한다고 느끼기 어렵습니다.

아이한테는 마땅히 배우는 터여야 하고 살아가는 터여야 합니다. 아이들 보금자리는 삶터이자 배움터이고 나눔터입니다. 아이들 학교는 배움터이면서 삶터이고 나눔터입니다.

아이들은 어버이와 둘레 어른이 일하고 놀이하는 모습을 곁에서 지켜보며 배우고 살아갑니다. 아이들은 어버이와 둘레 어른이 여느 자리에서 으레 쓰는 말마디를 귀기울여 듣고 하나하나 따라하며 배웁니다. 아이들은 여느 때 여느 사랑을 나누는 어버이와 둘레 어른 삶을 받아먹으며 저희 꿈과 이야기를 빚습니다.

예방접종이든 영어이든 급식이든 지식이든, 저하고 곁님이 바라볼 적에 오늘날 이 나라 어린이집이나 학교는 아이들한테 너무 끔찍한 불구덩이라고 느낍니다. 사람답게 착하고 참다우며 곱게 살아가는 길을 아이들한테 하나도 안 보여줄 뿐더러 못나고 모진 도시 돈벌이로만 내모는 어린이집이나 학교라고 느껴요. 적어도 인권이나 평화나 평등조차 어린이집이나 학교에서는 옳게 느끼며 배울 만하지 않다고 느껴요.

아이들한테 이런저런 체험을 시키거나 학습을 시키거나 교육을 시키는 일을 못마땅하다고 느낍니다. 아이들은 저희 어버이와 함께 살아가며 모든 일을 스스로 겪으며 찬찬히 받아들여 배우니까요. 어버이인 저부터 스스로 옳게 살아갈 길을 찾고, 착하고 참다이 일하는 길을 살피고, 곱게 꿈꾸고 사랑하는 길을 찾아야 한다고 느껴요. 이 길에서 아이들과 나란히 웃고 울면서 좋은 삶을 빚어야 한다고 느껴요.

큰아이는 가시내로 태어나고 작은아이는 사내로 태어납니다. 작은아이가 사내로 태어났을 때 저는 '이 아이는 앞으로 군대를 어떻게 하나?' 하고 걱정했습니다. 곁님은 '군대에 가지 않도록 어버이로서 온힘을 다해 애써'야 하지만, '어쩔 수 없이 군대에 끌려가야 한다면 군대에서 죽임과 괴롭힘과 주먹다짐에 물들거나 휩쓸리지 않고 따스한 사랑과 평화를 나눌 줄 아는 아이로 마음을 북돋우도록 힘써'야 한다고 얘기했습니다. 저는 곁님 말을 듣고 적이 마음을 놓았어요. 사내를 낳은 어버이로서 할 몫은 '아이를 군대에 떠밀기' 여서는 안 되거든요. 삶과 사랑과 사람이 하나도 없는 군대는 죽음 수렁이거든요. 끔찍한 무기와 엉터리 계급과 바보스런 신분과 무시무시한 주먹다짐과 거친 말 들이 춤추는 군대는 '사람 죽이는 솜씨'를 모든 사내한테 길들이는 못난 쓰레기터입니다. 땅을 살리고 사람을 살리는 데에 써야 할 돈으로 무기를 만들고 무기를 지키며 무기를 움켜쥐도록 하는 슬픈 데가 군대이거든요.

너무 마땅하지 않으니 아이를 어린이집에 넣지 않습니다. 너무 마땅하지 않으니 아이를 학교에 보낼 수 없습니다. 너무 마땅하지 않으니 아이가 군대에 끌려가지 않도록 하고 싶습니다.

너무 마땅하기에 가방끈이나 자격증 같은 굴레에 아이들이 얽혀들도록 하고 싶지 않습니다.

그 어느 꽃보다 일찍 피어나며 봄을 부르는 봄까지꽃처럼 아이들이 맑고 환하며 어여삐 꿈과 사랑을 빚으며 살아갈 수 있기를 빕니다. 아주 마땅하며 매우 아름다운 삶길을 스스로 고이 보살피면서 한결같이 빛나는 넋이기를 빕니다. 저는 어버이로서 아이들과 복닥이고 싶어요. 저는 아이들을 어린이집이나 학교에 맡긴 채 돈 많이 벌러 바깥으로 나다니고 싶지 않아요.

시골에서 살며 사전을 짓듯 읽고 쓰다

백 번 읽을 책인가

해마다 여름 한복판에 날씨가 폭 꺾이는 때가 있습니다. 틀림없는 여름 무더위입니다만, 어느 날 문득 새벽부터 선선하더니 낮에 땡볕이 내리쬐어도 땀이 흐르지 않다가 밤을 맞이하면 으슬으슬해서 이불을 꺼내어 덮어야 해요. 어제 바로 이런 날씨가 찾아왔습니다. 절기로 치면 중복하고 입추 사이입니다.

흔히들 말하기를, 시골하고 서울은 달라서, 시골에서는 밤이나 새벽에 살짝 춥다고 합니다. 아무래도 도시에서는 낮 내내 달구어진 기운이 식을 틈이 없어요. 시골에서는 흙하고 풀하고 나무가 있을 적에는 낮 내내 햇볕이 아무리 내리쬐어도 해가 넘어가면 '달구어진 기운'이 더는 없습니다. 돌이나 시멘트나 아스팔트는 밤이 되어도 뜨끈뜨끈할 테지만, 풀이나 흙이나 나무는 밤이 되면 식어요.

나무 밑에 서면 에어컨을 쐴 적보다 훨씬 시원하다고 합니다. 이런 말은 어릴 적부터 곧잘 들었으나 막상 시골에서 살며 우리 집 나무를 곁에서 늘 누리기 앞서까지 살갗으로 느끼지는 못했어요. 서울 같은 곳에서 어쩌다가 한두 번 아름드리나무를 마주하며 참 시원하네 하고 느낄 적하고, 시골 보금자리에서 늘 아름드리나무를 바라보며 참말로 시원하구마잉 하고 느낄 적은 사뭇 달라요.

시골에서 살며 낫으로 처음 풀을 벨 적에는 만만한 일이 아니라고 여겼습니다. 한 해 두 해 흐르고 세 해 네 해 가며 다섯 해 여섯 해를 지나는 동안 낫질은 하나도 안 대수롭다고 여깁니다. 서둘러서 할 일이 아닐 뿐더러, 결을 살펴서 슥슥 그으면 되는 일이라고 손으로 몸으로 눈으로 다리로 깨달아요.

가게에서 사다 먹는 열매하고 손수 나무를 타고 올라가서 바로 따먹는 열매는 같은 맛이 아닙니다. 아이들도 바로 따먹는 열매맛을 누리고, 저도 바로 따먹는 열매맛을 누리면서 '맛이란 무엇인가'를 새삼스레 배웁니다.

이른바 누리면서 배우는 삶입니다. 느끼면서 배우는 살림입니다. 그리고 나누면서 배우는 사랑이기도 해요.

봄가을하고 겨울에는 마을 어귀 빨래터를 보름마다 치웁니다. 여름에는 이 빨래터를 열흘마다 치웁니다. 여름에는 물이끼가 더 빨리 넓게 자라요. 이제 마을 할매는 빨래터를 치우기 어려운 나이라 할 만하기에 저희가 여러 해째 빨래터 치우기를 도맡습니다. 오늘날 시골에는 집집마다 물꼭지가 있고 빨래기계가 있으니 굳이 빨래터로 빨랫감을 이고 지고 나오는 일이 없어요. 지난날에는 빨래터가 늘 북적였겠지요. 물도 이곳에서 길었을 테고요.

빨래터를 보면 겨울에 아무리 추워도 물이 졸졸 흘러요. 겨울이라고 어는 법이 없습니다. 더욱이 여름에 아무리 가물어도 물이 콸콸 흐르고요. 못마다 물이 바닥까지 바짝 말라도 마을 빨래터에 흐르는 물줄기는 늘 같습니다. 참으로 한결같아요. 여름에는 더욱 시원하고 겨울에는 무척 따스한 물이에요.

우리 식구가 시골에 보금자리를 틀지 않았다면, 마을에서 살며 이러한 살림살이를 곁에 두지 않았다면, 마을 분들이 모두 나이가 많아 빨래터를 못 치울 나이가 되지 않았다면, 빨래터 물줄기가 어떤 뜻인지 못 읽었으리라 생각해요.

서울에서 살며 책을 읽기란 어려울 수 있습니다. 내 집을 장만하자면 벅차고, 다들 일터를 오가느라 바쁠 뿐 아니라, 먹을거리를 장만하랴, 이것을 하랴 저것을 하랴 참으로 부산하지요. 짧은 길을 자동차로 달려도 어디나 늘 자동차로 가득하니 머리가 곤두서요. 버스나 지하철은 사람들로 넘실대기에 마음을 가다듬어 책을 읽기에 안 만만하다고 할 만해요.

시골에서 살며 책을 읽기란 수월할까요? 보기에 따라 다를 텐데, 쑥처럼 쑥쑥 올라오는 풀을 베기도 하고, 살림을 꾸리기도 하고, 아이들하고 어우러지기도 하고, 여기에 저기에 마음을 쓰고 몸을 움직이다 보면 어느새 등허리가 결리면서 마룻바닥에 벌렁 드러눕습니다. 땀을 몇 바가지 쏟고 나면 손가락을 까딱할 힘마저 남지 않아요.

이런 하루를 보내면서 책을 손에 쥘 적에는 눈부신 빠르기로 책을 잡아먹을듯이 읽습니다. 몸을 쉬면서 마음을 살찌울 이야기를 느끼거든요. 그렇지만 때로는 책을 매우 느리게 읽습니다. 읽은 대목을 다시 읽기도 합니다. 줄거리만 훑자고 책을 읽지는 않기 때문이에요. 밍밍하거나 싱거운 대목은 빠르게 읽어내지만, 뒷통수에 벼락이 치듯 찌릿찌릿한 이야기가 흐를 적에는 글씨를 하나하나 새기면서 읽고 되읽어요.

네 식구가 함께 모여 영화를 볼 적에도 이와 같습니다. 시골에는 극장이 없으니 디브이디나 파일로 영화를 사서 봅니다. 우리 식구는 '볼 만한 영화'를 한 번만 보고 끝내는 일이 없습니다. 더욱이 영화를 처음부터 끝까지 내처 보는 일이 없어요. 어느 대목을 다시 보려고 되감기 일쑤예요. 자막이 아무래도 틀린 듯해서 영어나 일본말을 새겨서 들으려고 자꾸 되감고요.

볼 만한 영화라 한다면 적어도 다섯 번을 봐요. 다섯 번쯤 보는 동안 줄거리하고 배역에 얽힌 실타래를 헤아립니다. 열 번쯤 보면서 바탕자리를 둘러싼 속뜻을 헤아리고, 스무 번이나 서른 번쯤 보면서 영화 하나로 깊고 넓게 나눌 수 있는 이야기를 생각합니다.

어떤 분이 묻더군요. "어떻게 같은 영화를 서른 번이나 백 번을 볼 수 있어요?" 저는 그분한테 되물어요. "어떻게 백 번이나 이백 번쯤 볼 만한 영화를 즐겁게 안 보고, 딱 한 번 보고 그칠 영화만 자꾸자꾸 보시나요?"

영화평을 쓸 만한 영화라면 적어도 서른 번쯤 보아야 한다고 느껴요. 영화평을 제대로 쓰려면 쉰 번쯤 보아야지 싶어요. 우리 이웃이 영화를 사랑하도록 북돋울 만한 영화평을 쓰려면 백 번 넘게 보아야지 싶고요.

책을 다루는 글은 어떠할까요? 우리는 백 번쯤 되읽으면서도 늘 새롭게 배울 만한 이야기가 흐르는 책을 읽고서 느낌글(서평)을 쓸까요? 아니면 빨리빨리 책 한 권을 읽어치우고서 후다닥 느낌글을 쓸까요?

백 번쯤 되읽어도 늘 새롭구나 하고 느끼는 책을 놓고서 쓰는 느낌글하고, 빨리 새로운 다른 책을 읽으려는 마음으로 어느 한 권 이야기를 딱 한 번만 읽고 나서 쓰는 느낌글은 달라도 아주 다를 수밖에 없으리라 봅니다.

더 살펴본다면, 아이들한테 물려줄 만하구나 하고 여겨서 우리 집 책꽂이에 백 해쯤 건사할 만한 책인가 아닌가를 살펴서 읽을 적하고, 그냥 책을 읽을 적에도 느낌글을 쓰는 결이 달라요.

저는 느낌글을 쓸 적에 어느 책이든 다섯 번쯤은 읽은 채 씁니다. 한두 번만 읽고서 느낌글을 쓸 수 있는 책은 없지 싶어요. 한두 번만 읽고서 더는 읽고픈 마음이 안 드는 책이라면, 이런 책으로는 굳이 느낌글을 쓸 뜻이 없다고 생각해요. 제 마음으로 스며들지 못하는 책을 괜스레 이웃님한테 알리고 싶지 않습니다.

시골에서 살면서 몸하고 마음을 싸목싸목 깨워요. 낫질을 하고 물질을 하고 흙질을 하고 호미질을 하고 나무질을 하면서 받아들이는 숨결로 책을 여러모로 다르게 마주합니다. 글쓴이나 그린이나 찍은이(사진을 찍은 이)가 작품으로 빚은 책이라고 여기지 않습니다. 글쓴이나 그린이나 찍은이가 어떤 삶을 바탕으로 어떤 살림을 다루되 어떤 사랑으로 풀어냈는가 하는 대목을 읽으려고 합니다.

글 한 줄에 흐르는 바람소리를 함께 누리고 나서 이를 느낌글로 담아내려고 합니다. 그림 하나에 서리는 냇물소리를 나란히 누리고 나서 이를 느낌글로 옮기려고 합니다. 사진 하나에 감도는 노랫소리를 같이 누리고 나서 이를 느낌글로 삭이려고 합니다.

제가 하는 일은 사전짓기입니다. 사전 가운데 한국말사전(국어사전)입니다. 이러다 보니 온갖 책을 골고루 읽어요. 책을 지식으로만 읽기보다는 제 삶으로 옮기거나 받아들일 수 있는 대목이 무엇일까 하고 생각하면서 읽습니다. 앞으로 새롭게 짓는 사전에 밑돌이 될 만한 이야기를 어떻게 다지면 좋을까 하고 헤아리면서 읽어요.

제가 앞으로 쓰려는 사전은 지식만 다루는 책이 아닌 '사람으로 서로 사랑하며 살아가는 기쁨'을 다루는 책이 되도록 할 생각입니다. 그래서 저는 책을 읽을 적에 지은이가 어떤 사람으로서 어떤 사랑을 그리고 어떤 기쁨으로 살아가느냐 하는 대목을 읽고서 이를 느낌글로 적어 보려고 합니다.

이러면서 이러한 느낌글을 '시골에서 아이들하고 오순도순 살림을 짓는 어버이 마음이랑 눈길'로 풀어내려고 하지요.

백 번 남짓 즐겁게 볼 만한 영화를 함께 이야기해 보면 좋겠어요. 참말 우리 모두 영화 한 편을 백 번 넘게 보고서 조잘조잘 영화수다를 나눠 봐요.

백 번 남짓 신나게 읽을 만한 책을 함께 이야기해 보면 어떨까요. 참말 우리 모두 책 한 권을 백 번 넘게 읽고서 재잘재잘 책수다를 나눠 봐요.

책으로 배우는 길

돼지가 '잡아먹히고 싶지 않다'고 말한다

플랜던 농업학교의 돼지

—

미야자와 겐지 글, 이우연 그림, 차주연 옮김

달팽이출판 펴냄, 2016.12.5.

저는 요즈음 호밀밭을 아침저녁으로 돌아보면서 이 호밀을 언제쯤 낫으로 석석 베어서 즐겁게 가루를 빻을까 하는 생각에 잠기곤 합니다. 지난가을에 우리 집 뒤꼍에 호밀씨를 뿌렸고, 이 호밀씨는 겨울을 씩씩하게 나고선 봄에 무럭무럭 올라와서 여름을 앞두고 어른 키를 훌쩍 넘도록 자랍니다.

땅을 안 갈고 씨뿌리기만으로 땅심을 북돋우고 호밀이 잘 자랄 수 있는가 하고 생각하면서 지켜봅니다. 이 호밀을 즐거이 거두면 호밀은 호밀대로 가루가 되어 줄 테고, 줄기는 줄기대로 밀짚으로 삼을 수 있어요.

지난날 누구나 땅을 지어서 살림을 가꿀 적에는 씨앗을 뿌리고 나서 열매를 얻을 뿐 아니라 짚을 함께 얻었어요. 우리가 흔히 아는 이엉이라든지 짚신이나 새끼는 모두 짚입니다. 하나는 밥이 되고 다른 하나는 살림이 된달까요. 오래된 이엉이나 짚신이나 새끼는 땅에 놓아 주면 비바람과 햇볕에 삭을 뿐 아니라 풀벌레가 갉으면서 새롭게 흙으로 돌아가요.

"곰아, 나는 네가 미워서 죽인 것이 아니란다. 나도 먹고살려면 너를 쏴야 해. 죄가 되지 않는 다른 일을 하면 좋겠지만 밭은 없고 나무는 높으신 양반들이 차지하고 마을로 나가 봐도 아무도 상대해 주지 않으니 …… 할 수 없이 사냥을 하고 있단다. 너도 곰으로 태어난 게 업보라면 나도 사냥꾼인 것이 업보다. 곰아, 다음 생에는 곰으로 태어나지 마라." (14~15쪽)

우리는 지난날을 돌아보며 흔히 '쓰레기 없던 살림'이라고 말합니다. 참으로 그렇지요. 지난날 누구나 땅을 지을 적에는 '쓰레기'라는 낱말조차 없었다고 느껴요. 버릴 것이란 하나도 없었으니까요.

밥으로 삼거나 옷으로 깁거나 집으로 짓지요. 모두 살림살이예요. 오늘날 우리는 땅을 짓기보다는 돈을 벌어서 살림을 꾸리기 마련입니다. 오늘날 우리는 벼나 보리나 밀 같은 곡식을 비롯해서 배추나 무나 상추나 당근 같은 남새를 굳이 심어서 돌보아 거두지 않더라도 가게에 가서 손쉽게 돈으로 장만할 수 있습니다. 이러한 살림이 나쁘다고 생각하지 않아요. 그런데 이렇게 돈으로 살림을 꾸릴 적에는 늘 쓰레기가 생겨요. 무엇보다 '밥찌꺼기 · 밥쓰레기(음식물 쓰레기)'가 엄청나게 나오지요.

게다가 도시에서는 쌀뜨물조차 흙한테 돌려주지 못해요. 개수대를 거쳐 하수구로 버리고 맙니다. 시든 배춧잎이라든지 감자껍질을 땅한테 돌려주지 못해요. '음식물 쓰레기를 담는 비닐봉지'에 담아서 버려야 합니다. 돈으로 살림을 꾸리는 오늘날에는 우리가 손수 땅을 짓지 않으면서 쓰레기가 자꾸자꾸 불어요. 앞으로 이 쓰레기는 어찌해야 할까요.

"해님, 해님, 부디 저를 당신 곁으로 데려가 주세요. 타죽어도 괜찮아요. 저처럼 못생긴 새라도 탈 때는 작은 빛을 내겠지요? 부디 저를 데려가 주세요." 가도 가도 해님은 가까워지지 않았습니다. 오히려 점점 작아지며 멀어져가던 해님이 말했습니다. "쏙독새로구나. 그래, 무척 괴롭겠구나. 다음에는 밤하늘의 별에게 부탁해 보렴. 넌 낮에 활동하는 새는 아니잖니." (42~43쪽)

미야자와 겐지 님이 쓴 《플랜던 농업학교의 돼지》를 읽습니다. 일본에서 꽤 옛날에 나온 작품입니다. 미야자와 겐지 님은 언제나 땅을 사랑하고 바람을 아끼며 해와 별을 그리는 이야기를 들려주었습니다. 작은 풀벌레하고 벌나비를 사랑하고 숲짐승을 아끼며 이웃하고 오순도순 짓는 살림을 그리는 이야기를 펼쳤지요.

《플랜던 농업학교의 돼지》는 사람 눈길로만 이야기를 펼치지 않습니다. 곰 눈길로도, 돼지 눈길로도, 멧새 눈길로도, 이 지구라는 별에 깃든 온갖 목숨들 눈길로도 이야기를 펼칩니다. 우리들 사람을 둘러싸고서 수많은 목숨이 있다는 뜻을 조용조용 밝혀 줍니다.

'이 세상은 정말이지 너무도 괴롭구나. 정말 고통으로 가득한 세상

이야.' 돼지는 산책 중에 채찍을 맞으며 절실히 생각했다. "이제 슬슬 쉬어 볼까요?" 조수는 또 한 번 채찍을 휘둘렀다. 똑똑한 대학생 여러분, 이런 산책이 재미있겠는가? 건강을 생각해서 하는 운동도 뭣도 아닌데 말이다 … 사환이 커다란 솔로 돼지의 몸을 깨끗이 씻겨 주었다. 돼지는 솔을 흘끗 보더니 꽥꽥 소리를 질렀다. 돼지털로 만든 솔이었기 때문이다. 돼지가 아우성치는 동안 몸은 새하얘졌다. "이제 돌아갈까요?" 조수가 다시 한 번 찰싹 채찍으로 때렸다. (68, 78쪽)

돼지는 사람한테 먹히려고 자란다고 합니다. 소도 이와 같아요. 닭도 이와 같지요. 틀림없는 목숨인데 그저 먹히려고 자랍니다.

먹는 일은 나쁘지 않아요. 우리가 벼나 감자를 심을 적에도 먹으려고 심습니다. 즐겁게 먹고 배불리 먹으면서 새롭게 일하고 살림하며 꿈을 이루려고 하는 하루입니다.

무엇을 먹느냐는 무엇을 몸으로 받아들여서 무엇을 이 몸으로 하려고 하느냐 하는 이야기로 이어지지 싶어요. 아름답게 돌보아서 거둔 먹을거리로 밥을 짓느냐, 아니면 어떻게 돌보는가를 하나도 모르는 채 그냥 돈만 치러서 사다가 먹느냐는 사뭇 다를 만해요.

그런데 미야자와 겐지 님은 우리한테 새삼스레 묻습니다. '잡아먹히는 삶이 되려고 자라는 돼지가 사람한테 안 잡아먹히고 싶다고 말을 한다'면 우리는 어떻게 하겠느냐고 묻습니다. 돼지우리에서 자라는 돼지가 '사람말'을 배워서 사람들이 나누는 말을 알아들을 뿐 아니라, 돼지 스스로 목소리를 내어 '잡아먹히지 않을 권리'를 밝힌다면 이때에 우리 사람들은 어떻게 하겠느냐고 물어요.

“인간의 마음이 점점 인간에 가까운 존재에서 먼 존재로 향해가고 있습니다. 인간에게 괴로운 일은 감각이 있는 존재에게도 역시 괴로운 일이고, 인간에게 슬픈 일은 강약의 차이는 있더라도 역시 모든 동물에게 슬픈 일입니다.” (126쪽)

한겨레도 다른 겨레도 산 목숨을 잡아서 밥으로 삼을 적에는 언제나 비손을 했습니다. 우리 몸으로 들어오는 밥이 되어 주는 산 목숨 모두한테 고맙게 고개를 숙였어요. 절을 했지요.

사람은 고기도 먹고 풀도 먹으며 열매도 먹습니다. 사람은 고기한테도 풀한테도 열매한테도 늘 고맙다고 말할 수 있어야지 싶어요. 사람말을 못하는 짐승이라기보다, 사람말을 했다가는 너무도 괴롭거나 슬픈 짐승이리라 느낍니다. 사람말을 못하는 풀이라기보다 굳이 사람말을 안 하는 풀이지 싶습니다.

여느 짐승들을 보면, ‘먹지 않을 적’에는 잡아죽이지 않습니다. 잡아서 먹어 목숨을 이어야 할 때에만 비로소 다른 짐승을 잡아죽입니다. 오늘날 사람들은 어떠할까요? 지난날에는 꼭 밥으로 삼아야 할 적에만 사냥을 하거나 땅을 지었어요. 오늘날에는 꼭 밥으로 삼지 않아도 될 자리에서도 사냥을 한다든지 땅을 망가뜨려요. 너무 돈만 생각하느라 숱한 짐승을 괴롭히고 드넓은 들이나 숲을 파헤칩니다.

"물고기가 죽는다고 해서 우리가 반드시 물고기를 먹어야 할 이유는 없습니다. 또한 우리가 물고기를 먹었다고 해서 물고기가 기뻐할지 어떨지도 알 수 없습니다. 어차피 죽음을 당할 운명이니 우리가 죽여 주겠다고 할 수도 없는 노릇입니다. 인간이 물고기를 잡지 않으면 바다가 물고기로 넘칠 거라는 계산도 하지만, 그런 어림셈으로 될 일이 아닙니다." (141쪽)

《플랜던 농업학교의 돼지》는 소리 높여 다그치거나 나무라지 않습니다. 아주 넌지시 묻습니다. 우리가 스스로 우리 앞길을 어떻게 다스리거나 갈고닦을 뜻인가 하고 묻습니다. 우리 스스로 어떤 밥을 먹으려 하느냐고 물어요. 우리 스스로 어떤 삶을 가꾸려 하느냐고 묻습니다.

우리는 평화로운 땅짓기를 할 수 있을까요? 네, 할 수 있으리라 생각합니다. 이제부터 하면 되어요. 우리는 평화로운 살림짓기를 할 수 있을까요? 네, 할 수 있으리라 생각해요. 이제부터 전쟁무기와 군부대를 차츰 줄이면서 서로 아름답게 어깨동무할 수 있어요.

관광지로 꾸며야 관광할 만한 곳이 되지 않아요. 우리는 4대강 막삽질이 얼마나 어마어마하게 끔찍하거나 아픈 짓이었는가를 곁에서 지켜보는 하루를 살아갑니다. 그토록 엄청난 돈을 들여서 그토록 엄청난 땅이며 물줄기를 파헤친 뒤끝은 어떤 모습인가요? 그토록 엄청난 돈은 평화와 평등을 이루는 아름다운 살림을 가꾸는 데에 써야 하지 않았을까요? '막삽질 일자리 만들기'는 이제 그치고, '아름다운 흙살림 일자리 나누기'를 할 때가 아닐까요?

숲은 숲 그대로 아름답기에 숲으로 찾아가서 마음을 쉬고 몸을 쉴 만해요. 냇물은 냇물 그대로 사랑스럽기에 냇물로 찾아가서 마음을 달래고 몸을 달랠 만해요. 마을을 살리고 나라를 살리며 삶과 꿈을 살리는 길을 생각하는 사람으로 거듭나기를 비는 마음입니다. 즐겁게 땅을 짓고 삶을 지으며 사랑을 짓는 사람이 되고 싶다는 꿈을 온누리 아이들이 품을 수 있기를 바라요.

'세계에 딱 하나만 살아남'은 고흥 좀수수치

야생 동물은 왜 사라졌을까?

—

이주희 글, 강병호 그림

철수와영희 펴냄, 2017.3.3.

한국에서 범은 처음부터 깊은 숲이나 멧골에서 살지 않았다고 합니다. 그런가, 하고 고개를 갸우뚱하다가, 조선 무렵부터 나라에서 범사냥에 앞장서고 논밭을 늘리려 하면서 범은 사람한테 쫓겨 깊은 숲이나 멧골로 숨어야 했다는 이야기를 읽고서는 비로소 고개를 끄덕입니다. 그렇겠지요. 깊은 숲이나 멧골에서는 제아무리 범이라 하더라도 수풀을 헤치며 다른 짐승을 사냥하기에 수월하지 않으리라 느껴요. 냇가처럼 제법 넓게 트인 자리가 있어야 범처럼 커다란 짐승이 펄쩍 뛰어오르면서 다른 짐승을 사냥하기에 수월하겠지요.

한국에서 범은 일제강점기에 씨가 말랐어요. 그러나 조선 끝무렵에 범은 어느새 100마리 즈음으로 줄었다고 합니다. 일제강점기인 1921년에 경주에서 마지막 범이 잡혔다고 합니다만, 이에 앞서 한국사람 스스로 범을 끝도 없이 잡아대었다고 해요. 고려가 저

물고 조선이 새로 서면서 경국대전이라는 법에서까지 해마다 범을 1000마리는 잡아야 한다고 밝혔고, 범을 잡는 공공기관까지 세웠다는군요.

> 삼국 시대나 고려까지만 해도 불교가 나라의 종교라서 살생을 하지 않으려고 했지. 동물도 함부로 죽이지 않았어. 그래서 호환이 생겨도 누구도 적극적으로 나서서 호랑이를 잡으려 하지 않았어. 불교에서는 사람의 영혼은 죽어서도 사라지지 않고 다른 몸으로 다시 태어난다고 믿잖아. 동물들이 죽은 뒤에 사람으로 다시 태어날 수도 있고, 다른 동물로도 태어날 수 있다는 거지 … 조선의 지도자들은 호랑이와 표범 같은 맹수를 해로운 동물이라고 생각했어. 조선을 건국하자마자 나라에서 앞장서서 대대적으로 범을 잡기 시작했어 … 범은 점차 물가에서 쫓겨나 산속으로 숨어 들어가야 했어. 호랑이가 깊은 산에 산다고 사람들이 생각하게 된 건 이 때문이야. (16~17쪽)

이주희 님이 쓴 《야생 동물은 왜 사라졌을까?》는 한국에서 사라졌거나 곧 사라질 만한 스물두 가지 목숨붙이 이야기를 다룹니다. '호랑이와 표범', '곰과 여우', '수달과 담비', '꽃사슴과 산양', '물범과 물개', '수리부엉이와 독수리', '따오기와 뜸부기', '구렁이와 남생이', '맹꽁이와 금개구리', '꾸구리와 좀수수치', '소똥구리와 장수하늘소' 이렇게 두 가지씩 묶어서 왜 사라졌거나 사라지려 하는가를 이야기합니다.

스물두 가지 목숨붙이를 다루는데, 이 가운데 하나가 제 눈에 도

드라지게 보입니다. 전남 고흥에서 사는 '세계에 딱 하나만 있다'고 하는 좀수수치입니다. 제가 바로 이 전남 고흥에서 살거든요.

좀수수치는 미꾸리를 닮은 나룻이 있는 작은 민물고기로, 1995년에 학계를 거쳐 처음 알려졌다고 해요. 1995년이면 전남 고흥은 아직 '나로 우주센터'를 짓기 앞서예요. 벌교에서 고흥으로 들어오는 네찻길이 안 뚫리던 무렵입니다. 그러나 그 뒤 고흥은 나로 우주센터를 짓기로 했고, 벌교에서 고흥읍을 거쳐 녹동과 나로로 이어지는 넓은 찻길을 새로 닦습니다. 2000년대를 지나 2010년대로 접어들면서 온 나라에 '4대강 막삽질'이 이루어졌는데, 이때 고흥이라고 하는 작은 고장에서는 '하천정비사업'이라는 이름으로 작은 냇물이나 골짜기를 삽차로 파헤쳐서 시멘트를 들이붓는 일이 벌어졌어요. 이 시멘트 막삽질은 2017년에는 고흥만 갯벌을 메꾼 들판에 '경비행기 시험장'을 수백억 원을 쏟아부어 짓겠다는 막삽질로 이어집니다.

> 우리나라에는 여우가 한 종류만 살아서 반달가슴곰을 그냥 '곰'으로 부르는 것과 마찬가지로 붉은여우를 그냥 '여우'라고 불러 왔어. (28쪽)
> 곰을 복원하고 있는 지리산에서는 곰 때문에 농작물 피해를 입거나 양봉하는 벌통이 훼손되는 일로 농민들과 갈등을 빚기도 하지. 그렇다면 곰을 아예 없애버리는 게 나을까? (32쪽)

범이 사라지고 늑대가 사라지며 여우가 사라진 이 나라 들이나 숲에서는 어떤 일이 벌어질까요? 범이나 늑대나 여우한테 잡아먹히던 작은 짐승이 들끓습니다. 숲에는 먹이사슬이 있기에, 이 먹이사슬에 맞추어 서로 알맞게 어우러져요. 이 먹이사슬 얼거리와 숲 얼거리를 사람들이 하루아침에 깨고 말았습니다. 기껏해야 백 해쯤 되는 짧은 나날에 이 얼거리를 조각조각 깨었어요. 게다가 이처럼 먹이사슬과 숲 얼거리를 깨는 흐름은 아직도 이어집니다.

새로운 고속도로나 골프장이나 큰 발전소는 아직도 더 늘어나려 합니다. 새로운 군부대나 군사기지에 미사일기지까지 더 늘어나려 합니다. 도시는 자꾸 커지기만 합니다. 줄어드는 시골에는 도시에 들이지 않는 위험 · 위해시설이나 큰 화력발전소를 세우려고 합니다. 이 나라 어느 곳이든 깨끗하거나 조용하거나 정갈하거나 아름답게 지키려는 몸짓이 자꾸 수그러들어요. 그나마 설악산국립공원에 케이블카가 놓이는 일은 막았다지만, 국립공원에조차 케이블카를 놓으려는 '개발 이익 본능'은 잠들지 않아요. 지난 2016년에 태백산도 국립공원으로 되었는데, 앞으로는 국립공원이 되지 않고서는 제대로 지키기 어려울는지 몰라요.

> 최근에 연구자들이 조사해 보니까 우리나라에 사는 담비들이 1년 동안 멧돼지 1만 마리, 고라니 1만 마리 정도를 잡아먹는다는 거야. 이쯤이면 생태계 조절 능력이 호랑이나 표범에 버금간다고 볼 수 있지. (42쪽)
>
> 수달은 물가에 자연스럽게 만들어진 굴이나 수풀에다 보금자리를 만들어 새끼를 기르는데, 하천 환경이 변하면서 보금자리를 만들 수 있는 공간이 없어져 버린 거지. 지금도 우리 주변에서 생태 하천을

만든다고 하면서 산책로와 자전거 도로를 깔고 사람들이 이용할 수 있는 온갖 시설들을 설치하는데, 그런 곳은 이름만 생태일 뿐 생태와 거리가 멀어. (45쪽)

온갖 목숨붙이가 죽거나 사라지는 까닭을 살피면 막삽질을 첫손으로 꼽을 만한데, 이에 못지않게 '농약'이 큰 말썽거리입니다. 여기에 '비닐'하고 '플라스틱'을 손꼽을 만해요. 크고 작은 짐승과 새와 물뭍짐승이 농약에 시달리다가 죽거나 사라집니다. 숱한 짐승과 새와 물뭍짐승에다가 물고기가 비닐하고 플라스틱 때문에 목숨을 잃습니다. 태평양 어느 곳에 끔찍한 '비닐 · 플라스틱 섬'이 있다지요?

여기에서 찬찬히 짚어야 하는데, 농약이나 비닐이나 플라스틱은 짐승이나 새나 물뭍짐승이나 물고기만 죽이지 않아요. 사람도 죽여요. 뒤늦게 친환경이나 유기농이나 무농약이나 자연농이라는 말이 불거지면서 농사법이 달라지려는 까닭도 '농약에 찌든 먹을거리'는 사람한테까지 매우 나쁘기 때문입니다.

우리 밥상에 비닐이나 플라스틱이 올라오면 어찌 될까요? 우리는 비닐이나 플라스틱을 못 먹습니다. 잘못해서 비닐이나 플라스틱을 삼켰다가는 큰일이 나요. 그렇지만 고추밭이나 마늘밭을 비닐로 드넓게 씌우고 말아요. 한겨울에 비닐집을 크게 지어 딸기를 석유를 때며 키워요. 우리 스스로 제철을 잃고 '돈 될 농업'에 기울어지면서 그만 '들짐승이 한국에서 사라지도록 내모는 짓'뿐 아니라 '사람 스스로 앓거나 다치거나 아프는 길'로 가고 말아요.

사실 우리나라에서만 흔하고 세계적으로 보면 고라니는 매우 귀한 동물이야. (56쪽)

생각해 봐! 국립공원이고 천연기념물이며 생태적으로 보존할 가치가 높다고 세계가 인정한 설악산에 케이블카를 버젓이 설치할 수 있다면, 그렇지 않은 다른 곳에 케이블카나 이와 비슷한 인공 구조물을 설치하는 걸 어떻게 막을 수 있겠니! (63쪽)

고라니는 한국에서만 흔해 보일 뿐, 다른 나라에서는 매우 드문 짐승이라고 합니다. 다른 나라에서는 거의 사라져서 '아끼며 지키는 짐승'인 고라니라지만, 한국에서는 총으로 쏘아죽이거나 그물로 사로잡아 죽이려 해요.

사람들은 도시에서 비둘기를 닭둘기라는 이름으로 놀리지만, 비둘기는 사람 때문에 보금자리와 숲을 빼앗겼어요. 아스라히 먼 옛날까지 아니어도 고작 백 해 앞서만 헤아리더라도, 서울 한복판에도 나무가 우거지고 숲정이가 있었기에 비둘기는 이런 데에서 느긋하게 살았어요. 사람들은 도시에 삽질을 하면서 새한테 한 번도 안 물어보았어요. 소똥구리한테도, 하늘소한테도, 풍뎅이한테도, 도롱뇽한테도 참말 한 번도 안 물어보았습니다. '너희 보금자리를 밀어내어 사람 보금자리를 늘리려 하는데 괜찮니?' 하고 물어보지 않았어요.

농약이나 화학비료를 많이 사용하다 보니 따오기와 뜸부기의 먹이가 되는 물속 생물들이 줄어들었어. 또 수달이나 맹금류가 줄어든 이유와 마찬가지로 농약으로 널리 쓰인 DDT 같은 독성이 강

한 화학 물질이 먹이를 통해서 따오기와 뜸부기의 몸에 쌓여 갔어. (95~96쪽)

경기도 여주시 남한강변은 우리나라에서 손에 꼽던 꾸구리의 대규모 서식지였는데, 4대강 사업으로 이포보와 여주보가 들어서면서 물 흐름이 멈추고 여울이 사라지면서 꾸구리도 자취를 감췄어. (133쪽)

《야생 동물은 왜 사라졌을까?》에서도 밝힙니다만 경기 여주는 4대강 막삽질이 닿으면서 꾸구리가 자취를 감추었다고 합니다. 이런 4대강 막삽질은 여주시에 도움이 될까요? 여주시가 4대강 막삽질을 안 받아들이면서 '꾸구리 보금자리'를 지키면, 오히려 사람들은 '꾸구리를 보려'고 '생태관광'으로 여주시를 찾아가지 않을까요?

전남 고흥도 이와 매한가지라 할 수 있어요. 건설업자 배를 불리는 하천정비사업은 이제 그칠 노릇이에요. 세계에 오직 한 곳 한국에, 게다가 한국에서도 고흥에만 살아남은 좀수수치라고 한다면, 고흥군 행정은 이제 생각을 바꾸어야지 싶어요. 세계에 오직 고흥에만 있는 좀수수치를 보러 고흥으로 사람들이 찾아오도록 '숲살림마실 정책'을 펼 만합니다. 사진기조차 내려놓고 두 손에 연필하고 종이만 쥔 채, 가벼운 차림새로 숲으로 천천히 들어가서 작은 냇물에 사는 좀수수치를 만나도록 해 볼 수 있어요.

그리고 좀수수치가 살아갈 만한 아름다운 숲을 고흥 같은 지자체에서 지키거나 건사할 수 있다면, 좀수수치가 아니어도 아름드리 숲하고 바다를 누리려고 '생태관광'이나 '도보관광'을 하려는 발길이 늘어나리라 생각해요.

새들이 사라지는 건 그만큼 우리 주변의 환경이 많이 변하고 있다는 걸 나타내. 새들이 잘 살 수 있는 환경이 곧 사람도 건강하게 살 수 있는 환경이라는 걸 안다면, 우리가 해야 할 일들이 분명해지겠지. (89쪽)

좀수수치는 1995년에야 세상에 알려졌어. 우리나라에서도 전남 고흥 반도와 여수, 그리고 그 주변의 섬에서만 드물게 발견되다 보니, 학자들이 잘 몰랐던 거지. 좀수수치는 우리나라에 사는 민물고기 중에서 서식 범위가 가장 좁은 물고기야. 아마 세계적으로 봐도 좀수수치처럼 서식 범위가 좁은 물고기는 드문데, 그만큼 아주 희귀하다고 할 수 있지. (136쪽)

새가 살아갈 만한 곳은 사람도 아름답게 살아갈 만한 곳입니다. 개구리나 좀수수치가 살아갈 만한 곳은 사람도 즐겁게 살림을 지을 만한 터입니다. 담비와 수달이 노니는 곳은 사람도 사랑스레 삶을 이룰 만한 자리입니다.

이 땅에서 크고작은 목숨붙이가 사라진 까닭은 '사람만 잘 살려'는 생각 때문이었을 텐데, 이제 지난 백 해를 곰곰이 돌아보아야지 싶습니다. 사람만 잘 살려 하는 정책으로 참말 사람이 잘 살 수 있었는가 하고 말이에요. 사람도 숲도 뭇목숨도 다 같이 어우러질 수 있는 곳일 때라야 비로소 사람도 즐겁게 잘 살 만한 곳이 아닌가 하고 되새겨 보아야지 싶습니다.

예방접종은 우리 삶을 어떻게 망가뜨리나

예방접종 어떻게 믿습니까

—

스테파니 케이브 글, 차혜경 · 유정미 옮김

바람, 2005.12.10.

예방접종이 무엇인 줄 제대로 아는 사람은 그닥 많지 않습니다. 예방접종이 무엇인 줄 알면서 예방접종을 어떻게 마주해야 좋을는지를 생각하는 사람도 그다지 많지 않아요.

예방접종이란, 이름 그대로 "예방하는 접종"이요, 병이 걸리지 않으려고 병원균을 따로 만들어 우리 몸으로 집어넣는 일입니다.

예방접종이 생겼기 때문에 병에 걸리는 사람이 줄어들었는지, 아니면 예방접종이 없었어도 병에 걸리는 사람이 줄어들었는지는 똑똑히 알 길이 없습니다. 다만, 온누리 숱한 나라가 마련한 통계를 살피면, 예방접종을 놓았거나 안 놓았거나 '근대에서 현대로 접어들던' 무렵에 돌림병에 걸리는 사람 숫자가 눈에 뜨이도록 줄었다고 합니다. 예방접종을 널리 맞히는 오늘날에는 '병에 걸리는 사람이 줄거나 거의 사라졌던' 흐름이 '병에 걸리는 사람이 다시금 느는' 흐름으로 차츰 달라진다고 해요. 이러면서 요사이는 예전에 없던 새로우면서 훨씬 무서운 병이 나타납니다.

한국에서 일하는 의사나 간호사 가운데 '예방접종을 맞혀서 병에 안 걸리는 확률'하고 '예방접종을 안 맞혀서 병에 안 걸리는 확률'하고 '예방접종을 맞혀도 병에 걸리는 확률'하고 '예방접종을 안 맞혀서 병에 걸리는 확률'이 어떠한가를 제대로 아는 사람은 없다고 할 수 있습니다. 처음부터 이러한 통계는 없다고 할 수 있기까지 합니다. 예방접종이 얼마나 도움이 되는지를 알 길이란 없고, 예방접종 부작용이 어떠한가조차 알 노릇이 없습니다.

> 우리 아이가 예방접종을 하기 전에 이 책을 알았어야 했습니다. 최소한 예방접종 부작용을 부작용으로 알아차리기라도 했어야 했습니다. 우리 솔희는 첫 번째 DTaP 주사를 맞고 아토피가 생겼고, 두 번째 DTaP 예방접종 후에 경련을 시작했습니다 … 저는 한 번도 예방접종을 의심하지 못했습니다. 한 번 넘어진 줄에 계속해서 걸려 넘어지면서도 알아채지 못했습니다 … 이제 우리가 대안을 찾아야 합니다. 제약회사가 수은 · 포르말린 · 페놀을 백신 속에 집어넣게 해서는 안 됩니다. 치메로살(수은)이 아무 문제없다고 외치던 제약회사가 엄마들이 수은 없는 백신을 찾자, 수은 없는 백신을 만들었습니다. 우리가 포르말린 없는 백신을 찾으면 그들이 포르말린 없는 백신을 만들 겁니다. (7~9쪽/옮긴이 말)

한국에서는 '농약을 친 먹을거리'가 사람 몸에 쌓일 때에 어떻게 되는가를 알 길이 없습니다. 정부에서 '새마을 운동'이니 '근대화'이니 '세계화'이니 내걸면서 온갖 화학첨가물 깃든 가공식품을 사람들한테 먹이고 나서부터 숱하게 생기는 갖가지 현대병이 앞으로 이 나라 아이들한테 어떻게 퍼질는지를 알 길조차 없습니다.

ㅊ파이가 잘 팔리고 ㅅ라면이 잘 팔린다지만, ㅊ파이나 ㅅ라면은 '날 먹을거리'가 아닙니다. '살아숨쉬는 먹을거리'가 아니에요. 첨가물과 조미료와 화학약품을 버무려서 혀끝에 감도는 맛이 좋도록 만든 먹을거리, 곧 '공장 가공식품'입니다.

딸기이든 포도이든 능금이든 오얏이든 수박이든 참외이든 오이이든 버섯이든 …… 농약과 항생제와 방부제를 뒤집어쓰지 않은 열매란 한 가지도 없다고 할 수 있는 오늘날이에요. 사람들은 언제나 농약과 항생제와 방부제를 먹는다고 할 수 있습니다.

옛날 사람은 안 걸리던 아토피가 요즈음 아이나 어른 모두한테서 나타납니다. 아토피뿐 아니라 주의력결핍장애라든지 갖가지 현대병이 새로 나타납니다. 조류독감이라 하든 무어라 하든, 온갖 새 병이 끝없이 나타납니다. 수두나 풍진은 하나도 무섭지 않습니다. 아토피나 주의력결핍장애가 무섭습니다. 에이즈라고 하는 '후천성 면역결핍 증후군'이 무섭지, 비형간염이 무섭지 않아요.

부작용이 아주 적더라도 부모는 당연히 그것에 대해서 알 권리가 있다. 그러나 의사와의 면담 시간이 1~2분 정도밖에 되지 않는 우리나라의 의료 현실에서는 그 권리마저도 사치스럽게 느껴진다 … 우리나라는 백신정보설명서도 배포하지 않는다. 그렇다고 의사에게 백신 제품설명서를 보자고 요구하기에는 너무 큰 용기가 필요하다.

식약청 홈페이지를 뒤져 봐도 치메로살의 함유량이나 발생가능한 부작용에 대한 정보를 찾는 것이 쉽지 않다 … 의식 있는 의사들은 절대 치메로살이 함유된 백신을 권하지 않는다. 치메로살이 없는 백신이 있는데, 비용이 싸거나 무료라고 해서 아이에게 수은이 들어간 주사를 맞힐 수는 없는 일이다. 보건소에서는 여전히 치메로살이 함유된 독감백신을 사용한다. (268, 269, 271쪽/옮긴이 말)

아이들한테 아무 과자나 먹이면 안 되는 줄 요즈음 어버이 가운데 적잖은 이들이 제법 압니다. 아이들한테 아무 과자나 먹일 때에 두드러기가 나거나 열이 나거나 앓거나 게우거나 하니까요. 왜냐하면 '아무 과자'이든 '이름난 회사에서 만든 광고 많이 나오는 과자'이든 공장에서 만든 먹을거리이거든요. 갖가지 첨가물과 화학약품과 화학조미료와 화학색소가 깃든 먹을거리이니까요.

그런데 아이들한테 아무 과자나 함부로 먹일 수 없는 줄 알면서, 막상 아이들한테 아무 예방접종이나 함부로 놓고 맙니다. 나라에서는 '예방접종 비용 국가 지원'이라는 이름을 내걸기까지 하는데, 예방접종을 거저로 놓는다 해서 아이들한테 도움될 일이란 없습니다. 예방접종이라는 이름으로 맞히는 주사가 어떤 성분으로 이루어졌는지를 알지 않고서 이 주사를 놓을 수 없어요.

조그마한 과자이든 라면이든 겉에 '무엇을 넣고 무엇으로 만들었는지'를 밝히도록 합니다. 물고기이든 콩나물이든 '원산지 밝히기'를 해야 합니다. 그렇지만 예방접종 주사는 '어떤 성분'인지를 꽁꽁 숨길 뿐 아니라 '원산지 밝히기'를 하지 않아요. 게다가 의사나 간호사조차 예방주사 성분을 모르고, 이 성분이 일으킬 부작용은 거의 모릅니다.

> 미국과 단순비교 하더라도 1년에 약 1900만 건 이상의 예방접종이 이뤄지는 우리나라에서 최소 1900건의 부작용이 신고되어야 한다 … 신고율이 0%에 가까운 이유는 부작용에 대해 부모들이 자세히 알면 백신접종율이 떨어질 것을 우려해 적극적으로 부작용에 대해 홍보하지 않는 백신 정책 때문이다 … 예방접종 때문에 피해를 봤어도 백신이 정상적으로 승인되고 유통됐다면 '피해 입은 사람이 재수 없었던 것'이라는 판결이다. 미국과 마찬가지로 우리나라도 제약회사나 의사·국가는 민·형사상 책임을 지지 않는다. 결국 모든 책임이 부모에게 돌아온다. (272~273, 274쪽/옮긴이 말)

가만히 따지면, 의사나 간호사조차 예방주사 성분을 모른다 할 수 없습니다. 아예 눈길을 두지 않습니다. 처음부터 알 생각이 없습니다. 아이를 둔 어버이도 매한가지입니다. 어버이 스스로 알려고 애쓰면 알아낼 수 있습니다. 그저 알아내려 하지 않을 뿐이며, 알아내고 나서도 '예방주사 안 놓다가 아이가 병에 걸리면 어쩌지?' 할 뿐입니다.

마땅한 노릇인데, 예방접종을 한대서 병에 안 걸리지 않습니다. 예방접종을 안 한대서 병에 걸리지 않습니다. 병에 걸릴 아이는 병에 걸립니다. 예방접종 때문이 아니라, 여느 날 어디에서 어떻게 무엇을 먹으면서 살아가느냐에 따라, 아이가 병에 걸리느냐 안 걸리느냐가 갈립니다. 아이가 여느 때에 무엇을 먹는가에 따라 달라집니다. 아이가 여느 때에 어떠한 곳에서 어떻게 살아가느냐에 따라 달라져요.

예부터 몸이 아픈 사람한테는 꼭 한 가지를 시켰습니다. 몸이 튼튼한 사람은 약을 써서 나을 수 있을 테지만, 몸이 여려 늘 앓는 사람한테는 꼭 한 가지를 시켰어요. 바로 '시골로 보내기'를 시켰어요. 맑은 바람과 따순 햇살을 먹으면서 싱그러운 흙을 밟을 수 있는 터전에서 알맞게 땀을 흘려 일하면서 느긋하게 쉬며 걱정근심 없도록 하는 삶이 되어야, 비로소 몸이 여린 사람한테 깃드는 병이 사라진다고 했습니다.

> BCG는 살아 있는 결핵균으로 만들기 때문에 다른 생백신과 마찬가지로 예방하려는 병, 즉 결핵에 걸릴 수 있다. (279쪽/옮긴이 말)

몸이 아픈 사람은 물과 바람과 햇살과 흙이 깨끗한 시골에서 숲을 품에 안아야 합니다. 몸이 안 아픈 사람도 물과 바람과 햇살과 흙이 깨끗한 시골에서 숲을 품에 안을 때에 언제나 튼튼하고 즐겁게 살아갈 수 있습니다.

돈을 번대서 튼튼하거나 즐겁게 살아가는 사람이 아닙니다. 이름이 높아야 튼튼하거나 즐겁게 살아갈 사람이 아니에요. 책을 더 많이 읽을 수 있거나, 극장을 가까이에서 찾아갈 수 있거나, 큰회사 일자리가 있어야 사람 삶이 아름다워지거나 좋아지지 않습니다. 누구한테나 맑은 물과 시원한 바람과 따순 햇살과 고운 흙과 푸른 나무가 어우러진 터전이 가장 좋은 보금자리요 가장 사랑스러운 삶터입니다. 어린이문학《하이디》에 나오는 하이디가 괜히 스위스 알름산에서 살아갈 때에 어여쁘면서 씩씩하지 않습니다. 프랑크프루트에서 지내던 클라라가 괜히 끙끙 앓다가 스위스 알름산에서 몸이 나아지지 않아요.

《예방접종 어떻게 믿습니까》를 읽습니다. 큰아이를 낳던 2008년에 한 번 읽고, 작은아이를 낳은 2011년에 새롭게 읽습니다. 어쩌면, 우리 집에 두 아이가 찾아들지 않았으면 아버지로서 이 책을 두 차례 읽을 까닭이 없었을 테며, 이러한 책이 있는지 언제까지나 모르는 채 살았으리라 봅니다.

책을 읽고 아이를 바라보면서 생각합니다. 예방접종 성분을 꼼꼼히 밝힐 뿐 아니라, 예방접종에 깃든 성분 때문에 어떤 부작용이 생기는가를 낱낱이 밝히는 책이 나오는데에도, 이러한 책을 읽으면서 달라지지 않는 어버이라면 아이 앞에서 어떤 어버이라 할 만한가 하고 생각합니다. 이러한 책을 아예 손사래치거나 안 읽거나 눈을 감는다면, 이러한 어버이는 아이한테 어떻게 다가서려는 마음일까 하고 생각합니다.

부모들이 의사로부터 들을 수 있는 말은 "예방접종은 꼭 해야 합니다."라는 말뿐이다. 자폐증 · 경련 · 근육질환 · 뇌염과 같은 부작용에 대해 질문하면 이런 대답을 들어야 한다. "예방접종이 있는 시대에 태어난 걸 행운이라고 생각하세요." … 예방접종 유무를 부모들이 결정하면 안 될까? 예방접종에 대한 장점과 위험성을 알려주면, 부모들이 최선의 선택을 하지 않을까? 아이들 건강을 책임지는 주체가 정부일까, 제약회사일까, 의사일까, 부모일까? 정부와 의사들은 예방접종이 부작용과 사망 위험이 있다는 사실을 인정하면서, 왜 부모가 예방접종을 결정하도록 하지 않을까? … 나는 제약회사들도 우리 아이들의 건강을 걱정할 것이라고 믿는다. 하지만 그것과 별개로 백신은 아주 큰 사업이다 … 항생제를 사용한 결과 내성을 가진 세균들이 더 늘어나거나, 항생제에 반응하지 않는 질병도 늘어나고 있다 … 예방접종으로 생긴 면역은 대개 일시적이며, 자연스럽지 못하다. 주사를 통해 병원체가 몸에 들어오는 방식은 면역계의 방어체계를 혼란시킨다. 어떤 시각에서 보면 독성첨가물을 포함한 백신이 예고 없이 갑자기 우리 몸을 습격한 것이 된다 … 우리 몸은 백신에 포함된 화학첨가물과 갑자기 쳐들어오는 병원체를 이겨내야 하고, 면역계 세포가 과잉생산되는 스트레스도 겪어야 한다. (22~23, 25, 93, 113쪽)

먼 옛날, 맹자 어머니는 이녁 아이를 옳게 가르치려고 집을 세 차례 옮겼다고 했습니다. 아이를 옳게 가르치려고 어버이 되는 사람은 집을 옮길밖에 없습니다. 아이한테 옳은 밥을 먹이려고 어버이 되는 사람은 먹을거리 하나하나를 제대로 따지고 돌아볼밖에 없습니다. 겉으로 보기에 멀쩡해 보인대서 아무것이나 먹일 수 없거든요. 형광물질 가득한 옷을 예쁘장해 보인대서 아이한테 함부로 입힐 수 없어요. 아이 앞에서는 담배를 피우면 안 된다고 여긴다면, 아이한테 무슨 밥을 먹이고 무슨 약을 먹이며 무슨 주사를 맞히려 하는가를 올바로 되새겨야 합니다. 아이한테 담배 내음이 나쁜 줄 안다면, 아이를 자가용에 태우고 돌아다닐 때에, 내 자가용이나 이웃 자가용에서 내뿜는 배기가스가 내 자가용에 천천히 스며들어 아이 허파에 천천히 파고드는 줄 알아야 합니다.

아이들이 자동차(자가용이든 택시이든 버스이든)를 탈 때에 어른보다 쉬 멀미를 하는 까닭은 배기가스를 마시기 때문입니다. 어른은 오래도록 길들여졌기에 덜 멀미를 할 뿐인데, 자동차를 오래 탔다가 내리면 어느 어른이든 머리가 맑아지거나 개운해지는 까닭이란, 이제 더 배기가스를 마시지 않으면서 '자동차에 탔을 때보다' 맑은 바람을 쐬기 때문이에요.

아이를 키우는 어버이로서, 아이한테 예방주사 한 가지를 안 맞힌대서 아이 몸이 튼튼해지지 않습니다. 아이를 키우는 어버이로서, 아이한테 가공식품이나 햄버거나 피자만 안 먹인대서 아이 몸이 튼튼해지지 않습니다.

이와 함께, 어버이라면 더 생각해야 합니다. 아이가 퍽 어릴 때부터 아이한테 이모저모 가르쳐서 머리에 집어넣는 갖은 지식, 이를테면 영어나 한자나 시사상식이나 수학이 아이 삶에 얼마나 도움이 될는지를 생각해야 합니다. 두 살 아이가 한글을 떼거나, 네 살 아이가 영어를 하거나, 여섯 살 아이가 한자를 외거나, 여덟 살 아이가 컴퓨터에 익숙하다면, 이러한 아이 삶이 얼마나 아름답거나 사랑스러울는지를 생각해야 합니다.

알루미늄은 DTP, DTaP, B형간염 예방 백신에 주로 사용된다 … 백신에 들어 있는 액체 포름알데히드는 '포르말린'으로 불리며, 병원균을 불활성화시키기 위해 사용된다 … 페놀은 장티푸스 등의 백신을 제조하는데 사용한다 … 치메로살은 수은이 갖는 맹독성을 그대로 가지고 있다. 치메로살은 수십 년 동안 거의 모든 백신에 사용되고 있다 … (에틸렌글리콜은) 부동액의 주요 성분으로 DTaP, 소아마비, Hib, B형간염 백신 등에 방부제로 사용된다 … 수은 없는 백신이 나왔음에도 여전히 많은 의사들은 수은이 들어 있는 백신을 사용하고 있다 … 참치 통조림 하나에는 평균 17mcg의 수은이 들어 있고 소아용 B형간염 백신에는 12.5mcg이 들어 있다. "참치 통조림보다 적게 들어 있는데, 무슨 문제인가라고 생각할 수도 있다." (38~40, 52~53쪽)

참치 통조림보다 수은이 적게 든 백신이기에 더 걱정없다고 할 수 없습니다. 참치 통조림에도 수은이 들었구나 하고 생각하면서 아이한테 참치를 먹이고 싶다 할 때에 걱정해야 올바릅니다. 참치 통조림에도 수은이 들었다면 다른 통조림은 어떠한가를 걱정해야 올바릅니다. 아이들한테 무언가를 먹일 통조림을 어떻게 마련하고, 이 통조림에는 수은을 비롯해 몸에 나쁠 무엇이 얼마나 깃드는가를 걱정해야 올발라요.

아이를 태울 더 좋은 자가용을 장만하는 일을 생각하기 앞서, 자동차가 내뿜는 배기가스가 아이한테 얼마나 나쁠는지를 생각할 줄 알아야 합니다. 아이한테 아무 옷이나 입히지 않고, 아무 밥이나 먹이지 않듯, 아이한테 아무 약이나 주사를 주지 않아야 할 뿐더러, 아이한테 아무 지식이나 주어서는 안 됩니다.

무엇보다 아이에 앞서 어른부터 좋은 밥과 좋은 옷과 좋은 집과 좋은 앎과 좋은 넋으로 살아가야 합니다. 그런데 좋은 밥이나 옷이나 집이란 비싼 밥이나 옷이나 집이 아닙니다. 우리가 사랑으로 손수 지어서 기쁨으로 가꿀 때에 비로소 좋은 밥이나 옷이나 집이 됩니다.

어른 스스로 좋은 터전에서 좋은 이웃을 사귀며 좋은 땀을 흘리며 좋은 삶을 일굴 때에, 아이도 좋은 어버이를 만나는구나 하고 생각하면서 태어납니다. 어버이가 될 어른 스스로 착하고 참다우며 곱게 살아가려 할 때에, 아이들은 바야흐로 좋은 꿈과 좋은 이야기와 좋은 생각을 키웁니다.

혼합접종은 아이들에게 심각한 건강 문제를 유발할 수 있다. 예고 없이 화학첨가물이나 알레르기를 유발하는 물질들과 함께, 여러 종류의 병원체들이 아이들의 몸속으로 들어가기 때문이다. 혼합접종을 옹호하는 사람들도 많다. 질병관리본부는 혼합접종이 부모들의 돈과 시간을 줄일 수 있으며, 아이들의 고통도 줄일 수 있다고 주장한다. 하지만, 어떤 부모가 돈과 시간을 조금 아끼기 위해서 아이들을 위험에 몰아넣길 바랄까? … 1965년부터 1980년대 초반까지 부모들은 돌 이전이나, 태어나자마자 바로 자폐증을 알아차렸다. 그런데, 1980년대 중반 이후에는 생후 6개월이나 1년 동안에는 정상적인 발달을 보이다가 갑자기 자폐증이 생겼다고 보고하는 부모 숫자가 갑자기 두 배가 됐다 … 소아 기본예방접종의 시행이 철저히 시행된 몇 년 사이에 자폐증이 크게 늘어난 것이다. (42, 70~71쪽)

《예방접종 어떻게 믿습니까》라는 책을 한글로 옮긴 두 사람 가운데 하나인 차혜경 님은 간호사이고, 아이를 둘 낳아 함께 살아가는 어머니입니다. 이녁 스스로 간호사와 어머니 삶을 보내면서 예방접종이 어떠한가를 몸소 느꼈기에 이 책을 한글로 옮길 마음을 품었다고 합니다. 한국말로 된 마땅한 자료란 거의 없거든요. 차혜경 님은 '안전한 예방접종을 위한 모임(안예모 www.selfcare.or.kr)'을 열어, 아이와 함께 살아가는 어버이가 아이를 걱정없이 어여삐 돌보는 길을 함께 나누기도 합니다. 책도 책이지만, 이런 누리집을 마련해서 여러 이야기를 손쉽게 찾아보도록 마음을 써 주어 참으로 고맙다고 느낍니다.

나는 백신이 없었던 때로 돌아가자고 제안하는 것이 아니다. 하지만 의무적인 예방접종이 증가하면서 자폐나 발달장애, 면역질환이 유행처럼 증가하는 것을 심각하게 받아들여야 한다 … 건강한 아이들에게 백신을 접종하면 독감이 자연적으로 회복됐을 때 얻어진 독감 항체를 얻을 수 없다. 의학자들은 독감합병증이 거의 없는 건강한 아이들은 독감에 걸려 자연적이고 영구적인 면역성을 갖게 하는 것이 좋은지, 아니면 매년 독감 예방접종을 시행해 독감을 막는 것이 좋은지에 대해 아직 확신하지 못한다 … (미국) 질병관리본부는 에이즈 · 암 등의 질병뿐만 아니라, 클리미디어 · 음부포진 · 임질 · 유두

종바이러스와 같은 성 전염성 질환에 대해 예방접종 계획을 갖고 있다. 또 시험 단계의 많은 백신들을 11~12세의 아이들에게 접종하고 있다. (123, 207, 223쪽)

이제 책을 덮습니다. 이 책은 아이와 함께 살아가는 어버이로서 잘 새기자고 다짐하면서, 나중에 아이가 커서 사랑스러운 짝꿍을 사귀어 함께 살아갈 날에 물려주도록 알뜰히 간수하자고 생각합니다. 아버지가 혼자 살아갔으면 찾아보거나 알아보지 않았겠다고 느낀 이 책을 일깨운 곁님이 고맙습니다. 언제나 몸이 아파 집일을 하나도 할 수 없을 뿐더러 아이하고도 제대로 놀지 못하는 곁님이지만, 몸이 아픈 나머지 여러모로 깊이 헤아리고 살피며 살아왔기에 이 책을 일찍부터 알아보면서 제 짝꿍한테 읽힐 수 있습니다.

아픈 사람은 아프기에 더 몸을 생각하고 더 마음을 씁니다. 아픈 사람은 아픈 나머지 약이든 주사이든 더 돌아보면서 알아볼밖에 없습니다. 돌이켜보면, 오늘날 숱한 사람들은 안 아프거나 '아프더라도 하루하루 벌이에 바쁘고 힘에 겨운 탓'에 예방접종이든 먹을거리이든 보금자리이든 자가용이든 아이키우기이든 제대로 못 돌아보는지 모릅니다.

어쩔 수 없어요. 몸이 아프지 않고서야 느낄 수 없는 일입니다. 몸이 안 아플 때부터 우리 삶을 바꾸어야 하는 일입니다. 옳은 삶을 생각하고, 옳은 일을 찾으며, 옳은 넋으로 옳은 사랑을 해야 하는 일입니다. 옳은 길을 걷는 옳은 사람으로서 옳은 꿈을 옳은 터전에서 옳은 몸짓으로 옳게 나눌 노릇입니다.

예방접종은 믿을 수 없습니다. 자동차도 믿을 수 없습니다. 군대도 믿을 수 없고, 숱한 막삽질도 믿을 수 없습니다. 더 많은 돈벌이와 물질문명도 믿을 수 없습니다. 오직 우리 삶과 곁님 꿈과 우리 아이들 살림을 믿을 뿐입니다. 멧자락을 울리는 뭇새 울음소리와 개구리 노랫소리를 믿을 뿐입니다. 햇살을 머금는 벼포기를 믿고, 사람 손을 타지 않아도 씩씩하게 자라는 푸나무를 믿을 뿐입니다.

‘대규모 문명’은 뭔가 크게 어긋난 모습 아닐까

소농, 문명의 뿌리

—

웬델 베리 글, 이승렬 옮김

한티재 펴냄, 2016.1.25.

한겨울에도 아이들은 맨발로 뛰쳐나가서 마당을 와아아 소리치며 달리기를 좋아합니다. 어쩜 이렇게 씩씩한가 하고 뒷모습을 지켜보다 보면, 저도 어릴 적에 이 아이들처럼 놀았구나 하고 깨닫습니다. 그리고 어릴 적에 우리 어머니가 저를 나무란 말이 문득 떠올라요. 아차, 저도 우리 어머니처럼 우리 아이들을 나무라고 말았네 하고 새삼스레 깨닫지요. 그래서 곧바로 말을 바꿉니다.

“얘들아, 겨울에는 양말을 신고 놀자. 발이 아야 하겠네.” 그러고는 한마디를 덧붙여요. “얘들아, 너희가 예쁘다고 여기면서 새로 장만한 이 멋진 신이랑 장화가 여기 있는데 이 신을 안 신어 주면 이 신이 서운해 하지.”

똑같은 일이나 몸짓을 놓고 어떻게 바라보고 마주하면서 말을 내놓느냐에 따라 참말 살림이 달라집니다. 스스로 늘 느낍니다. 아이들이 겨울에도 맨발로 놀겠다면, 또는 양말바람으로 마당을 뛰어

다니겠다면, 이대로 놀라 할 수 있어요. 이러다가 발이 다친다든지 양말에 또 구멍이 나면, 이런 대로 맞아들이면 돼요. 발이 다쳤으면, “그래, 발이 다쳤네. 어떻게 하지?” 하고 되묻고, 양말에 구멍이 났으면, “그래, 구멍이 났네. 어떻게 하지?” 하고 되묻습니다. 아이들이 스스로 느끼고 깨달으면서 새로운 길을 열도록 북돋울 노릇이에요. 무엇보다 아이들 스스로 즐겁게 저희 살림길을 열도록 도와야지요.

> 착취자의 기준은 효율성이고, 양육자의 기준은 돌봄이다. 착취자의 목표는 돈, 즉 이윤인데, 양육자의 목표는 건강이다. (29쪽)
> 식량을 무기로 생각하든가 또는 무기를 식량으로 생각하면 소수의 사람들에게 안보와 부의 환상을 심어 줄는지 모르겠지만, 그런 사고방식은 모든 사람들의 생명을 직접적으로 위태롭게 만든다. (34쪽)

웬델 베리 님이 빚은《소농, 문명의 뿌리》라는 책을 읽습니다. 한때 교수로 일하다가 이 교수 일을 접은 뒤에 농사꾼이 되었다는 웬델 베리 님이라고 합니다. 도시에서 지식인으로 지내던 살림을 고이 접은 뒤, 시골에서 농사꾼으로 지내는 살림으로 거듭난 웬델 베리 님이라지요.

도시하고 시골을 온몸으로 겪은 삶이요, 도시하고 시골에서 온몸으로 일한 삶이기에, 웬델 베리 님이 쓴《소농, 문명의 뿌리》라는 책에서는 두 문명이 어떻게 다른가 하는 대목을 처음부터 끝까지 낱낱이 짚습니다. 사람들이 도시에서는 무엇을 보고 느끼고 배우는가 하는 대목을 건드리고, 사람들이 시골을 등지면서 무엇을 잃고 잊고 놓치는가 하는 대목을 살핍니다.

> 전문가가 주도하는 시스템의 가장 잘 알려진 첫 번째 위험은, 많은 비용과 수고를 들여 한 가지 일만을 하도록 훈련되는 사람들, 즉 전문가들이 만들어진다는 점이다 … 예방에는 아무 기술도 관심도 없는, 질병에 대해 값비싼 치료책에만 능숙한 의사들이 생겨난다. (51쪽)
>
> 미국 시민들은 "노동력의 96퍼센트는 식량 생산으로부터 해방되었다"는 말을 기꺼운 마음으로 경청한다. 그러나 미국 시민들은 노동력이 '해방'된 것은 무엇을 위한 것인지, 또는 그 결과 얼마나 많은 이들이 어떤 형태로든 고용으로부터 해방되었는지에 대해서는 묻지 않는다. (79쪽)

《소농, 문명의 뿌리》라는 책에서 크게 짚는 대목을 꼽자면 '앗기 · 돌봄'입니다. 웬델 베리 님이 두 가지 문명을 두루 겪고 살아낸 나날을 돌이킨다면, 도시살이는 '앗기'요, 시골살이는 '돌봄'이라고 합니다. 그런데 오늘날에는 시골살이도 '앗기'랑 '돌봄'으로 갈린다고 해요. 한집 사람들 살림을 짓는 "작은 보금자리"가 아니라 "엄청나게 커다란 농장"을 온갖 기계와 화학비료로 '운영 관리'할 적에는 '앗기'라는 문명이 된다고 해요.

'대규모 농장'은 땅에 땅힘을 되살리도록 북돋우지 않고 '더 많은 생산량'에만 목을 매단다고 합니다. 아마 이러한 대목은 여느 도시 이웃도 웬만큼 알리라 생각해요. 이를테면, 양계장 아닌 닭공장에서는 수십만 마리 닭이 옴짝달싹 못하면서 밤낮조차 없이 아주 빠르게 살이 찌다가 죽어야 합니다. 알 낳는 닭도 하루 내내 전구 밑에서 알만 낳지요. 돼지우리나 소우리 아닌 돼지공장이나 소공장이 되고 만 커다란 짐승우리에서도 돼지이며 소이며 옴쭉달싹 못하면서 그저 살만 빨리 찌우다가 죽어야 하는 얼거리예요.

이 같은 이야기는 방송에서도 곧잘 다룹니다. 그렇지만 이 같은 모습은 안 달라집니다. 왜냐하면 사람들 스스로 제 밥을 제 손으로 일구는 삶하고 아주 멀어졌기 때문입니다.

> 안데스 농업은 여기서 벗어날 수 있는 화해의 모델을 제시해 준다. 치료책은 주변부를 체제 안으로 끌어들이는 것, 대자연이 가장 생활 속에서 숨 쉬게 하는 것, 다양성을 통일된 전체 속으로 끌어들이는 것, 그런 것이다. (357쪽)
> 건강한 농장에는 나무들이 심겨 있을 것이다. 농장이 위치한 곳이 애초부터 숲이 울창한 삼림지대일 수도 있고, 과실수와 견과류 나무들, 또는 그늘을 만들기 위한 나무들이 심겨 있거나 방풍림이 조성되어 있을 수도 있다. (363쪽)

《소농, 문명의 뿌리》를 읽어 보면, 미국에서는 96퍼센트에 이르는 사람들이 '도시에서 살아'도 4퍼센트가 될랑 말랑 하는 사람들이 '대규모 농장'에서 곡식하고 고기를 뽑아내어도 먹고살 수 있는 얼거리라고 합니다. 이는 오늘날 한국에서도 엇비슷합니다. 한국도 '도시 거주 인구'가 90퍼센트를 넘은 지 열 해 즈음 되고, '농업 인구'는 '시골 거주 인구' 가운데에서도 얼마 안 되어요.

그런데 오늘날에는 사람들이 '자급자족'을 하지 않아도 되는 살림이라지만, 막상 '돈을 버는 일' 때문에 너무 바빠요. 손수 흙을 일구어서 밥이나 고기를 얻지 않아도 된다고 하지만, 막상 느긋하게 도시 문명을 누리거나 즐기지 못하기 일쑤예요.

집집마다 자동차는 있는데, 이 자동차로 길을 나설라치면 언제나 길이 잔뜩 막혀요. 도시에서는 쉴 만한 자리나 공원도 마땅하지 않은데, 주말에 바깥 나들이라도 가려 하면 그야말로 길이 막히고, 기차도 시외버스도 빈자리가 드물지요. 참말 뭔가 많이 뒤틀리고 만 사회라고 할 수 있습니다.

> 가족농을 하는 농부는 이익과는 관계없이 그저 밭을 거닐지만, 산업농에 종사하는 농부나 관리인은 오로지 필요 때문에 농장을 돌아본다. (375쪽)
> 아미쉬 농업은 현대적이거나 진보적이지 않다. 그러나 결코 무지하거나 비지성적인 것이 아니다. 올바른 기준으로 볼 때, 그것은 정통 농업보다 정교하다. (423쪽)

교수님 아닌 농부님 살림을 짓는 웬델 베리 님은 우리한테 묻습니다. 그대는 '진보'를 좋아하려는가 하고 묻습니다. 그대는 '현대' 문명이 좋으냐고 묻습니다. 웬델 베리 님이 도시에서 교수로 살다가 시골로 옮겨서 오랫동안 농사꾼으로 사는 동안 몸소 겪고 지켜보노라니, '진보와 현대'라는 이름은 거의 허울뿐이었다고 밝힙니다. 우리 삶은 굳이 '현대적'이지 않아도 되고, '진보'가 아니어도 된다고 밝혀요. 그러면 우리 삶은 어떠해야 할까요?

《소농, 문명의 뿌리》라는 책에서 웬델 베리 님은 우리 삶이 나아가야 할 길이라면, '아름다운 삶'이나 '즐거운 살림'이나 '착한 사랑'이나 '참다운 꿈'이나 '기쁜 웃음'이어야 한다고 이야기합니다. 도시로 내다 팔아서 돈을 얻어야 하니까 그렇게 농약이나 비료를 많이 쓸 수밖에 없지만, 한집 사람들이 손수 먹을 곡식이나 열매나 고기라면 그처럼 함부로 '땅을 괴롭히면서 농사를 짓지 않는다'는 이야기를 들려줍니다.

우리 집 아이들이 제 곁에서 깔깔거리며 노는 웃음소리를 들으며 웬델 베리 님 책을 읽습니다. 아무것도 아니다 싶을 만한 종이소꿉을 손수 오려서 둘이 신나게 오랫동안 노는 모습을 물끄러미 바라봅니다. 참말 그렇습니다. '작은 흙지기'가 되면 스스로 즐겁게 흙을 짓습니다. '작은 살림님'이 되면 시골에서뿐 아니라 도시에서도 참으로 기쁘게 하루를 짓습니다.

우리는 돈을 더 많이 벌어야 할 사람이 아니라, 기쁜 살림을 언제나 아름답게 누리면서 아이들하고 함께 누릴 사람이지 싶습니다. 우리는 너무 바쁘게 일해야 할 사람이 아니라, 아이들한테 사랑을 물려주고 꿈을 북돋울 어른이나 어버이여야지 싶습니다.

가장 비싼 루왁 커피는 '가장 끔찍한' 동물학대

사향고양이의 눈물을 마시다

—

이형주 글

책공장더불어 펴냄, 2016.11.30.

저는 커피를 안 마시기 때문에 원두커피를 어떻게 볶거나 갈거나 내리는지 모릅니다. 커피마다 붙은 이름을 모를 뿐더러 '루왁 커피'라는 이름을 몰라요. 《사향고양이의 눈물을 마시다》라는 책을 읽으며 '루왁 커피'라는 이름을 비로소 압니다. 이 지구에서 가장 비싸게 팔린다는 '루왁 커피'에서 '루왁(luwak)'이 '말레이사향고양이'를 가리키는 인도네시아말인 줄 처음으로 깨닫습니다.

그런데 이 책 《사향고양이의 눈물을 마시다》는 왜 '루왁 커피'를 마시는 일이 "사향고양이 눈물을 마시"는 일이라고 적을까요?

남아프리카공화국에는 약 200개의 사자 농장에서 6000~8000마리의 사자가 사육되고 있다. 남아프리카공화국 야생에 서식하는 사자 2300마리의 몇 배가 되는 숫자다. 이렇게 농장에서 길러진 사자들은 1년에 800~1000마리가 사냥꾼의 총구에 목숨을 잃고 만다 … 아프리카 전체를 놓고 보더라도 관광산업 중 사냥이 차지하는 부분은 2퍼센트가 채 되지 않는다 … 보츠와나에서 자연경관을 관광하고 야생동물을 촬영하는 생태관광은 1년에 15억 달러의 수익을 얻었고, 보츠와나 전체 고용률의 10퍼센트를 차지하는 6만 9500개의 일자리를 창출했다. (19~20, 23쪽)

사향고양이 이야기에 앞서 아프리카 사자 이야기를 읽어 봅니다. 책 첫머리에는 '아프리카에서 사냥 관광으로 죽는 사자' 이야기가 나옵니다. 아프리카에는 '통조림 농장'이 있다고 해요. 이곳은 통조림을 빚어서 파는 농장이 아니라, 들에서 달리는 사자를 좁은 우리에 가두어 놓는 곳이라고 해요. 사냥꾼이 좁은 우리를 슬슬 돌아다니면서 총으로 사자를 쏘아 죽이도록 하는 농장이라고 합니다.

생각만 해도 아찔한 '사냥 관광'입니다. 범하고 사자는 들판에서 힘이 세기로 이름이 높은데, 이 힘센 사자를 울타리로 빙 두른 작은 곳에 가두어 사람들이 낄낄거리면서 총을 쏘아대어 사자를 죽이는 '스포츠'를 즐긴다는군요.

1980년 20마리에 불과하던 중국의 사육 호랑이 수는 30년 만에 6000여 마리로 늘어났다. 전 세계의 야생 호랑이 개체 수의 거의 두 배에 달하는 수다. 그러나 30년 가깝도록 야생으로 돌아간 호랑이는 단 한 마리도 없다 … 호랑이술을 구입하지 않더라도, 입장료를 내고 이곳을 방문하는 것만으로도 관광객은 불법적으로 야생동물을 도살, 가공해 판매하는 산업을 유지시키는 데 일조하는 것이다. (42, 48쪽)

투우 경기에 나오는 소는 우리가 생각하는 것처럼 코에서 김을 뿜으며 달려드는 힘이 세고 폭력적인 야수가 아니라는 뜻이다. 자신이 처한 상황을 이해하지 못해 혼란스럽고 불안한데다 이미 당할 대로 당한 고문으로 아프고 지쳐 있는, 극도로 겁에 질린 동물일 뿐이다. (67쪽)

중국에서는 수천 마리에 이르는 범을 '사육 농장' 또는 '공원'에서 기른다고 합니다. 겉으로는 '체험 관광'처럼 꾸미지만, 속으로는 뼈랑 고기를 얻으려고 하는 곳이라고 해요.

한국에서도 '범뼈를 갈아서 빚은 약'이 인기가 높아요. 틀림없이 한국에서는 자취를 감춘 범인데, 이 숲짐승을 좁은 곳에 수천 마리나 가두어서 뼈랑 고기를 얻는다고 합니다. 더욱이 중국에 있는 '범 사육 농장'을 가장 많이 찾는 사람은 한국 관광객이라고 해요.

《사향고양이의 눈물을 마시다》를 읽어 보면 한국사람 이야기는 더 나옵니다. 곰 쓸개를 얻으려고 하는 한국사람 이야기가 나오고, 마구 죽여댄 하프물범 주검을 왕창 사들여서 '오메가3'라는 약을 만든다는 한국사람 이야기가 나와요.

돌고래 사냥을 유지하는 것은 전시용 돌고래 수출을 통한 외화벌이 때문이다. 고기로 유통되는 죽은 돌고래는 원화로 약 40만 원선에 거래되지만, 산 채로 잡아 훈련시킨 돌고래는 2억 원을 호가한다 … 돌고래가 한때 가졌던 가족, 바다, 자유, 삶. 갖고 있었던 모든 것을 하루아침에 송두리째 빼앗아 버리는 돌고래 사냥. 이 슬픔의 과정을

> 현장에서 본다면 전통이라는 이유로 혹은 아이들에게 보여주기에 예쁘고 재미있다는 이유로 돌고래 사냥이 정당하다고 말할 수 있는 사람은 없을 것이다. (99, 102쪽)
>
> 사향고양이가 들에서 따 먹은 커피 열매는 사향고양이의 소화기관을 거치면서 위산과 효소의 작용으로 단백질이 분해되어 배설되는데 이 배설된 커피콩으로 만든 커피가 '루왁' 커피다 … 자기 몸보다 조금 큰 공간에 갇혀서 강제로 급여되는 커피 열매만 먹고 배설하는 일이 전부인 삶을 살아야 하는 사향고양이들은 정신적·육체적 질병에 시달린다. (122, 124쪽)

270쪽에 걸쳐 스물네 갈래 이야기를 들려주는《사향고양이의 눈물을 마시다》입니다. 이 지구에서 '수많은 들짐승을 괴롭히는 사람들' 이야기를 스물네 갈래로 간추려서 보여줍니다. 사자를, 돌고래를, 범을, 코뿔소를, 투우장 소를, 악어와 뱀을, 코끼리를, 낙타를, 사향고양이를, 곰을, 범고래를, 상어를, 하프물범을, 라쿤과 여우를, 오랑우탄을, 개를, 북극곰을 사람들이 얼마나 괴롭히면서 죽이는가 하는 대목을 낱낱이 들려줍니다.

자, 이제 '사향고양이 커피'가 왜 끔찍한 '동물학대'인가를 살펴봅니다. '루왁 커피' 그러니까 '사향고양이 커피'는 밤에만 돌아다니는 숲짐승인 사향고양이가 좋아하는 여러 가지 열매 가운데 하나인 커피 열매에서 나온다고 해요. 사향고양이는 커피알(커피 열매)을 통째로 삼키고, 이 커피알은 사향고양이 몸을 거친 뒤에 똥으로 나오는데, 사향고양이 뱃속을 거치는 동안 '뭔가 달라진다'고 합니다. 이

맛이 다른 커피알에서는 찾아볼 수 없도록 놀라워서 그렇게 비싸게 팔린다고 해요.

사향고양이 커피를 마시려는 사람이 얼마 없을 적에는 인도네시아사람이 손수 사향고양이 똥을 거두어서 커피알을 추려냈다지만, 요새는 사향고양이를 우리에 가두어 커피알만 먹여서 똥으로 내놓도록 한대요. 사향고양이는 밤에만 돌아다니지만, 한낮에도 먹이를 오직 커피알만 먹이는데다가 '체험 농장'까지 꾸리면서 사향고양이는 끔찍하게 시달린다고 합니다.

> 현재 세계에서 쓸개즙을 얻기 위해 곰을 기르는 것이 합법인 나라는 중국과 우리나라뿐이다. (133쪽)
> 상어 사냥이 문제가 되는 또 다른 이유는 상어 지느러미를 채취하는 과정이 상상할 수 없을 정도로 비인도적이기 때문이다. 지느러미에 비해 상어고기에 대한 수요는 적기 때문에 어부들은 뜨겁게 달구어진 칼로 지느러미만 자른 후 상어를 바다에 던져 버린다. (168쪽)

가장 비싼 커피는 사향고양이를 '가장 끔찍하게 괴롭히며' 얻는다고 해요. 우리는 커피나무에 맺히는 열매로만 커피를 즐길 수는 없는 노릇일까요? 뭔가 남다른 커피를 맛보고 싶어서 사향고양이를 이렇게 모질게 괴롭혀야 할까요?

한국에서는 이제 사라졌다지만, 중국에서는 엄청나게 많다는 '곰 농장'에서는 곰을 좁은 쇠우리에 가두어 놓고 몸에다가 호스를 꽂아서 쓸개에서 물을 빼낸다고 합니다. 곰은 나서 죽을 때까지 좁은 쇠우리에 꼼짝달싹 못하는 채 드러눕히면서 쓸개즙을 사람한테 빼내 주어야 한대요.

상어 지느러미 요리를 하려고 고기잡이는 상어를 잡아서 지느러미만 자른 뒤 바다에 집어던진답니다. 지느러미가 잘린 상어는 헤엄을 칠 수 없기에 그대로 바닷속으로 가라앉는데, 지느러미만 잘렸기에 목숨은 붙었다지요. '산 채로 지느러미만 빼앗긴 상어'는 몇 날 며칠을 괴로움에 몸부림치다가 죽는다고 합니다.

> 도살된 하프물범은 다 어디로 갈까? 창피하게도 우리나라와 중국이 거의 유일한 무역 상대국이다. 우리나라는 모피를 만들고 남은 기름과 고기를 가장 많이 수입하는 나라다. 한국으로 수입된 물범기름은 건강보조제 오메가3의 원료로 쓰인다. (180쪽)

저는 커피도 안 마시지만, 상어 지느러미 요리도 안 먹고, 쓸개즙도 안 먹으며, 오메가3도 안 먹습니다. 이러다 보니 이런 여러 가지가 어떻게 나오는가를 하나도 몰랐습니다. 제가 이런 것을 안 먹으니 이런 것이 나오는 얼거리를 그저 모르는 채 살아갈 수 있을 테지요. 그러나 제 살림하고 동떨어졌다는 생각에 고개를 돌리거나 모르쇠로 지낸다면 이 바보스럽고 끔찍한 얼거리는 조금도 안 바뀌리라 느낍니다.

제가 돌고래쇼나 코끼리쇼를 안 본다고 하더라도 돌고래와 코끼리를 괴롭히는 끔찍한 짓을 모른 척할 수 없는 노릇입니다. 제가 동물원에 안 가고, 동물원에 북극곰이나 낙타가 있는지 없는지 모른다 하더라도, 들짐승과 숲짐승을 괴롭히는 이 모진 사회 얼거리를 나 몰라라 할 수 없는 노릇이에요.

> 모피 때문에 해마다 수천만 마리가 넘는 동물이 목숨을 잃고 있다. 그중 85퍼센트는 공장식 모피 농장에서 사육되고 도살된다. 가장 많이 사육되는 동물은 밍크이고 그 다음이 여우다 … 모피 농장에서 길러지는 동물은 생후 6개월이 되었을 때 도살된다. 차라리 죽는 것이 나을 것 같은 비참한 생활을 하던 동물들은 마지막으로 숨이 끊어지는 순간까지 끔찍한 고통을 겪어야 한다 … 법적으로 허가된 도살방법이라 해도 편안한 죽음과는 거리가 멀다. 일반적으로 일산화탄소와 그 혼합물을 사용하여 질식시키는 방법, 입이나 항문, 생식기 안에 전깃줄을 집어넣고 전류를 흐르게 해 도살하는 전살법, 약물로 근육을 마미시켜 죽이는 방법 등이 쓰인다. (186, 187, 188쪽)

추운 곳에서 사는 북극곰이 너무 더운 한국 같은 곳에서 갇혀 지내느라 몸에 '녹조류'가 생긴다고 합니다. 감옥처럼 꾸민 동물원은 꼭 있어야 할까요? 감옥처럼 꾸민 동물원에 북극곰이나 펭귄을 가두어 이들이 '죽는 날'까지 죽음과도 같은 끔찍한 삶을 보내도록 해야 할까요?

《사향고양이의 눈물을 마시다》를 쓴 이형주 님은 처음에는 피아노 연주자로 일을 했으나, 한국에서 동물학대가 얼마나 끔찍한가를 깨닫고는 동물보호 일을 한다고 합니다. 《사향고양이의 눈물을 마시다》를 보면 "내가 먹고, 입고, 즐기는 모든 것이 다른 생명과 그물처럼 연결되어 있다"(뒤표지)는 이야기가 나옵니다.

참으로 그렇지요. 쌀밥을 먹든 고깃국을 먹든 우리는 다른 목숨을 받아들입니다. 감 한 알도 목숨이요, 달걀 하나도 목숨이에요. 채식이든 육식이든 잡식이든 언제나 다른 목숨을 우리 몸으로 받아들여서 우리 목숨이 새롭게 깨어납니다. 즐겁게 누리는 밥은 즐거운 몸으로 거듭나고, 마구잡이로 먹어치우는 밥은 마구잡이와 같은 몸으로 거듭나요. 그러니 무엇을 먹더라도 '우리를 둘러싼 너른 숲과 땅과 바다와 들'을 정갈히 건사하면서 아름답게 아끼는 마음이 되어야지 싶어요.

> 정말 코끼리를 사랑한다면 코끼리 등에 타거나 코끼리가 등장하는 공연을 보는 대신, 코끼리 보호소를 방문해 보자. 동물과의 교감은 단지 동물과 가까이 있다고 느껴지는 것이 아니다. 동물도 고통에서 자유로울 권리가 있는 나와 같은 생명체임을 이해하는 것이 진정한 교감이고 동물사랑이다. (159쪽)
>
> 야생에서는 25년 정도 사는 고릴라가 40살까지 천수를 누리며 세계인의 사랑을 받았으니 행복한 삶을 산 것이 아니냐고 생각하는 사람이 있겠지만, 2살 때 눈앞에서 가족이 몰살당하는 것을 보고, 철장에 갇혀 40년 가까이 산 삶이 얼마나 행복했을까? (30쪽)

우리더러 '200년을 살도록' 해 준다면서 좁은 우리에 가둔다면 어떠할는지 궁금합니다. 백 해를 살기 힘든 사람을 이백 해를 살도록 해 준다면, 우리로서는 감옥도 마다 하지 않을 만할까요?

닭도 돼지도 소도, 개도 고양이도 말도, 코끼리도 돌고래도 넙치도, 참말로 우리하고 똑같이 '목숨'이라는 대목을 바라볼 수 있어야 한다고 느낍니다. 억눌리는 목숨이나 억누르는 목숨이 없이 서로 고이 어우러질 수 있기를 빕니다. 사람 사이에서도, 사람과 짐승 사이에서도, 그리고 사람과 푸나무 사이에서도 서로 아낄 수 있는 따사로운 숨결이 흐를 수 있기를 빌어요.

평화롭게 가꾸는 살림으로 평화롭게 짓는 밥 한 그릇일 때에 우리 몸에 평화가 흐릅니다. 사랑으로 짓는 삶으로 사랑스레 짓는 밥 한 그릇일 때에 이웃하고 어깨동무하는 너른 사랑이 이루어져요. 이제 '사향고양이 눈물'이 아닌 '커피'를 마실 수 있기를, 또 '이웃 목숨을 괴롭히는 손아귀'가 아닌 '이웃을 아끼는 손길'로 이 땅을 보듬을 수 있기를 애타게 바라며 《사향고양이의 눈물을 마시다》를 덮습니다.

꿀뿐 아니라 밥을 베풀어 주는 작은 벌

사라진 뒤영벌을 찾아서

—

데이브 굴슨 글, 이준균 옮김

자연과생태 펴냄, 2016.4.4.

데이브 굴슨 님이 쓴《사라진 뒤영벌을 찾아서》를 읽기 앞서까지 '뒤영벌'이라는 벌을 알지 못했습니다. 뒤영벌이 얼마나 많은 들풀과 남새에 꽃가루받이를 돕는가도 잘 알지 못했습니다.《사라진 뒤영벌을 찾아서》를 읽으며 비로소 뒤영벌이라는 벌을 깨닫는데, 저 스스로 모르는 사이에 우리 보금자리나 마을에서 피고 지는 숱한 들풀하고 남새한테 꽃가루받이를 해 주었겠네 하고 돌아봅니다.

전쟁 뒤 뒤영벌에게 또 다른 불행을 안길 발명품이 탄생했다. 보통 DDT로 알려진 화합물 디클로로디페닐트리클로로에탄은 1874년에 개발되었지만 곤충에 치명적인 독성이 발견된 것은 1939년이 되어서였다 … 1945년 무렵에는 일반인도 농약 용도로 아주 손쉽고 값싸게 DDT를 구입할 수 있었다. 잔류 기간이 길고 환경에 재앙 같은 영향을 미친다는 사실은 무려 20년이 더 지나서야 알려졌다. (43쪽)

봄에 유채꽃하고 갓꽃이 필 즈음 어디를 가도 온통 벌 소리를 듣습니다. 유채꽃뿐 아니라 살갈퀴꽃이라든지 제비꽃이라든지 냉이꽃이 필 적에도 벌 소리를 들어요. 매화꽃이 피고 모과꽃이 필 적에도 벌은 어마어마한 숫자가 나무를 둘러쌉니다.

매화꽃이 지고 모과꽃도 진 뒤 감꽃이 피거나 찔레꽃이 필 적에도 벌은 또 엄청난 숫자가 하얀 꽃송이를 둘러싸고 모여들어요. 그런데 이런저런 꽃이 피고 지는 사이에 벌이 참 많이 찾아드는구나 하고 느끼면서도 어떤 벌이 얼마나 찾아드는가까지 살피지 못했습니다.

가을이 깊으면서 들판이 노란 빛으로 물듭니다. 여름 내내 푸르던 논은 가을에 노란 물결로 바뀌는데, 드넓은 논은 벌보다는 바람이 꽃가루받이를 해 줍니다. 꽤 많은 풀이나 나무도 벌이 아닌 바람이 꽃가루받이를 해 줄 테지요. 그러나 바람이 닿지 못하는 자리에서 피고 지는 꽃이 많고, 벌이 찾아들어서 수술하고 암술을 건드려야 꽃가루받이가 되는 꽃이 참으로 많아요.

이듬해 봄까지는 길고 긴 잠을 자며 버텨야 한다. 그러려면 여왕벌 몸속에 저장된 지방질이 많아야 한다. 몸집이 작거나 저장된 지방질이 적으면 여왕벌은 동면을 버티지 못하고 죽을 확률이 높다. 또한 습한 날씨 때문에 곰팡이가 펴 죽을 수도 있고 겨울 폭우에 빠져 죽을 수도 있다. (68쪽)

비행하는 뒤영벌은 초당 200회 날갯짓하며, 이는 고속 회전하는 오토바이 엔진과 비슷한 속도다 … 뒤영벌은 체온을 높게 유지하려면

거의 항상 먹어대야만 한다. 배를 꽉 채웠더라도 불과 40분만 지나면 굶주리게 된다. (78, 79쪽)

벌이 있기에 '벌꿀'만 얻지 않습니다. 벌이 있기에 '밥'을 얻습니다. 벌이 있기에 쌀이며 보리이며 귀리이며 수수이며 옥수수이며 밀이며 얻어요. 벌이 있기에 토마토에 참외에 오이에 수박에 능금에 배에 귤에 온갖 열매를 얻어요.

그러니까 해가 따스한 볕을 베풀고, 바람이 싱그러운 숨결을 북돋우고, 비가 시원한 물을 적시고, 흙이 까무잡잡한 기운을 나누는 데에다가, 벌이 꽃송이마다 찾아들어 꽃가루를 얻으면서 꽃가루받이를 시키기에 사람도 뭇짐승도 '밥(곡식과 열매)'을 얻는 얼거리입니다.

대중의 관심을 끄는 멸종 위기 생물은 주로 호랑이나 코뿔소 같은 큰 포유류이지만 우리는 이처럼 작은 생물의 멸종에 더 관심을 가져야 한다. 곤충은 식물 수분을 돕고 사체 부패를 처리하며 생태계에 중요한 서비스를 제공한다. (94쪽)

벌은 꿀이 많은지 적은지 빨기도 전에 미리 알고는 꿀이 없는 꽃에 내려앉지 않았다. 도대체 어떻게? 내 궁금증은 더해 갔다. (118쪽)

(사람이 꽃가루받이를 시키려면) 노동자 임금으로 지출하는 경비도 상당하다. 반면 뒤영벌은 비교할 수 없을 정도로 싸고 뒤영벌이 수정한 토마토는 사람이 수정한 것에 비해 크기도 클뿐더러 맛도 좋다. (127쪽)

지구라는 별에서 한 가지 목숨붙이만 사라지더라도 사람이 살기 어렵다고 합니다. 우리가 미처 못 깨닫는 사이에 벌이 줄고 풀벌레가 사라지면 사람한테도 메마르거나 팍팍하거나 고단한 살림이 된다고 합니다. 그런데 우리들 사람은 이 대목을 자꾸 놓치거나 잊기 일쑤입니다. 작은 이웃을 못 보고 맙니다. 작은 이웃을 못 알아채고 맙니다. 작은 이웃한테 등을 돌리고 말아요. 작은 이웃한테 손길을 내밀어 함께 살림을 짓는 즐거운 길로 나아가지 못하고 말아요.

뒤영벌도 개미도 진딧물도 무당벌레도 잠자리도 나비도 모두 아름다우면서 사랑스러운 목숨이자 이웃입니다. 우리 집 옆에 있는 다른 집도 하나같이 아름다우면서 사랑스러운 이웃이요, 작은 벌 한 마리도 참으로 아름다우면서 사랑스러운 이웃이에요.

《사라진 뒤영벌을 찾아서》라고 하는 책은 '뒤영벌 학자'인 어느 영국사람이 영국에서 '사라지고 마는 뒤영벌'을 되살리려고 애쓴 땀방울하고 발자국을 보여줍니다. 과학 논문만으로는 '뒤영벌 되살리기'를 할 수 없구나 하고 느끼면서, 여느 사람들도 뒤영벌을 깨닫고 알아채고 사랑할 수 있기를 바라는 마음으로 이 책을 썼다고 합니다. 뒤영벌이 차츰 사라지는 까닭을 밝히고, 뒤영벌이 지구별 숲에서 어떤 자리를 차지하는가를 밝힙니다. 뒤영벌을 되살리면서 영국을 비롯해서 지구라는 별을 어떻게 가꿀 수 있는가를 보여주려고 해요. 뒤영벌뿐 아니라 '숲을 이루는 수많은 작은 이웃'이 사람살이에 얼마나 이바지를 하는가도 나란히 보여주려고 합니다.

캐나다에서도 대규모 블루베리 경작지를 조성한 뒤로 토종 뒤영벌이 줄었다. 블루베리 개화기가 끝나면 꽃도 없고 둥지 지을 장소도 마땅치 않은 경작지는 벌에게 황량하기 그지없는 곳이다. (278쪽)

자연이 회복하는 모습을 지켜보는 일은 내게 크나큰 위로가 된다. 끊임없이 갈아엎지도 않고 농약이나 비료 범벅을 만들지도 않고 그저 오랫동안 내버려 두기만 하면 초원은 이런 놀라운 변화를 보여줄 것이다. (310쪽)

벌이 중요한 이유가 먹거리 때문만은 아니다. 벌이 수분을 돕는 각종 식물, 그 식물을 먹고사는 무수한 동물, 식물의 부패를 돕는 벌레나 쥐며느리, 식물 뿌리 근처의 흙 속에서 살아가는 세균이나 곰팡이 따위의 무수한 생명이 벌에 의존해 살아간다. (313쪽)

뒤영벌 학자인 데이브 굴슨 님은《사라진 뒤영벌을 찾아서》에서 뒤영벌 이야기뿐 아니라 다른 이야기를 넌지시 짚습니다. '대규모 경작지'는 '대규모 수확'을 마친 뒤 벌한테 아무것도 남지 않는 곳이 되기도 할 테지만, '대규모 경작지'이기 때문에 큰 기계에 농약과 비료를 안 쓰기가 어려운 얼거리가 됩니다. 뒤영벌이 꽃가루받이를 해 주지 못한다면 어떻게 꽃가루받이를 할 수 있을까요? 이 모든 일을 사람이 손수 하나씩 해야 할까요? 설마 '꽃가루받이 로봇'을 만들겠다는 생각을 하지는 않겠지요?

아무리 훌륭한 기계가 있고 로봇이 있더라도, 땅은 해와 바람과 비와 흙이 어우러져야 살아납니다. 그리고 땅에 수많은 벌레와 벌과 나비와 짐승이 얼크러져야 하고요.

'사라진 뒤영벌' 이야기는 '사라진 개구리' 이야기로 이어지리라 느낍니다. '사라진 제비' 이야기로 이어질 테고, '사라진 여우'나 '사라진 나비' 이야기로 이어질 테지요. 뒤영벌을 비롯해서 조그마한 목숨붙이가 사람들 곁에서 자꾸자꾸 삶터를 빼앗기면서 사라집니다. 이 고리를 끊고 사람뿐 아니라 뒤영벌이랑 온갖 '작은 이웃'이 서로 아름답게 어우러질 수 있는 새로운 삶고리(생태고리)를 생각해 봅니다.

항생제와 첨단장비로는 '아픈 데'를 못 고쳐

땅이 의사에게 가르쳐 준 것

—

대프니 밀러 글, 이현정 옮김
시금치 펴냄, 2015.11.25.

'내 땅'을 누리는 사람하고 '내 땅'을 못 누리는 사람은 그야말로 삶이 다릅니다. 내 땅 한 뙈기라도 있는 사람은 삶을 새롭게 가꾸는 꿈을 키울 만하지만, 내 땅 한 뙈기조차 없는 사람은 삶을 새롭게 가꾸는 꿈을 좀처럼 못 키웁니다.

땅이 없어도 돈이 있으면 되지 않느냐 하고 여길는지 모르나, 돈은 있되 땅은 없는 사람은 아직 삶이 없다고 할 수 있습니다. 왜냐하면 돈으로 사서 얻을 수 있는 살림은 '끝이 있'기 때문입니다. 돈으로 사서 얻는 모든 것은 '땅에서 나오'기 때문이기도 합니다.

마당이 한두 평이라도 있는 집하고 마당이 한두 평조차 없는 집은 사뭇 다릅니다. 마당이 있어 텃밭이나 꽃밭을 둘 수 있는 집하고 마당은 손바닥만큼조차 없어서 텃밭도 꽃밭도 두지 못하는 집은 그야말로 달라요.

나는 이때 처음 '공장형 농업'에 대응하는 '공장형 의료'라는 말이 떠올랐다. (33쪽)

"이 땅에 대해 걱정이 엄청 많았죠. 황폐해져 있다는 것을 알고는 스스로 이런 질문을 던졌어요. '나는 양분이 부족한 농산물을 기르는 많은 사람들 중 일부가 되기를 원하는가?' 양분이 부족한 흙에서 양분이 풍부한 음식이 나올 수 없다는 것을 나는 알았거든요." (47쪽)

미국에서 의사로 일하는 대프니 밀러 님이 쓴 《땅이 의사에게 가르쳐 준 것》이라는 책을 읽으면서 땅을 새삼스레 돌아봅니다. 의사로 일하는 대프니 밀러 님은 환자를 마주할 적에 항생제 같은 약품이나 여러 첨단장비만으로는 '아픈 곳'을 모두 다스릴 수 없다는 대목을 깨닫습니다. 의사인 대프니 밀러 님 스스로도 어디가 아프거나 힘들 적에 항생제 같은 약품만으로는 하나도 낫게 하지 못할 뿐 아니라 되레 아픈 데를 도지게 하거나 다른 데까지 더 아프게 한다는 대목을 깨닫습니다.

다시 말하자면, 의사 스스로도 아픈 데가 있다는 뜻입니다. 의사 스스로도 아픈 데를 바로잡거나 고치지 못한다는 뜻입니다.

참으로 바보스러운 노릇일까요? 아니면 '자기고백'이나 '내부고발'일까요?

전통적인 농부들은 살충제, 제초제, 화학비료 없이 땅을 일구었고, 거름을 만들어 땅으로 돌려보내는 농사를 지었다. 이런 농사 시스템은 여러 세대 동안 지속되었는데, 그것은 그 방식이 땅과 가축의 건

강, 그리고 사람의 건강을 지켜주었기 때문이다. (61쪽)
큰 유통 체인이 제공하는 유기 농산물은 거의 예외 없이 엄청 큰 규모의 농장에서 생산된 것이고, 유기농 인증을 유지하기 위해 필요한 것만 최소한으로 지켜서 재배한 것이다 … 그리고 무경운 농법을 활용하는 대신 해마다 밭을 갈아엎어서 비옥한 표토가 강으로 쓸려가게 만든다. 그렇게 되면 땅이 다음 작물에게 영양분을 줄 수가 없게 된다. (66쪽)

의사이자 어머니인 대프니 밀러 님은 '환자가 아픈 데를 말끔히 터는 길'을 찾으려는 뜻에서 '땅'을 찾아나섭니다. 환자도 환자이지만 의사인 이녁 스스로 '아프지 않은 삶'을 살피고 '아프지 않은 삶을 넘어서 즐거운 삶'을 생각하고 싶어서 땅을 돌아봅니다.

오늘날 불거진 관행농법으로 농사를 짓는 땅과 사람을 살핍니다. 이런 뒤에는, 먼먼 옛날부터 이어온 자연농법으로 흙을 가꾸는 땅과 사람을 살펴요. 공장 축산이 이루어지는 땅을 찾아가서 몸소 살펴보고, 자연 방목을 펼치는 땅을 찾아가서 몸소 살펴봅니다.

의사로서 대프니 밀러 님은 '두 가지 땅'이 얼마나 어떻게 다른가를 새삼스레 헤아립니다. 어마어마하게 커지는 도시에서는 조그마한 텃밭조차 받아들일 틈이 없고, 이러한 도시에서는 시골에 커다랗게 지은 '관행농법 농장'에서 한꺼번에 엄청나게 많이 거두는 곡식이나 고기를 받아들이는 얼거리가 될 수밖에 없습니다. 이와 달리 경제와 사회 모두 '작은 고장'이나 '작은 마을' 얼거리로 나아가는 곳에서는 돈을 투자해서 더 큰 돈을 버는 얼거리가 아니라 즐겁게 일해서 즐겁게 나누는 삶이 됩니다.

> 앨리는 자신이 냉동 요리, 테이크아웃 음식, 에너지 바, 보조제에 그만큼 많은 돈을 쓰고 있다는 것을 곧바로 깨달았다. (80쪽)
>
> "정말 개처럼 열심히 일했지만, 호르몬, 백신, 구충제, 인공수정 비용, 사료, 질소비료, 트랙터 연료 따위에 점점 더 돈이 많이 들어가더군요. 그런데도 쇠고기 가격은 20년간 변하지 않았고요." (93쪽)
>
> "쓰레기가 들어가서 쓰레기가 나오는 것과 같아요. 많은 소들이 똥이 배에 닿도록 가득 찬 곳에 살고 있고, 영양가 있는 것을 먹지 못해요. 그 소젖을 살균한 것은 인간이 섭취하기에 적당하지 않아요. 맞아요. 그런 우유는 살균해야 돼요." (112쪽)

《땅이 의사에게 가르쳐 준 것》을 쓴 의사는 농사꾼이 아닙니다. 이 책을 쓴 분은 흙을 잘 안다거나 풀이나 나무를 잘 알지 않습니다. 그렇지만 흙이나 밥이나 땅이 어떠한가를 느낄 줄 아는 마음이 있습니다. 발 디딜 틈조차 없는 '공장 양계장'에 갇힌 닭이 어떠한가를 살핀 뒤에, 자연 방목을 하는 닭이 어떠한가를 살필 적에, 두 닭이 어떻게 다를 뿐 아니라 두 닭이 낳은 달걀이 어떻게 다른가 하는 대목을 느낄 줄 아는 마음이 있어요.

의사로서는 처방전만 쓰면 될는지 모릅니다. 의사로서는 진찰만 하면 될는지 모릅니다. 그러나 의사도 사람이기에 아플 수 있겠지요. 의사 스스로 아플 적에는 의사 스스로 항생제 처방만 하면 다 나을까요? 의사 스스로 아플 적에는 다른 의사한테 진찰을 받고 처방만 받으면 다 나을까요?

《땅이 의사에게 가르쳐 준 것》이라고 하는 책은 '뭔가 아니다' 하고 느끼는 마음에서 태어납니다. 항생제와 처방전과 첨단시설로는 '아픈 데'를 낫게 하지 못한다고 느끼는 마음에서 태어납니다.

> 일찍 젖을 뗀 송아지들이 풀을 먹지 않으려고 했던 가장 큰 이유는, 어미 소와 함께 풀을 뜯는 시간을 충분히 갖지 못했기 때문일 것이라고 코디는 자신 있게 말했다. (128쪽)
>
> "닭들이 스트레스를 덜 받고 더 행복해 하니까 달걀이 좋아요. 나도 행복하고, 경제적으로도 더 낫습니다." (150쪽)
>
> 앤드루는 방울뱀을 보이는 대로 죽이기 시작했다. 그러다가 가끔 뱀이 보이는 것보다 훨씬 더 큰 문제가 일어나는 것을 알아차렸다. 새로 묘목을 심은 포도밭에 조그만 땅굴이 움푹움푹 파여져 묘목들이 땅속에서부터 눈에 안 보이는 적들에게 공격을 받고 있었던 것이다. (212쪽)

햇볕을 쬐고 빗물을 마시면서 자란 남새하고, 비닐집에서 석유난로와 비료와 수돗물로 자란 남새는 생김새도 맛도 냄새도 모두 다릅니다. 그런데 오늘날에는 비닐집에서 석유난로와 비료와 수돗물을 써서 남새를 키워도 얼마든지 유기농 인증을 받습니다. 왜냐하면, 유기농 인증은 '유기농'으로 짓기만 하면 받을 수 있기 때문입니다.

햇볕을 못 쬔 유기농 남새나 열매를 먹는 사람은 무엇을 먹는 셈일까요? 사료만 먹고 자란 고기를 먹는 사람은 무엇을 먹는 셈일까요? 항생제와 촉진제로 한 달 만에 몸뚱이가 불어나서 고기닭으로 잡히는 살점을 먹는 사람은 무엇을 먹는 셈일까요?

그리고 한 가지를 더 물어볼 만합니다. 어미 소하고 들판을 노닐며 풀을 뜯은 적이 없는 송아지는 사료에만 길들기 때문에 나중에 풀밭에 풀어 놓아도 어찌할 줄 모르면서 풀을 안 먹거나 못 먹는다고 합니다. 오늘날 사회에서 어린이와 청소년은 어릴 적부터 보육원과 어린이집과 학교와 학원에서 아주 오랫동안 지내는데, 이 아이들은 무엇을 할 수 있거나 무엇을 할 줄 모를까요?

> "저는 도시농업이 질병 예방 역할을 한다고 봐요." 캐런은 이렇게 말하고는 뉴욕 시의 독립구 중에 브롱스만큼 질병 예방이 필요한 곳도 없다고 덧붙였다. (254쪽)
>
> "그렇지만 한 종류의 성분에 지나치게 집착하지는 마세요." 애니가 주의를 주었다. "그렇게 되면 제약회사와 똑같이 사고하는 거예요. 허브로 약품을 만들려고 하는 것과 같지요." (302쪽)

사람들이 저마다 '내 땅'을 누릴 수 있다면 삶도 사회도 마을도 송두리째 바뀔 만하리라 봅니다. 사람들이 층층이 올린 건물에서만 살지 말고, 마당이 있는 집에서 살며 저마다 나무를 심고 텃밭을 조그맣게라도 가꿀 수 있으면, 삶이며 사회며 마을이며 나라며 모두 새롭게 거듭날 만하리라 봅니다.

곰곰이 살피면, 정부에서는 '주택 정책'을 세우면서 '마당 없는 아파트'만 지으려 합니다. '마당 있는 보금자리'를 마련하려는 길은 아예 생각조차 하지 않습니다. 주차장은 없어도 마당이 있어야 할 노릇이고, 도시가 아닌 시골이어도 얼마든지 아름다운 삶터입니다. 아파트를 때려지은 뒤에 나무 몇 그루 장식품처럼 박는 겉치레가 아니라, '내 땅'과 '내 집'을 누리는 사람들이 스스로 나무를 심어서 보금자리하고 나무하고 땅을 아이들한테 물려줄 수 있는 사회 얼거리가 될 때에 비로소 아름다운 삶이 태어나리라 봅니다.

'아픈 데'를 낫게 하려면, 아니 처음부터 '아픈 데'가 없는 삶이 되도록 하려면, 우리는 누구나 내 땅을 누릴 수 있어야지 싶습니다. 내 땅을 누리는 사람이라면 내가 먹을 남새나 곡식이나 열매에 섣불리 항생제나 비료나 농약을 치지 못합니다. 가장 좋으며 가장 나은 밥을 먹으려 할 테니까요.

아이를 '숲사람'으로 키우는 기쁨

농부로 사는 즐거움

—

폴 베델 이야기, 카트린 에콜 브와벵 갈무리, 김영신 옮김
갈라파고스 펴냄, 2014.9.11.

구월이 깊으면서 시골 들녘은 한결 밝은 노란 빛깔로 물듭니다. 나락이 익기 때문입니다. 가을볕은 여름볕처럼 뜨겁지 않습니다. 그러나 나락은 구월 햇볕을 받으면서 알차게 익습니다. 새벽이슬을 마시고, 들바람을 들이켜며, 따사로운 햇볕을 듬뿍 받으면서 고개를 더욱 깊이 숙입니다.

이즈음 시골에서는 농약을 치느라 부산합니다. '조금 젊은' 할머니나 할아버지라면 손수 줄을 이어 농약을 치고, '많이 늙은' 할머니나 할아버지라면 농협 헬리콥터를 빌려서 농약을 칩니다. 자동차나 기차를 타고 들판을 지나가면서 바라본다면 가을들이 더없이 예쁘면서 사랑스러워 보일 텐데, 마을에서 살며 들판을 바라보노라면 짙은 농약내음 때문에 창문조차 열 수 없습니다.

해시계를 보는 사람들은 계절의 리듬에 맞춰 살아갑니다. 자연에 순

> 응하며 살아가기 때문에 서두르는 법이 없습니다 … 사람들은 바쁘게 움직여야 발전한다고 생각합니다. 바쁜 것이 발전이라고 생각하죠. 하지만 그건 환상입니다 … 옛날에 하루는 그냥 하루였습니다 … 바쁜 사람들 때문에 닭과 소들은 원하는 시간에 먹이를 먹을 수 없습니다. 옛날에 동물들은 자연의 리듬에 맞춰 일상을 살았습니다. (34쪽)
>
> 나는 밭에 일하러 갈 때 며칠간 바람의 방향을 살핀 후 갈지 말지를 결정합니다. (44쪽)

프랑스 시골 농부 폴 베델 님이 입으로 들려준 이야기를 갈무리한 《농부로 사는 즐거움》이라는 책은 참으로 '시골에서 흙 만지며 사는 즐거움'을 노래합니다. 폴 베델 님은 글을 쓰지 않습니다. 다만 편지는 즐겁게 쓴다고 합니다. 그러나 책에 싣는 글은 쓰지 않습니다. 언제나 입으로 이야기를 들려준다고 합니다. 흙이랑 살아온 이야기를 이웃한테 들려주고, 흙을 사랑하면서 삶을 사랑한 이야기를 온누리 이웃한테 두루 들려주려고 합니다.

시골에서 태어나 시골에서 살다가 시골에서 '새로운 흙'으로 돌아갈 마음인 폴 베델 님은 이녁이 발을 디딘 땅에 농약을 한 방울조차 안 씁니다. 왜냐하면, 맨손으로 만지는 흙이요, 맨발로 밟는 흙이기 때문입니다. 읍내나 도시에 내다 팔아서 목돈을 쥐려고 하는 시골일이 아니라 이녁 삶을 가꾸려고 짓는 들일이기 때문에 흙을 망가뜨리거나 풀하고 나무하고 벌레하고 새를 모두 죽이는 농약을 칠 까닭이 없기도 합니다.

파도의 흐름은 바다뿐만 아니라 땅에도 영향을 주거든요. 젖소에서 갓 짜낸 우유 한 잔을 마시면 파도의 흐름이 땅에도 영향을 주었음을 바로 확인할 수 있습니다. (47쪽)

열 살이 될 때까지는 남자 어른들보다 여자 어른들과 생활하는 시간이 더 많거나 하루를 온전히 그들과 함께 지냈습니다. 우유 짜는 법, 갈퀴질하는 법, 나무다발 묶는 법, 김매는 법 등을 모두 여자 어른들에게서 배웠죠. 청소년이 되면서 선생님의 자리는 고모에서 삼촌으로 옮겨갔습니다. (51쪽)

프랑스 시골지기 폴 베델 님은 손목시계를 안 찹니다. 해를 보면 때를 안다고 합니다. 프랑스 시골지기 폴 베델 님은 텔레비전을 안 본다고 합니다. 바람을 읽으면 날씨를 안다고 합니다.

《농부로 사는 즐거움》을 천천히 읽다가 천천히 덮습니다. 해를 읽거나 바람을 읽는 시골지기 삶은 '프랑스 시골지기'한테서만 엿볼 수 있지 않아요. '한겨레 시골지기'도 먼 옛날부터 누구나 하늘을 읽고 땅을 읽으며, 해와 별과 비와 바람을 모두 읽었어요. 흙을 만지며 사는 사람이라면 누구나 흙을 손바닥에 얹고 냄새를 맡거나 혀로 맛보면서 흙기운이 어느 만큼 되는가를 헤아렸어요.

폴 베델 님이 들려주는 이야기가 아니더라도, 아이들은 '여자 어른'한테서 여러 가지 살림살이와 손일을 배웁니다. 그리고 '남자 어른'한테서도 여러 가지 집일과 손일을 배워요.

그러면 우리는 무엇을 가르치거나 배울까요? 아이를 낳아 돌보는 우리 어른들은 아이한테 무엇을 가르칠까요? 학교에 보내는 일

말고, 우리 어른들이 아이한테 무엇을 가르치는가요? 교과서와 학습지와 참고서를 아이한테 안기거나 사 주는 일 말고, 어버이로서 아이한테 베푸는 가르침이나 사랑이란 무엇인가요?

> 우리가 사는 곳에서는 버려지는 것이 하나도 없습니다. 우리가 살고 있는 언덕의 이야기는 물건들 속에 담겨 있지요. (84쪽)
> 사람을 보호하듯, 나는 야채와 과일도 소중하게 보관합니다. 하지만 절대 과대포장을 해서 보관하지는 않습니다. 잘 먹고, 잘 자고, 나쁜 바람과 습기를 피하며 생활해야 합니다. (95쪽)
> 나에게 농부라는 직업은 자유를 의미합니다. 내가 원할 때 잠을 자고 내가 원할 때 씨를 뿌립니다. 그리고 내가 원할 때 죽을 겁니다 … 자연은 새로운 생명에게 영양을 주고 보금자리를 제공합니다. 자연은 그렇게 순환합니다. 하지만 그 모습이 한결같지는 않습니다. 팔십 평생 지켜본 바, 자연은 반복되지만 그 모습은 똑같지 않습니다. (104, 290쪽)

흙에 뿌리를 내려서 자란 풀과 나무를 베어서 마련하는 살림살이는 쓰레기가 안 됩니다. 풀과 나무로 빚은 살림살이는 오래되어 더 쓸 수 없을 적에는 땔감이 되어 활활 타오른 뒤 조용히 흙으로 돌아갑니다.

공장에서 석유를 써서 뽑은 플라스틱으로 만든 것은 쓰레기가 됩니다. 조금 망가지거나 깨지거나 부서지면 곧바로 쓰레기가 됩니다. 플라스틱으로 찍은 것은 오래되지 않아도 쓰레기가 되고, 오래

되어도 쓰레기가 됩니다. 엄청난 비닐자루는 언제나 쓰레기이고, 공장 물건을 감싸는 겉종이나 껍데기도 모두 쓰레기가 되어요. 이른바 도시 문화와 문명은 온통 쓰레기입니다.

사람이 스스로 땅을 아끼면서 돌본다면, 풀과 나무를 모두 아끼면서 돌보기 마련입니다. 사람이 스스로 흙을 가꾸면서 보듬는다면, 집과 마을이 아름다운 삶터가 되도록 가꾸면서 보듬기 마련입니다.

시골 농사꾼도 밥을 먹고 도시 대통령도 밥을 먹습니다. 그런데 시골 농사꾼만 흙을 일구고, 도시 대통령은 흙을 하나도 모릅니다. 의사와 기자와 국회의원과 시장과 대학교수도 흙을 하나도 모릅니다. 초등학교 교사와 유치원 교사도 흙을 하나도 모를 뿐 아니라, 공장 노동자와 버스 기사와 백화점 일꾼까지 흙을 하나도 몰라요. 그러나 우리는 모두 밥을 먹어요.

> 꽃들을 없애버리면 생물학적으로 땅이 죽어버립니다. 그 증거로 요즘 농지에는 야생화가 피질 않지요 … 지렁이나 두더지 같은 동물들은 땅을 갈아 숨을 쉬게 합니다. 3년 묵은 내 두엄처럼 야생화의 풀들은 나쁜 풀들을 덮어 말라죽게 합니다. 만약 야생화와 풀들을 없애버리면 땅은 죽을 겁니다. 더 이상 살아 있지 못하겠지요. 마구 다룬 땅은 단단해지고, 너무 많이 이어짓기를 하거나 땅을 너무 깊게 파면 땅이 오그라들어 더 이상 물이 스며들지 않습니다. (119쪽)
>
> 간혹 반듯반듯한 현대적인 농경지를 방문할 때가 있습니다. 멀리서부터 살충제 냄새가 코끝을 찌릅니다. 흙을 집어 코끝에 갖다 대면 흙에서 악취가 나죠 … 우리는 우리 땅과 마을에서 쓰던 사투리를

점점 잃어 가고 있습니다. 사투리를 쓰는 사람들이 점점 줄어들기 때문입니다. 그건 우리 땅과 우리 삶이 단절되는 것과 같습니다. 사투리를 되찾는 것은 '금문교'를 건설하는 것입니다. (126, 308쪽)

풀밭이 없으면 들꽃이 피지 않습니다. 들꽃이 피지 않으면 벌이나 벌레나 나비가 살지 못합니다. 조금만 생각해 보셔요. 들꽃이 없는데 벌은 어디에서 꽃가루를 모아서 '꿀'을 빚을 수 있을까요? 설탕을 먹여서 빚는 꿀이면 될까요? 벌이 들꽃에서 모은 꽃가루가 아니라, 설탕으로 쟁여서 만드는 꿀이 되어도, 이러한 꿀을 꿀이라고 할 만할까요?

감자와 고구마조차 비닐집에서 키워서 때도 철도 없이 아무 때나 먹어도 될는지요? 한겨울에 비닐집에서 석유로 난로를 때서 키우는 딸기를 아직 봄도 안 된 철에 먹어야 맛있을는지요?

우리는 무슨 짓을 하는 셈일까요? 우리는 무엇을 먹는 셈일까요? 능금이나 배나 복숭아나 포도를 먹는가요, 아니면 비료와 농약과 항생제를 먹는가요? 햇볕과 비와 바람과 흙이 베푸는 기운으로 자란 능금이나 배나 복숭아나 포도가 아니라, 비료랑 농약이랑 항생제로 자란 능금이나 배나 복숭아나 포도를 먹으면 우리 몸에 무슨 이바지를 할까요?

빗물이 아닌 수돗물을 마시며 자라는 벼를 잔뜩 깎은 하얀 쌀로 지어서 먹는 밥이 우리 몸을 살찌울 수 있을까요? 빗물도 못 마시고 햇볕도 못 쬐며 바람 한 줄기조차 모르는 채 비닐집에서 아무 때나 척척 나오는 애호박이나 상추나 오이나 가지나 토마토를 먹는 몸은 얼마나 튼튼하거나 씩씩할 수 있을까요?

> 농촌 사람들은 밭에서 일하면서 많은 생각을 합니다 … 요즘 젊은 농부들은 여유도 없고 자유도 없습니다. 온갖 서류와 장려금에 얽매여 있습니다. (155, 303쪽)
> 장담하건대 땅은, 대지는 어린이들에 의해 꾸준히 보전될 것입니다. (165쪽)

아이들은 맨발로 놀고 싶습니다. 아이들은 맨발로 흙을 밟으며 놀고 싶습니다. 아이들은 맨발로 풀밭에서 뒹굴고 싶습니다. 아이들은 맨발로 나무를 타며 놀고 싶습니다. 그런데 어른들은 쇠붙이와 플라스틱과 합성수지를 써서 만든 놀이터에 아이들을 내몰기만 합니다. 어른들은 골목을 아이들한테 빼앗고는 '돈 내고 들어가야 하는 놀이시설'에 아이들을 한꺼번에 집어넣고 빽빽 소리만 지르도록 시킵니다.

오늘날 아이들은 연날리기는 할 줄 모르지만 학원을 다닐 줄 압니다. 오늘날 아이들은 팽이를 깎을 줄 모르지만 학교를 다닐 줄 압니다. 오늘날 아이들은 빗물을 혀로 받아서 마실 줄 모르지만 손전화를 다룰 줄 압니다. 오늘날 아이들은 풀벌레 노랫소리를 귀여겨들을 줄 모르지만 대중노래와 광고노래를 똑같이 따라할 줄 압니다. 오늘날 아이들은 구름을 올려다볼 줄 모르지만 찻길을 가득 메운 자동차를 가려낼 줄 압니다.

자동덧문을 산다고 해서 무슨 즐거움이 있을까요? 편리함은 보장할 수 있겠지만 행복까지 보장할 수 있을지는 의문입니다. (182쪽)

풀도 꽃도 먹지 않는 가축이 싸는 똥과 오줌에서는 더 이상 자연의 냄새가 나지 않습니다. (197쪽)

시골에 살면 알러지라는 것은 전혀 생기질 않아. 오히려 각종 면역력이 생기지. (206쪽)

어른들은 무슨 일을 하느라 바쁠는지 궁금합니다. 어른들은 어른들 스스로 삶이 즐거운지 궁금합니다. 아이들을 '학습지 인생'과 '학원 인생'으로 길들여서 '대입수험생 인생'으로 내모는 어른들은 아이를 낳아 돌보는 보람을 얼마나 누릴는지 궁금합니다.

우리는 '내 집 장만'이 아니라 '마당하고 텃밭이 있는 우리 집 장만'을 해야 합니다. 우리는 '내 차 장만'이 아니라 '아이도 어른도 맨발로 마음껏 뛰고 달리면서 놀거나 일할 수 있는 숲 장만'부터 할 수 있어야 합니다.

아파트가 없어도 죽지 않습니다. 자동차가 없어도 죽지 않습니다. 그러나 논밭이 없으면 죽기 마련이고, 숲이 없으면 죽을 수밖에 없습니다. 논밭이 있더라도 숲이 없으면 죽을 수밖에 없어요. 왜 그러한가 하면, 숲이 있어야 나무를 얻고, 나무를 얻어야 집을 짓고 땔감을 얻으며, 숲에서 나무가 자라야 비로소 한 해 내내 싱그러운 바람을 마실 수 있습니다.

공장이 들어선 곳은 앞으로 사람이 먹는 음식을 경작할 수 없는 땅이 될 것입니다. 그건 분명합니다 … 이 세상에 태어날 아이들을 위해 땅에 관심을 가져 주세요. 앞으로 태어날 아이들이 방사능을 비롯한 각종 오염 없는 건강한 음식을 먹을 수 있게 해 주세요. (234, 236쪽)

가치가 있건 없건 상관이 없습니다. 장소가 그 가치를 높여 주는 것입니다 … 우리 조상들에게 하늘은 닿을 수 없이 높고 푸르렀으며, 우리 아름다운 자연은 전쟁의 아픔도, 상처도 잊게 할 만큼 아주 아름다웠던 게지요. (255, 270쪽)

아이는 '숲사람'으로 자라야 아름답습니다. 어른은 '숲사람'으로 슬기롭게 살림을 가꾸어야 사랑스럽습니다. 아이는 어버이와 어른한테서 숲사람 슬기를 사랑으로 물려받을 때에 아름답습니다. 어버이와 어른은 아이한테 숲사람다운 살림살이를 곱게 물려줄 수 있을 때에 사랑스럽습니다.

먼 옛날부터 어버이는 아이한테 '숲을 이룬 집과 논밭'을 물려주었어요. 먼 옛날부터 아이는 어버이가 물려준 '숲을 이룬 집과 논밭'을 물려받으면서 한결 기름지고 푸르게 돌보았지요.

어버이와 아이가 '숲을 이룬 집과 논밭'을 물려주고 물려받던 수십만 해에 이르는 사람 역사에서는 전쟁이나 싸움은 끼어들지 않았어요. 권력자가 나타나고 정치가가 불거지며 문화와 전문가와 사회와 경제 따위가 생기면서 '숲을 이룬 집과 논밭'을 망가뜨리거나 흔드는 무리가 커졌고 전쟁과 싸움도 터집니다.

프랑스 시골지기 폴 베델 님은《농부로 사는 즐거움》을 이야기하면서 프랑스 어린이하고 젊은이한테 꿈과 사랑을 물려주고자 합니다. 이 나라 시골지기는 이 나라 어린이하고 젊은이한테 무엇을 물려줄 만할까요. 이 나라 지식인과 전문가는 이 나라 어린이하고 젊은이한테 무엇을 물려줄 생각일까요. 이 나라 모든 어른과 어버이는 이 나라 어린이하고 젊은이한테 무엇을 물려줄 수 있을까요.

아름다운 숲

블루 백

—

팀 윈튼 글, 이동욱 옮김

놀와 펴냄, 2000.2.15.

"볏짚은 벼가 가장 좋아해요."

시골에서 볍씨를 심어서 벼를 가꾸는 일꾼이라면 모름지기 이처럼 말합니다. 볏짚을 가장 좋아하는 목숨은 바로 벼입니다. 벼는 볏짚을 먹고 이듬해에 새롭게 기운을 냅니다.

풀씨는 '시든 풀잎'을 가장 좋아합니다. 나무는 '가랑잎'을 가장 좋아합니다. 겨울을 앞두고 풀잎이 시들어 흙으로 돌아가는데, 이 아이들은 이듬해 봄이면 거의 자취를 감추고, 이듬해 여름이면 '지난겨울에 시든 풀잎'은 어느새 흙으로 바뀝니다. 가랑잎도 이와 같아요. 가랑잎은 이듬해 봄과 여름을 거치면서 조용히 흙으로 바뀝니다. 흙으로 바뀐 가랑잎은 나무를 살찌우는 가장 멋지고 아름다우면서 놀라운 거름입니다.

그런데 요즈음 웬만한 시골에서는 볏짚을 기계로 묶어서 내다 팝니다. 가을걷이를 마치면 볏짚 묶는 일을 하는 사람이 기계를 부려서 척척 묶습니다. 이렇게 묶은 다발을 '소 공장(소를 키우는 곳. 외양간이나 소우리가 아닌, 이제는 닭이나 돼지나 소를 '공장' 같은 곳에서 가두어 키우니 '소 공장', '닭 공장', '돼지 공장'이라 해야지 싶습니다)'에 몇 만 원씩 주고 판답니다. 시골일은 어느새 도시를 닮아 돈벌이가 되어야 하다 보니, 볏짚은 돈을 받고 판 다음, 빈 들판에는 온갖 비료와 농약을 줍니다.

> 두 사람은 전복 무리에서 하나에서 두 마리씩만 캐고 나머지는 제대로 자랄 수 있도록 남겨두었다. 해초와 바위 틈 사이에서 작은 물고기들이 튀어나와 남은 전복 살점들을 뜯어먹거나, 그들이 휘저어놓은 침전물들을 집적거렸다. (15쪽)

바다에서 고기를 낚는 일꾼이 새끼고기를 싹쓸이를 하면 어떻게 될까 헤아려 봅니다. 지난날에는 새끼고기나 '덜 여문 고기'는 바다에 풀어 주었는데, 오늘날에는 이렇게 안 하기 일쑤입니다. 손이 많이 가서 번거롭다고도 하지만, 바다와 뭍과 지구별을 헤아리지 않기 때문입니다. 요새는 그물 뿌리고 걷는 기계를 써서 새끼고기를 '죽인 채' 낚으니, 바다로 새끼고기를 풀어 준다고 해도 '죽은 물고기'를 뿌리는 셈이기도 합니다.

바다에서 하듯이 논밭에서도 '흙한테 돌려주는 짚'이 없이 싹 거두면, 이 땅은 어떻게 될까요. 지구별 앞날을 헤아릴 수 있을까요? 흙에서 거두기만 하고, 흙을 살찌우지 않을 적에, 이 지구별은 앞으로 어떻게 될까요? 지구별은 앞으로도 사람을 먹여살릴 곡식이나 열매를 내어줄까요? 화학비료와 농약은 앞으로 언제까지 공장에서 뽑아내어 땅에다 뿌릴 수 있을까요?

범도 이리도 여우도 늑대도 멧골과 들에서 자취를 감춥니다. 기껏해야 멧돼지와 노루와 고라니와 너구리와 멧토끼 몇 마리가 살아남았습니다. 그렇지만 사람들은 고작 몇 마리 살아남은 숲짐승이 푸성귀나 남새를 조금 갉아먹는 몸짓에도 소름이 돋는다고 합니다. 숲짐승이 살 터를 죄다 빼앗아서 숲짐승이 숲에서 먹을 것이 없는데, 이러한 얼거리를 제대로 바라보려 하지 않습니다.

생각해야 합니다. 먹이가 없으니 마을로 내려와서 밭을 들쑤십니다. 먹이가 있으면 숲짐승이 왜 마을에 내려올까요? 먹이가 없고 보금자리가 자꾸 파헤쳐지거나 무너지니까 밭자락으로 자꾸 다가오려고 하는 숲짐승입니다.

> 아벨은 답답했다. 도회지에서는 사람들이 포도송이처럼 한데 몰려 있었고 사람들도 그 사실을 잘 알고 있는 듯했다. 아벨은 결코 혼자가 아닌 것같이 보였다. 사람들 틈에 휩쓸려 학교로 갔고 그들 틈에 뒤섞여 숙소로 돌아왔다. 어느 곳에서든 쾅쾅 문을 여닫는 소리, 탁탁 신발을 걷어차는 소리, 목청을 돋우는 사람들의 아우성 소리가 들려왔다. 심지어 밤에 잠자리에 들 때조차도 숙소는 기침 소리, 고함 소리, 배수관을 타고 물 흐르는 소리로 가득 차는 것이었다. 아벨은 사방팔방으로 포위되어 있는 듯한 느낌을 받았다. (54쪽)

팀 윈튼 님이 쓴 《블루 백》을 읽습니다. 몇 번이고 다시 읽습니다. 바다라고 하는 '숲'을 사랑하면서 삶을 곱게 가꾸려고 하는 사람들 이야기를 읽습니다. 그리고 바다라고 하는 숲을 숲으로 바라보지 못한 채, 바다를 오직 '돈'으로 마주하려고 하는 사람들 이야기를 읽습니다. 자꾸자꾸 되읽습니다.

돈이 되면 무슨 짓이든 해도 될까요? 돈을 밝히려고 하면서 삶을 망가뜨리거나 사랑을 무너뜨리거나 사람을 괴롭혀도 될까요? 돈이라면 무엇이든 할 수 있을까요?

학교에서도 아이들한테 삶이나 사랑이나 사람을 못 가르치기 일쑤입니다. 가만히 보면, 오늘날 학교에서는 아이들한테 직업훈련을 시키거나 대학입시 공부만 시킵니다. 삶을 보여주는 학교란 없고, 사랑을 담은 교과서란 없으며, 사람됨을 몸소 보여주는 교사조차 매우 드뭅니다.

앞으로 아이들은 이 땅에서 무엇을 해야 할까요. 연봉을 많이 받는 도시내기로 살면 될는지요. 돈만 바라보는 어른으로 자라면 될는지요. 사랑을 모르는 채 오직 돈벌이에만 눈을 밝혀도 될는지요.

군대가 전쟁무기를 앞세워도 전쟁이지만, 사람들이 꿈과 사랑을 잊거나 잃은 채 돈바라기로 흐르는 모습도 전쟁입니다. 서로 아끼지 않을 때에도 전쟁입니다. 서로 어깨동무를 하지 않을 적에도 전쟁입니다.

그해 여름 아벨은 자연에는 탐욕스러운 인간만큼 잔인하고 야만적인 존재는 없다는 사실을 배웠다. (93쪽)

들짐승이나 숲짐승은 거칠지 않습니다. 그저 들넋이요 숲넋입니다. 들짐승이나 숲짐승은 먹이를 찾을 뿐, 골목마을을 허물거나 군사기지를 세우지 않습니다. 들짐승이나 숲짐승은 짝짓기를 할 뿐, 전쟁무기나 핵발전소나 송전탑 따위로 마을을 망가뜨리지 않습니다.

끔찍한 짓을 저지르는 목숨은 오직 '돈바라기 사람'입니다. 돈에 얽매인 사람이 끔찍한 짓을 일삼습니다. 돈에 끄달리는 종이 된 사람이 이웃을 괴롭힙니다.

돈을 버는 일은 나쁘지 않습니다. 돈도 아름답게 벌어서 사랑스레 쓸 수 있습니다. 돈을 벌되 아름다운 꿈을 건사하면서, 착하고 참다운 손길로 즐겁게 쓰면 됩니다.

그러니까 삶을 이루는 바탕은 오직 하나입니다. 바로 사랑입니다. 사랑을 가슴에 품을 때에는 돈을 벌든 밥을 짓든 옷을 깁든 모두 사랑스럽습니다. 사랑을 가슴에 품지 않는다면, 어떤 일을 하더라도 안 아름답습니다.

사람들이 아무리 많은 돈을 내놓든 어머니는 꺾이지 않는다는 것을 아벨은 알고 있었다. 어머니는 한 그루 나무처럼 완강하고 또 굳건했다. 하지만 그런 일들이 얼마나 어머니를 지치게 하고 어머니의 시간을 허비하며 어머니의 신경을 곤두서게 했을까. 사람들은 그 땅이 단순한 부동산이 아니라는 것을 알 리 없었다. 그들은 롱보트 만이 아벨의 어머니에게는 한 생애이자 친구라는 것을 알지 못했다. 그리고 이 땅이 어머니에게 남편같은 존재였다는 것도 역시 몰랐을 것이다. (100쪽)

관광지는 누구한테 쓸모가 있을까 궁금합니다. 골프장은 누구한테 뜻이 있을까 궁금합니다. 보금자리가 있고, 일터가 있으며, 이웃과 어우러지는 마을이 아름답다면, 굳이 관광지를 만들어야 하지 않습니다. 날마다 신나게 뛰노는 아이들이라면, 따로 놀이기구가 있어야 하지 않습니다.

노래하고 웃으면서 일하는 어른한테는 골프장이 부질없습니다. 야구장이나 축구장이 있어야 야구나 축구를 하지 않습니다. 너른 들이 모두 야구장이면서 축구장이요 테니스장에다가 농구장입니다. 시멘트와 쇠붙이로 뚝딱뚝딱 올려야 경기장이 되지 않습니다. 들이 놀이터요, 숲이 삶터입니다.

> "어머니는 예나 다름없이 바다를 이해하는 분이시오. 어머니는 그 어디로도 간 적이 없소. 어머니는 채소를 키우고 물고기를 드시고, 그러면서 한 장소를 구한 거요. 나는 명색이 과학자, 제딴은 명사지만, 결코 어느 한 곳도 구하지 못했소. 어머니는 한 자리에 머무르면서 다만 지켜보고 들으면서 터득한 것이오. 모든 것을 느낌으로써 말이오." (130쪽)

어버이가 아이한테 물려줄 곳은 보금자리입니다. 어른은 아이한테 삶터를 물려주어야 합니다. 나중에 재개발이 될 부동산이나 재산을 물려주지 말고, 나무 한 그루를 심어서 오백 해나 즈믄 해에 걸쳐 무럭무럭 자랄 수 있는 아름다운 숲을 아이한테 물려주어야 합니다.

아이는 어버이한테서 사랑을 받아야 합니다. 아이는 어버이한테서 학교 교육을 받아야 하지 않습니다. 사회의식을 물려받지 말고, 사랑과 꿈을 물려받아야 합니다. 희망도 절망도 아닌, 숲바람과 같은 꿈을 물려받아야지요. 전쟁도 전쟁무기도 아닌, 튼튼한 손발과 씩씩한 마음을 물려받아야지요.

아이는 어른한테서 씨앗을 받아야 합니다. 볍씨와 콩씨와 풀씨와 나무씨를 받아야 합니다. 손수 심어서 손수 가꿀 수 있는 알차며 고운 씨앗을 받아야 합니다. 인문 지식이나 철학이 아닌, 삶을 짓는 슬기라는 씨앗을 받아야 합니다. 든든하고 알찬 슬기를 따스하고 넉넉하게 다룰 줄 아는 사랑이라는 씨앗을 받아야지요.

아이는 누구나 철이 들어야 합니다. 철이 들어 삶을 슬기롭게 바라볼 줄 아는 눈길을 길러야 합니다. 어른은 먼저 철이 든 사람으로 우뚝 서서 아이들을 따사롭고 넉넉하게 이끌 수 있어야 합니다. 어른이라면 이슬떨이가 되어야 하고, 언제나 아이 곁을 지키는 길잡이가 되면서 반갑고 살가운 길동무가 되어야 합니다.

아벨과 어머니는 그들 나름대로 고기를 잡고 과일과 야채를 가꿨다. 오리와 닭을 쳐서 고기와 알을 마련했고, 염소 한두 마리를 키우면서 그 젖으로 우유를 대신했다. 롱보트 만으로는 전기가 들어오지 않았다. 빗물 말고는 물이라고는 없었으며, 텔레비전도 없었다. 그들처럼 사는 것은 때때로 힘든 일이 아닐 수 없었지만, 아벨은 그와 다른 방식의 삶을 전혀 몰랐다. 아벨은 날마다 국립공원 숲 속을 이리저리 뛰어다녔고, 바다에서 헤엄쳤다. 가끔 외롭기도 했지만 어머니

와 함께 있는 것이 좋았다. (26~27쪽)

즐겁게 노래하는 삶일 때에 사람이 됩니다. 기쁘게 웃는 하루일 때에 사람으로 섭니다. 노래와 웃음이 없으면 사람다운 빛을 잃습니다. 즐거움과 기쁨을 모르면 사람다운 숨결이 사그라듭니다.

우리한테는 두 가지 갈림길이 있습니다. 삶을 손수 짓는 길이 첫째입니다. 돈을 거머쥐면서 전쟁으로 가는 길이 둘째입니다. 어느 길로 가든 대수롭지 않습니다. 우리는 어느 길로든 갈 수 있습니다. 다만, 스스로 걷는 길입니다. 삶을 손수 짓는 사랑스러운 길로 가겠다면 이 길을 씩씩하게 갈 수 있습니다. 돈을 더 거머쥐어 돈으로 물질문명을 누리겠다면 이 길로 가도 됩니다. 좋고 나쁨이란 따로 없습니다. 삶이냐 돈이냐, 이 두 가지로 나뉠 뿐입니다.

사람이 사람다울 적에는 꾸밈이 없습니다. 수수하지요. 있는 그대로 곱습니다. 사람이 사람답지 못할 적에는 꾸밉니다. 그럴듯하게 꾸미지요. 있는 그대로 얼마나 고운지 모르는 탓에 얼굴을 덕지덕지 문지르고 이것저것 붙이거나 치레합니다.

숲은 꾸미지 않습니다. 풀과 꽃은 꾸미는 일이 없습니다. 벌레와 짐승과 물고기는 이녁 몸을 꾸밀 까닭이 없습니다. 언제나 모두 그대로 있습니다. 사람이 사람답게 사는 길은 어디에 있을는지 우리가 스스로 생각해서 찾고 마주하면서 깨달아야 합니다. 가슴속에 파란 별씨를 품고 푸른 바람을 마시면서 하얀 넋이 될 적에, 비로소 까만 밤하늘에 고운 무지개를 드리우는 착한 사람이 됩니다.

밥짓기 · 집짓기 · 옷짓기는 사랑짓기 · 삶짓기 · 사람짓기

아나스타시아 4 함께 짓기

블라지미르 메그레 글, 한병석 옮김
한글샘, 2008.11.28.

ㄱ. 밥짓기

밥을 어떻게 먹느냐에 따라 생각하는 삶이 달라지는구나 하고 퍽 예전부터 느낍니다. 쌀을 사다가 먹는지, 쌀을 손수 논에 심어서 먹는지, 가을걷이를 할 적에 낫질을 한 번이라도 해 보았는지, 벼싹을 옮겨심을 적에 곁에서 지켜본 적 있는지, 한여름 뙤약볕에서 김매기를 해야 한 적 있는지, 텃밭에서 돌을 고른 적 있는지, 아이하고 밭에 씨를 뿌리거나 심은 적 있는지, …….

우리 먹을거리를 마련하는 길은 여러 갈래입니다. 우리 몸뚱이를 어떻게 움직이며 우리 먹을거리를 마련하는가 하는 길도 여러 갈래입니다. 그런데 나날이 사람들 밥상은 가게에서 돈을 치러 먹을거리를 장만하는 흐름으로만 바뀌어요. 더구나 가게는 더욱 커지고,

가게로 가는 길은 더 멀어지며, 가게에서 한꺼번에 사들이는 먹을거리는 훨씬 늘 뿐 아니라, 먹고 버리든 먹지 못해 버리든 하는 쓰레기는 끝이 없습니다.

오늘날에는 사람들 스스로 생각할 겨를을 내지 못해요. 밥상에 무엇을 올려야 좋을는지를 생각하지 못해요. 너무 바쁘거든요. 생각할 일이 아주 많고요.

정치도 걱정하고 문화도 생각하고 경제도 근심하고 예술도 헤아리고 하다 보면, 운동경기를 들여다보고 사건사고를 신문과 방송으로 살피다 보면, 아이를 낳아 학원에 넣거나 학교에 보내다 보면, 그야말로 우리 삶이 어디에서 비롯해 어디로 가는가를 읽거나 돌아볼 겨를이 없습니다.

> "모든 증거와 우주의 모든 진리는 사람 모두의 마음에 영원히 간직되어 있어. 부정확이나 거짓은 오래 살 수 없어. 마음이 그것을 저버리지. 여러 해석이 나오는 것은 바로 이 때문이야. 거짓은 계속 새 옷을 갈아입어야 해." … "하느님은 꿈 에너지를 갖고 있었어. 그는 모두를 자기 내부에 받아들이고, 모두를 균형잡고, 화해할 수 있었어." … "아름다움을 따라잡으려는 자들은, 아름다움을 알기 위해서는, 자기 내부에 그와 똑같은 것을 지녀야 함을 알지 못한 거야." (8, 18, 95쪽)

시골에서는 스스로 먹을거리를 마련해야 살아갈 수 있습니다. 시골집을 얻어 지내는 우리는 아직 우리 텃밭이나 빈땅에 무엇을 심을 만하지 않습니다. 무얼 심으려고 얻은 빈땅이 아니다 보니, 이 땅을 어떻게 골라서 어떻게 무얼 심어야 할까를 가누기가 살짝 벅찹니다. 좋은 이웃 어르신들이 김치를 주시고 무랑 배추랑 베풀어 주셔서 크게 도움을 받아요. 생각해 보면, 우리들이 이 시골집에서 오래오래 뿌리를 내려 살아갈 뒷날에는, 이웃 어르신들처럼 우리가 밭에서 일군 남새를 다른 이웃한테 넉넉히 나눌 만큼 거두겠지요. 아직 이루어지지 못한 일, 아직 이루지 않은 일이지만, 그날 그 느낌이 어떠할까 하고 떠올리면, 참 신나며 즐겁습니다.

읍내 저잣마당에서 사다 먹는 감자랑, 우리 밭에 심어서 거두어 먹는 감자랑 같은 맛일 수 없어요. 씨가 난 감자를 알맞게 잘라 깊이 잘 묻어 거두어서 이 감자알을 익혀 먹으면, 그렇게 달디달 수 없어요.

우리 땀을 흘렸기에 달디단 감자일까요. 어쩌면 이와 같을는지 몰라요. 그리고, 우리 땀뿐 아니라 이 땀에 서린 몸과 마음이 어떠한가 하는 이야기가 흙으로 스며들면서, 우리 집 감자알이 '몸을 살찌우는 기운'을 조금씩 키워서 좋은 밥으로 가만히 찾아오는지 모릅니다.

"사람이 지금 숨쉬는 공기로는 정말로 영양을 채울 수 없지. 지금 공기는 죽어 있고 때론 몸과 마음에 해로워." … "사람의 육은 그의 영과 마음이 원하는 해만큼 살 수 있었어 … 당신이 담배를 피우거나 음주할 때, 공기가 역한 냄새로 자욱한 도시로 들어갈 때, 죽은 음식을 섭취할 때, 그리고 화로 자기 자신을 갉아먹을 때, 블라지미르, 말해 봐, 당신 스스로가 아니면 누가 죽음을 가까이 부르는 거지?" … "모든 여자들이, 전투를 벌인 남자와 잠자리를 같이하지 않고, 그래서 후손을 낳지 않는다면, 어떤 남자가 전쟁을 하려 하겠어. 전쟁을 일으키는 자는 결론적으로 자기는 물론이고 자기의 모든 후손까지 죽이는 셈이잖아." (32, 35, 72쪽)

누런쌀을 날로 씹어 먹든, 오래 불려 밥으로 지어 먹든, 입안에 침을 모아 천천히 씹으면, 이 쌀알이 어느 땅에서 어떤 햇살 · 물 · 바람 · 비 · 흙 · 지렁이 · 거미…… 기운을 고루 받았는가 하고 그림을 그릴 수 있습니다. 저절로 그림을 그릴 수 있어요.

그러나 내가 너무 바쁜 나머지 헐레벌떡 밥그릇을 비워야 한다면, 제대로 씹지 않을 뿐더러 어떤 그림조차 그리지 못해요.

집식구랑 다 함께 바깥밥을 사다 먹어야 할 때면, 이 대목이 퍽 아쉽습니다. 사람들이 복닥거리는 밥집에서는 자꾸 빨리 먹어야 하는 듯 내몰립니다. 빨리 먹고 일어서야 하는 듯 몰아세워요. 그래야 장사가 될 테니까요. 이때에는 우리가 손에 쥐는 그릇에 담긴 밥을 고마이 여길 틈이 없습니다. 천천히 느끼고 차근차근 사랑할 겨를이 나지 않아요.

집에서 식구들이 둘러앉아 도란도란 이야기꽃을 피우며 밥을 먹는 일이란, 이 밥을 마련한 사람한테 고마움을 느끼는 일뿐 아니라, 이 밥에 서린 모든 기운을 천천히 받아들여 우리 기운을 새로 북돋우려는 일이라고 느껴요. 밥을 한두 시간에 걸쳐 천천히 먹는다면, 이렇게 얻는 기운이 아주 크며 빛나리라 느껴요.

"마음이 꿈에서 무엇인가를 지향하면, 그건 모두 반드시 실현돼." … "그 편리함들이란 허상이야. 짧아진 자기 수명으로, 고통으로, 인류 모두는 매일 그 비용을 지불할 수밖에 없어. 생명이 없는 기기들을 얻으려고 사람은 마치 노예처럼 싫어하는 일을 일평생 할 수밖에 없어. 생명 없는 기기들이, 삶의 우주적 본질을 사람들이 이해하지 못하는 무지의 정도를 나타내기라도 하듯 주변에 나타나지. 당신은 사람이야! 주변을 좀더 유심히 살펴봐. 또 하나의 기계 장치를 얻기 위해서 죽음의 매연을 뿜어대는 공장이 지어지고 물은 생명을 잃고 있어. 그리고 당신, 사람인 당신은 그것을 위해 일평생 재미없는 일을 해야 해. 기계가 당신에게 봉사하는 게 아니라 당신이 기계한테 (봉사)하는 거야." … "처음부터 모든 것을 잘 계획하면 따로 일꾼들이 필요치 않을 거야. 주변의 모든 것이 기꺼이, 사랑으로 당신과 자식들과 손자들에게 봉사할 거야." (99, 102~103, 226쪽)

아이를 낳아 살아가는 어버이는 밥술 제대로 뜰 겨를이 없다고 합니다. 참 그렇습니다. 집에서 할 일이 매우 많으니까요. 그런데, 어쩌면, 집일이 매우 많다는 틀에 사람들 마음과 생각을 가두지 않을까요?

집일이 적지 않아요. 집일이 적을 수 없어요. 그러나 이 집일에 사람이 매인다는 생각을 사람들마다 잘못 받아들여 엉뚱하게 바라보도록 가두지 않나요? 이러다 보니 젊은 사내이고 가시내이고, 집에서 일하기를 꺼리며 자꾸자꾸 집 바깥으로 나돌도록 내몰지 않나요? 무엇을 사랑해야 하는가를 잊도록 몰아세워요. 무엇을 생각해야 하는가를 잃도록 밀어붙여요. 우리 스스로 우리 몸을 살피지 않고 돈벌이를 살피는 밥을 할밖에 없는 밥집에서 비싼 값을 치르면서 우리 몸을 살찌우지 못하는 굴레에 스스로 허덕이고 말아요.

아무리 값싼 것들로 차린 밥이라 하더라도, 밥을 차리는 사람 손길과 마음길과 사랑길과 생각길에 따라 새롭게 태어납니다. 소시지이든 라면이든 좋을 턱이 없겠지요. 어묵이든 두부이든 가게에서 파는 먹을거리는 뭐가 좋겠어요. 그런데 이런 먹을거리로 밥상을 차리면서 손길 · 마음길 · 사랑길 · 생각길마저 어둡거나 바빠맞는다면 어떡하나요. 달걀부침을 하든 감자볶음을 하든, 우리 온 사랑과 숨을 불어넣을 수 있어야 하고, 우리가 사랑하는 사람들하고 오붓하게 나눌 수 있어야 해요.

밥이란, 목숨이 차려진 먹을거리이니까요. 밥먹기란, 목숨을 먹어 목숨을 잇는 아름다운 일이니까요.

"당신에겐 속세의 지위가 중요하지. 하지만 세상에서 가장 중요한 건 진리잖아." … "지구에 사는 사람은 누구나 가문의 나무를 길러야 하느니라. 그가 죽으면 그 나무는 후손들에게 좋은 기념이 될 것이야. 그건 또한 후손들이 숨쉬고 살 공기를 정화할 것이니 우리 모두는 좋은 공기를 숨쉬어야 한다." … "우선은, 세상에서 가장 살기 좋은 곳 중에서 자기 마음에 드는 곳을 골라. 당신이 살고 싶은 곳을 말이지. 자기 후손들도 살았으면 하는 곳으로." … "다양한 색의 나무들을 심는 거야. 자작나무, 단풍나무, 참나무, 잣나무. 불타는 색의 빨간 열매가 송이송이 달리는 마가목을 덧심고, 그 사이에 까마귀밥

나무를 사이심기 할 수 있지. 벚꽃과 라일락에도 장소를 할애할 수 있겠지. 처음부터 모든 걸 잘 계획하는 거야. 무슨 나무가 높이가 얼마나 자라는지, 봄에 꽃은 어떻게 피는지, 어떤 향이 나는지, 어떤 나무에 어떤 새가 모이는지 모두 다 관찰해야 해. 당신의 울타리는 새들이 노래하고 좋은 향이 넘치고 매일 색조가 조금씩 변화하는 아름다운 그림이 될 거야. 봄에는 꽃이 만발하고 가을에는 황금 색채로 불탈 거야." (205, 212, 220, 224쪽)

사람들 누구나 밥짓기를 할 수 있어야 합니다. 사람들 누구나 어린 나날부터 밥짓기를 곁에서 지켜보며 물려받을 수 있어야 합니다. 할머니 할아버지 손맛을 어머니와 아버지가 물려받고, 어머니와 아버지 손맛을 딸아들이 함께 물려받아야 합니다. 아름다운 사랑을 물려받고, 따사로운 믿음을 물려주어야 합니다.

ㄴ. 집짓기

사랑스레 마련해서 사랑스레 즐길 밥이듯, 사랑스레 지어서 사랑스레 살아갈 집입니다. 높다란 층층집에서 살든, 여러 식구들 빼곡하게 들어차는 다세대 골목집에서 살든, 스스로 우리 살림집이 될 보금자리를 사랑스레 돌볼 수 있어야 합니다.

제 삶을 돌아보면, 저는 아직 제 살림집을 살림집다이 건사하는 길을 걷지 못합니다. 아주 어릴 적부터 제 좋은 살림집 그림을 그리지 못했거든요.

다만 두 가지 그림은 그렸습니다. 하나는 열다섯 동 오층짜리 층층집에서 살던 어린 나날 살림집입니다. 층이 낮고 동과 동 사이가 넓어 아이들 놀이터이자 마을사람 쉼터가 무척 넓었어요. 모래밭 놀이터는 두 군데 널따랗게 따로 있었고, 층층집 둘레로 층층집 높이만 한 나무가 우람하게 자랐어요. 층층집 옆으로는 인천 신흥동3가 제일제당 공장에서 날마다 엄청나게 뿜어대는 쓰레기물 냄새가 코를 찔렀지만, 층층집 마을을 둘러싼 나무들이 이 냄새를 막아 주었구나 하고 요즈음 깨달아요.

나무는 마을 할아버지들이 스스로 잘 돌봐 주었어요. 우람한 나무 곁 울타리로는 까마중이 잔뜩 열려 동무들이랑 입에 새까매지도록 따먹었습니다. 국민학교 오학년인가 육학년에 처음 알았는데, 우람한 나무 곁에는 딸기가 자라기도 했습니다. 어머니하고 식물채집 숙제를 하며 풀을 모으는데, 어느 날 어머니가 "어머나, 딸기가 여기에서도 자라네!" 하면서 놀라셨어요. 식물채집 표본을 되돌아보는 요즈음 생각하자니, 이때 본 딸기는 덩굴딸기가 아닌 나무딸기가 아닌가 싶습니다. 으레 먹는 딸기였으나 딸기가 어떤 풀로 자라는가를 몰랐어요. 어머니는 바로 알아보셨고, 저는 오래도록 딸기풀을 바라보았습니다.

그러고는 생각했지요. 이 딸기풀을 캐서 표본으로 삼느냐, 아니면 이 자리에 딸기풀이 있구나 하고 여기며 날마다 들여다보느냐.

끝내 딸기풀을 캐서 신문종이 사이에 눌러 표본을 하고, 나중에 이 표본을 들고 다니며 딸기풀이 또 자라는가 하고 살펴보지만 똑같거나 비슷해 보이는 풀을 찾지는 못합니다.

그나저나 제 어린 나날을 보낸 5층짜리 층층집은 바로 코앞이 경인고속도로 들머리요, 바로 옆이 인천 부두가 줄줄이 늘어선 곳인데, 마을 안쪽에서 가만히 해바라기를 하는 동안 시끄러운 자동차 소리나 짐배 소리를 듣지 못했어요. 아주 크게 울리는 뱃고동 소리만 들었어요.

"블라지미르, 지금 아이들한테 외국어로 쓰고 말하도록 가르치고, 지금의 언어로 표현하는 걸 금지한다면, 당신의 후손들은 무엇을 통해서 오늘에 대해 알까? 과거의 지식을 잃어버린 사람에게 새 지식의 중요성을 강조하며 주입하기는 쉬워. 이들에게는 부모에 대한 어떤 말이라도 할 수 있지. 말이 없어지면 그와 함께 문화도 없어져. 그런 속셈이 있었어. 하지만 그 목적을 추구하던 자들은, 진리의 새싹이 사람의 마음 안 보이는 곳에 항상 남아 있다는 걸 몰랐어. 깨끗한 이슬방울을 흠뻑 마시기만 하면 새싹은 쑥쑥 자라서 크는 거야." … "오직 부모만이 자식의 능력이 자기를 뛰어넘도록 진실로 원해." … "자기의 딸들이, 아들들이 신성한 길을 가도록 하느님은 매일매일 희망을 잃지 않아. 지시가 아니라, 공포가 아니라, 자유 의지로서 사람들이 함께 짓고, 부활하고, 또한 그걸 바라보며 기뻐할 수 있는 길을 택하기를 고대하고 계셔." … "아이에게 어떤 세계관을 주입할지, 배움이 아이들에게 어떤 운명의 멍에를 지울지 종종 알지도 못한 채, 자기 자식을 학교에 맡기고 말아. 알지 못하는 것에 자기 아이를 맡김으로써 자기 자식을 스스로 잃어버리는 거야. 그렇게 맡겨진 아이는 또 자기 엄마를 잊게 되는 것이고." (11, 26, 93, 270쪽)

어린 나날 그린 둘째 집 그림은 100층을 넘는 건물입니다. 이 그림은 서울에 63빌딩이 섰다는 이야기를 들으면서 그렸어요. 아시아에서 가장 높다라나 하며 내세우는 63빌딩은 고개를 들어 층 숫자를 세며 목이 빠지곤 했어요. 서울에 사는 작은아버지 댁을 찾아가며 버스나 택시나 전철로 지나가며 으레 층수를 세 보는데, 끝까지 옳게 센 적이 없습니다.

멀리에서는 아무것 아닌 듯싶으나 곁에서 지나가면 참 높았어요. 그렇지만 속으로 생각하기를 '칫, 그렇게 높이를 자랑하고 싶으면 딱 100이라는 숫자를 채워야지, 어설프게 63이 뭐람?'

학교에서 동무들이랑 그림놀이를 하며 100층짜리 집을 그립니다. 이 100층짜리 집 밑에는 사람들이 오글오글 몰려다니면서 노는 널따란 땅밑놀이터가 있습니다. 예나 이제나 인천은 지하상가가 꽤 많아서 이 땅밑놀이터를 생각하며 그려 보았는데, 제가 꿈을 꾸어서라기보다 저 말고 누군가도 꿈을 꾸었을 테니, 서울 삼성동 밑자락 널따란 땅밑놀이터 같은 터가 생겼으리라 봅니다.

그러니까 저는 제가 앞으로 살아가면 좋을 살림집은 그리지 못했어요. 제가 제 살붙이나 이웃이나 동무하고 어우러질 보금자리는 생각하지 못했어요.

"사랑하는 부모는 자기 자식을 결코 집에서 내쫓지 않아. 사랑하는 부모는 스스로 고뇌하면서도 자기 자식이라면 어떤 죄도 용서해줘." … "살랑이는 나뭇잎과 새들의 노래로, 하느님은 자기의 딸과 아들이, 일어나는 사건을 반추하고 다시 동산으로 돌아오도록 여전히

호소하셔 … 아버지가 우리에게 주신 자유를 이용하여 우리 스스로 삶을 짓는 거야." … "사람은 지금까지도 모두 분해하고, 꺾고, 모든 구조물을 알려 하고, 순간 멈춘 생각으로 조악한 것들을 만들고 있지 … 블라지미르, 사람은 원래 지어지기를, 하나도 분해하지 않아도 돼. 사람한테는. 어떻게 말해야 알아듣기 쉬울까? 사람한테는 마치 암호화된 형태로 모든 것의 구조가 이미 저장되어 있어." … "학과나 과학에 대한 지식이 목표를 위한 목표가 돼서는 안 돼. 행복해지는 법, 이게 최고 중요한 거야. 그것은 부모들만이 자기 예를 보여가며 가르쳐 줄 수 있어." (59, 60, 66, 256쪽)

곁님을 만나고 아이 둘을 낳고 시골마을에 새터를 이루면서 우리 보금자리를 비로소 생각합니다. 우리가 앞으로 살아가고픈 살림집 그림을 이제 그립니다.

늦었을까요. 가장 알맞춤하다 싶은 때일까요. 그동안 이런 생각을 안 했다는 대목에서 할 말이 없고 참으로 부끄럽습니다. 제도권 학교 탓만 할 수 없고, 왜 우리 어버이는 이러한 그림을 그리도록 돕지 못했느냐고 아쉬워 할 수 없어요.

왜냐하면 저 스스로 이러한 길을 찾으려고 마음을 기울이지 않았으니까요. 저 또한 보금자리나 살림집을 전세 얼마 월세 얼마 하는 돈셈으로만 생각했으니까요. 이 집에서 살아갈 내 마음밭이 얼마나 아름다울 수 있고, 이 집에서 얼마나 오래오래 뿌리내리며 우리 아이들이 사랑스레 자란 다음, 아이들이 어버이 곁에서 살든 어버이 곁을 떠난 다음 나중에 놀러오든, 이런저런 이야기밭 일굴 만한 터가 되도록 하는 보금자리인가를 생각하지 않았어요.

"생각해 봐. 당신의 딸 뽈리나가 갑자기 당신 앞에서 뭔가를 단조롭게 말하는 걸. 문장에는 자기도 모르는 단어들을 섞어 쓰고. 아버지인 당신한테 딸의 그런 대화가 마음에 들어?" … "육신만의 합체에서 얻은 만족은 충만하지 못하고 순간일 뿐이야 … 육신의 재미와 그 슬픈 결과로 아이들이 태어났어. 이 아이들에겐 신성한 꿈을 이루기 위한 사려 깊은 열의가 없었어. 여자들은 고통 속에서 아이를 낳기 시작했어. 그리고 아이들은 자라며 고생할 수밖에 없는 운명을 타고난 거야." … "텃밭의 오이와 차이가 나는 것은 자라면서 필요한 모든 것을 섭취했기 때문이야. 텃밭의 조건에서는, 식물을 다른 종의 것들과 어울리지 못하게 막고, 또 식물의 성장을 비료로 촉진하니까, 식물은 필요한 모두를 자기 안에 담지 못해. 그래서 스스로 충분하지 못한 거야." (79, 90, 110~111쪽)

제가 살아가며 얻는 목숨(밥)은 흙에서 얻습니다. 그러니까 저는 흙으로 집을 지어서 살아야 제 목숨을 옳게 건사할 만합니다. 그러면 저는 제가 밥을 삼을 터를 이루는 흙하고 같은 흙으로 집을 지어야 합니다. 쓰레기를 파묻는 흙땅이 아니라, 목숨이 살아숨쉴 흙땅이어야 합니다. 내 하루하루 살림에서 쓰레기를 내는 삶이 아니라, 꿈을 낳고 사랑을 피우는 삶이어야 합니다.

덜 쓰고 아끼는 삶이 아닙니다. 아름다이 누리며 착하게 꾸리는 삶입니다.

물질문명을 내다 버리는 삶이 아닙니다. 물질이나 문명에 매이지 않으면서 아름다이 누리며 착하게 꾸리는 삶입니다.

우리 식구는 자가용을 사귀지 않습니다. 자가용 사귈 돈이나 자가용 굴릴 돈이나 자가용 모실 돈이 하나도 없으니 안 사귄달 수 있으나, 자가용을 사귀면 돈벌이에 바삐 움직일 테니, 저절로 우리 삶을 잃겠지요. 저희한테 자가용을 몰 돈구멍이 아예 없지는 않으리라 느껴요. 다만 우리 식구가 자가용을 사귀지 않는대서 버스나 기차나 전철을 아예 안 얻어타지 않아요. 타야 할 때에는 타지만, 애써 즐겨타거나 찾아서 타지 않아요.

네 식구 함께 두 다리로 풀숲길을 거닐고 멧길을 걸으면 즐겁습니다. 관광이라든지 삼림욕이라든지 이런저런 구실을 붙이는 마실이 아니에요. 그저 흙을 밟고 햇볕을 쬐며 바람을 마시는 나들이가 좋아요.

"블라지미르, 당신은 지금 타이가 속에 있어. 주변을 봐. 나무들이 얼마나 커. 그 기둥은 얼마나 육중하냐고. 나무들 사이에는 풀이 있고 관목이 자라지. 산딸기도 있고 구즈베리도 있어. 그 외에도 타이가에는 수없이 많은 좋은 것들이 사람을 위해서 자라지. 그런데 지난 수천 년간 단 한 번도 그 누구도 타이가에 비료를 준 적이 없어. 그런데 땅은 비옥하거든. 누가 어떻게 비료를 주었다고 생각해? … 타이가에서는 당신 세상 사람들이 사는 곳만큼 그리 심하게 하느님의 생각과 시스템이 망가지지 않았기 때문이야. 타이가에서는 나무에서 잎이 떨어져 지고, 바람에 잔가지가 부러지지. 나뭇잎과 잔가지 그리고 벌레들이 타이가 흙을 비옥하게 하는 거야 … 낙엽은 우주의 많은 에너지를 담고 있으니까. 별도 보고 해도 보고 달도 본 낙엽이야." … "자기 자식을 키워 어떤 사람으로 만들어야 할지는 우선 부모들이 마음을 정해야 하니, 단일 교육제도라는 것은 있을 수가 없어 … 내가 먼저 그런 사람이 되어야 해. 스스로 행복하지 않다면 무엇이 방해가 되는지 알아야 해. 난 진정으로 행복한 아이들 얘기를 하고 싶어. 자기 훈육이 바로 아이 훈육이야." … "부모가 손수 가꾼 숲에 그가 묻히고 그 몸에서부터 풀이 나오고 꽃이며 나무 그리고 관목이 솟아나지. 당신은 그걸 보고 큰 기쁨을 얻을 수 있어. 부모의 손으로 가꾼 생지의 조각과 매일 접촉을 하게 되고, 또 무의식적으로 부모를 부르고 부모는 화답하는 거야." (227, 239, 246쪽)

집짓기는 삶짓기입니다.

밥짓기는 사랑짓기입니다.

그러면 옷짓기는 어떤 짓기가 될까요.

날마다 아이들과 곁님 옷가지를 빨래하면서 노상 느껴요. 저한테 옷짓기라면 사람짓기가 되겠구나 싶어요.

밥을 지으며 제가 일구며 아낄 사랑을 짓습니다. 옷을 지으며(옷을 기우며, 옷을 빨래하며, 옷을 손질하며) 저하고 같은 보금자리에서 뒹구는 사람들 꿈과 몸을 어여삐 짓습니다. 집을 지으며(집을 건사하며, 집을 돌보며) 우리 삶을 짓고 우리 살붙이들 삶을 나란히 짓습니다.

저는 고등학교도 중학교도 일찌감치 그만두고 싶었으나 남우세

스럽게도 그만두지 못했어요. 그나마 대학교는 다섯 학기를 다니고 그만둘 수 있었어요.

중·고등학교에서는 집짓기도 밥짓기도 옷짓기도 가르치지 않았어요. 대학교에서도 아무런 짓기를 가르치지 않았어요. 중·고등학교 교사나 동무들 누구도 삶짓기랑 사랑짓기랑 사람짓기를 생각하지 않았어요. 대학교에서는 더더욱 어느 누구도 이 대목을 돌아보거나 살피거나 깨달으려 하지 않았어요.

곁님하고 저는 우리 아이들을 학교에 넣을 까닭이 없다고 느껴요. 그러나 시골 초등학교에서 아이들한테 삶짓기·사랑짓기·사람짓기를 가르치려 한다면, 조금이나마 건드린다면, 아이들이 이 대목을 생각한다면, 우리 집 두 아이는 이곳 시골 초등학교로 나들이를 다닐 수 있겠지요.

ㄷ. 아나스타시아가 함께 짓고 싶은 꿈

짓고 지으며 또 짓는 꿈을 이야기하는 책 '아나스타시아' 넷째 권 《함께 짓기》를 읽습니다. 넷째 권은 책이름 그대로 우리가 함께 지으며 즐거울 삶이란 무엇인가 하는 이야기를 들려줍니다.

제가 먼저 스스로 짓고, 제가 사랑하며 아끼는 살붙이나 동무나 이웃이랑 함께 짓는 꿈이란 무엇일 때에 그야말로 즐거운가 하는 이야기를 들려줘요.

"이거 봐, 블라지미르, 작은 씨앗이지. 하지만 땅에 심으면 우람한 잣

나무로 자라. 참나무도 아니고 단풍도 아니고, 장미도 아닌 바로 잣나무가 자라나지. 잣나무는 다시 자그마한 씨앗을 낳고, 그 씨앗엔 처음 씨앗과 똑같이 태초의 정보 전부가 들어 있어." … "사람의 시선은 다정할 수 있고, 동시에, 살아 있는 모두를 파괴의 차가운 시선으로 덮어버릴 수도 있어." … "상점에 들어가서 당신은 물론 선택을 하지. 하지만 그 상점이 권하는 테두리를 절대 벗어날 수는 없어 … 정말로 당신의 몸이 필요로 하는 식품이 상점에 구비된 것일까? … 당신한테 필요한 모든 것이 제공되었나 생각해 보는 것까지 잊어버렸어." … "사랑은 누구를 놀리지도 놀이를 하는 것도 아니야. 누구와도 영원히 살고 싶어 해. 하지만 사람은 자기만의 생활양식을 선택하게 되고, 그 생활양식이 사랑의 에너지를 놀라게 하는 거야. 사랑은 파괴에 영감을 선사하지 못해. 사랑의 열매는 고통 속에 살 수 없어." … "사랑은 신성한 창조를 바라는 거야. 사랑의 공간을 지으려는 사람을 영원히 따뜻하게 해 줘." (9, 25, 114~115, 236, 237쪽)

사람은 작습니다. 사람은 큽니다. 곧, 사람은 작지도 크지도 않고 고스란히 사람입니다.

씨앗은 작습니다. 씨앗은 우람한 나무로 자랍니다. 곧, 씨앗은 작지도 크지도 않고 그저 씨앗입니다.

아나스타시아는 수수하고 자그마한 아가씨입니다. 아나스타시아는 수수하고 자그마한 아가씨이기 때문에 거룩하며 놀라운 하느님입니다. 곧, 아나스타시아는 그대로 아나스타시아라는 한 사람입니다.

사랑을 할 줄 알기에 사랑을 나눌 줄 압니다. 사랑을 받을 줄 알기에 사랑을 물려줄 줄 압니다. 사랑을 먹을 줄 알기에 사랑을 빚습니다.

사람들 숨을 살리는 흙은 먹을거리를 빚고 똥오줌을 받아들여 예쁘게 삭힙니다. 사람들 몸을 살찌우는 햇살은 하루 반토막을 따사로이 내리쬐고 하루 반토막을 고요히 잠재웁니다.

> "모두 알고 있었지. 사랑 에너지는 따지는 일이 없다고." … "그가 무얼 바라는지 내게 말해 줘." "함께 지어서 모두가 같이 바라보는 기쁨이야." … "너는 그것들을 보되, 쪼개지는 말거라. 온 우주의 그 누구도 이성으로는 그걸 풀 수 없단다." … "블라지미르, 현대의 여러 가지 상황이, 지상의 여신들을 매일매일 부엌에 묶어 두는 거야. 당신이 그랬지, 내가 짐승 같고, 나의 생활방식이 원시적이고, 당신이 사는 곳의 사람만이 문명인이라고. 그럼 왜 당신이 사는 문명사회의 여자들은 좁은 부엌에서 삶의 일부를 보내지? 방바닥을 닦고, 상점에서 무거운 것을 날라야 하지? 당신 세상의 문명을 그리 자랑하면서, 그곳은 왜 그리 지저분하지? 지상의 아름다운 여신들을 왜 청소부로 전락시키지?" … "손자들이 세울 집의 재료는 할아버지가 심고 또 엄마 아버지가 사랑한 나무들이야." (39, 48, 56, 73, 233쪽)

저는 밥을 먹고 살아가듯 꿈을 먹고 살아갑니다. 저는 밥을 먹으며 기운을 차리듯 꿈을 마음으로 먹으며 기운을 차립니다.

책을 읽어 마음밥을 먹지 않습니다. 스스로 내 마음에 고운 생각

씨앗을 뿌리고 생각꽃을 피운 다음 생각열매를 거두기에 마음밭을 살찌우며 흐뭇합니다. 갖가지 좋은 책은 어김없이 마음밥이라 할 만하지만, 스스로 제 마음밭을 옳게 다룰 줄 모른다면, 어떠한 책도 마음밥이 되지 않아요.

> "점령자들이 그 전투에서 얻은 만족은 순간이었어. 그래서 또 다른 정벌에 나섰고 전쟁을 계속했어. 한 나라를 취하고 또 다른 나라가 넘어갔어도 돌아오는 건 기쁨이 아닌 걱정이었어. 전부 잃어버릴지도 모른다는 공포와 함께." … "지구의 사람들은 왜 추구해야 할 목적을 갖지 않는지, 이것도 외계인들에게는 큰 비밀이고 풀리지 않는 문제인 것이지." … "많은 사람들이 더 많은 수확을 얻어서 팔려고 애쓰지. 땅보다는 돈에 대한 생각이 더 많아. 자기가 태어난 둥지에서 행복할 수 있다고 스스로 믿지 않아." (105, 186, 228쪽)

아나스타시아가 《함께 짓기》에서 들려주려는 말은, 우리 스스로 착하게 사랑할 삶을 생각하도록 이끄는 기운입니다. 지식으로 우리 삶을 덮어씌우거나 괴롭히거나 내팽개치지 말라고 이야기합니다. 정보로 우리 사랑을 가리거나 숨기거나 모른 척하지 말라고 이야기합니다.

우리부터 스스로 짓지 않는 사랑이라면, 우리 곁에서 아무도 사랑을 지어서 나누지 못합니다. 우리부터 스스로 짓지 않는 꿈이라면, 우리 둘레에서 어느 누구도 꿈을 지어서 베풀지 못합니다.

밥이든 집이든 옷이든 이와 똑같습니다. 우리부터 스스로 밥을 짓고 집을 지으며 옷을 지어야 해요. 누가 맡아서 해 주는 짓기가 아닙니다. 우리가 스스로 배우고 익히며 가다듬을 짓기입니다. 우리 어버이한테서 배우고 우리 이웃하고 동무한테서 배우며 푸나무랑 뭇짐승이랑 햇볕과 흙한테서 배웁니다.

착한 길을 배우고 참다운 길을 배웁니다. 고운 길을 배우며 포근한 길을 배워요. 억지스레 가르치지 못하고, 엉뚱하게 배우지 않습니다. 사랑이라면, 그야말로 사랑스레 가르치면서 배워요. 아이가 어른을 가르치고 어른이 아이를 가르친다고 말하는 까닭은 오직 하나예요. 참말 사랑스레 가르치면서 배우기 때문입니다.

아이들하고 노래하는 길

★

노래걸음
하나

맨발이 아주 좋아

어디에서든 맨발로 놀고 싶은 아이들입니다. 시골에서뿐 아니라 가끔 도시로 마실을 가더라도, 아스팔트나 전철에서도 맨발로 뛰어다니면서 놀고 싶은 아이들입니다. 두 발로 튼튼하게 서고 두 다리로 씩씩하게 달리면서 웃고 싶은 아이들입니다. 얘들아, 너희 아버지도 어릴 적에 으레 맨발로 놀려고 했단다. 어디에서나. 언제나. 아마 너희 어머니도 똑같은 몸짓으로 놀았을걸. 우리는 맨손으로 모든 것을 짓고, 우리는 맨발로 어디이든 가며, 우리는 맨몸으로 온사랑을 길어올리거든.

비랑 우산

비가 오는 날 우산을 쓰기만 해도 웃음이 나는 아이들입니다. '비가 올 뿐인데'라든지 '고작 우산을 쓸 뿐인데' 하고 여긴다면 아이들 마음을 못 읽는 셈이요, 어른으로서도 삶이 재미없는 노릇이로구나 싶습니다. 왜냐하면 비가 오는 날은 비가 와서 재미있고, 땡볕이 뜨거운 날은 땡볕이 뜨겁기에 재미있으며, 바람이 부는 날은 바람이 불어서 재미있어요. 비가 와서 우산을 쓸 수 있고, 우산을 쓰며 걸어 다닐 수 있으니, 이 하나로도 얼마나 새로우면서 즐거울까요. 날마다 늘 새롭다고 여기면서 아침을 맞이할 수 있을 때에 어린이 마음이지 싶어요.

손가락 베기

오른손 넷째손가락을 벱니다. 코감기가 붙어 어제 하루는 된통 숨조차 쉴 수 없어서 밤새 잠을 이루지 못하고, 아침 낮으로도 콧물바람으로 지내다가, 밥을 차려 먹이고 숨을 돌리다가 참외라도 깎아서 주어야지 하고 생각하는데 그만 칼을 놓쳤어요. 놓친 칼이 바닥에 떨어질까 싶어 얼른 잡으려고 손을 뻗다가 칼날에 손가락이 닿았고, 살점을 푹 박으며 찌릿한 기운을 느끼면서 손을 뒤로 빼고 발을 들었어요.

손가락은 푹 베었으나 발은 칼에 박히지 않습니다. 얼뜬 몸으로는 섣불리 칼을 쥐지 말아야 할 텐데, 그나마 한 손가락만 베고 그칩니다. 헝겊을 붙여 다시 칼을 쥐고 설거지를 한 뒤, 헝겊을 떼어 갈고, 다시 헝겊을 뗀 뒤에 자리에 누워 골골댑니다. 코감기는 어제와 대면 많이 나아서 그럭저럭 한 시간쯤 눈을 붙일 만합니다. 갑작스레 웬 모진 코감기이랴 싶으나, 몸살을 되게 하면서 다시금 새로운 살림으로 거듭나야 한다는 뜻이 몸으로 찾아왔다고 생각합니다.

놀면서 기쁜 몸짓

아이들하고 살며 새삼스레 생각해 보는 대목 가운데 하나를 꼽자면 바로 '놀면서 기쁜 몸짓'입니다. 아이들하고 한집살림을 하기 앞서는 그냥 '아이들은 마음껏 놀아야 한다'고만 여겼어요. 아이들하고 한집살림을 한 지 아홉 해를 보내면서 돌아보자면, 아이들은 '그냥 마음껏 놀기'를 넘어서 '놀면서 기쁜 몸짓'일 때라야 튼튼하고 아름답게 자라는구나 싶어요. 무슨 놀이를 하든 기쁜 웃음이 될 노릇이에요. 어디에서 놀이를 하든 밝게 노래하는 하루가 될 노릇이에요. 이는 어른한테도 똑같아요. 무슨 일을 하거나 어디에 있든 웃고 노래하는 살림을 지을 때에 나부터 씩씩하고 아름답게 꿈을 펼치는구나 싶어요.

아이들 전화

광주마실을 하며 바깥일을 보는데 아이들이 전화를 합니다. 큰아이는 아버지가 오늘 어디에 있느냐고 물으면서 동생하고 어떤 놀이를 했는지 이야기합니다. 큰아이더러 밥은 잘 먹었느냐고 묻다가 속으로 생각합니다. 나는 이 아이들한테 '밥 잘 먹는지'가 가장 궁금할까 하고 말이지요. 오늘은 밥하고 카레를 해 놓고 나왔는데, 카레가 좀 매워 아이들이 잘 먹을는지 안 먹을는지 모를 노릇입니다. 작은아이는 누나를 이어 전화를 바꾸더니 오늘 누나하고 얼마나 사이좋게 재미나게 놀았는가를 이야기합니다. 이러면서 말해요.

"아버지, 집에 돌아올 적에 전화해야 해."

광주에서 하룻밤을 묵으려다가 생각을 바꾸어 고흥으로 돌아가는 막차를 탔어요. 고흥 읍내에서 택시를 잡아 집으로 왔지요. 밤 열한 시가 다 되는데 두 아이는 아직 안 잡니다. 늦게까지 잠을 미루면서 놀았니? 아이들은 아버지를 보더니 대뜸 한마디 합니다.

"아버지 집에 오는 길에 전화한다면서?"

그렇구나. 바삐 돌아오느라 전화할 생각을 못 했네. 미안해.

새벽 설거지

엊저녁에 끝내지 못한 설거지를 새벽에 합니다. 아직 날이 밝지 않은 새벽에 마당에서 별바라기를 하다가, 찬바람을 온몸에 안고 부엌으로 가서 설거지를 합니다. 막상 새벽 설거지를 하고 보면 '그냥 엊저녁에 마무리했어도 되었을 텐데' 싶습니다. 그러나 엊저녁에는 이 얼마 안 되는 설거지를 할 기운이 없어요. 곯아떨어지기 바빠요. 머잖아 아이들이 저녁 설거지를 도울 수 있다면 따로 새벽 설거지를 안 할 만하겠지요. 머잖아 아이들이 새벽에 쌀을 일고 씻을 뿐 아니라, 이엠발효액도 마련해 놓을 수 있겠지요.

선물 줄게

소포를 부치러 읍내에 나왔습니다. 읍내 한쪽 고갯마루에는 공원이 있기에, 고갯마루 공원으로 가서 가방을 내려놓고 쉽니다. 두 아이는 고갯마루 공원을 마음껏 달리다가 나무를 타면서 놉니다. 이러다가 작은아이가 나한테 다가옵니다.

"선물 줄게."

빙그레 웃음짓는 작은아이는 덧붙입니다.

"눈 감아 봐."

붉게 물든 나뭇잎 둘하고 솔방울 하나를 고갯마루 공원 걸상에 살짝 내려놓고 달려갑니다.

"고마워."

아이들은 늘 선물을 주는 님입니다. 아이들은 참말로 늘 선물을 주는 고운 님입니다. 아이들은 참말로 아침저녁으로 어버이한테 따스한 사랑을 담아서 늘 선물을 주는 하느님입니다.

★

노래걸음
둘

배추된장국이었는데

아침에 된장국을 끓이려고 무를 썰고 감자를 썰고 당근을 썰고 양파를 썰고 마늘을 다지고 배춧잎을 다섯 장 뜯습니다. 소고기하고 버섯은 헹구어서 말린 뒤 물을 끓입니다. 소금은 따로 안 넣고 된장을 미리 풀어놓습니다. 국이 펄펄 끓을 즈음 소고기하고 버섯을 넣은 뒤, 큰파랑 깻잎을 썰어서 느즈막히 넣습니다. 잘 끓는 물에 미리 풀어놓은 된장을 부어서 살살 젓고 나서 간을 봅니다.

아, 맛 좋네, 누가 이렇게 된장국을 잘 끓이나, 하고 생각합니다. 무가 보글보글 끓는 물에서 속살을 말갛게 드러낼 즈음 불을 끕니다. 잘 끓였구나 하고 여기며 개수대를 치우고 뒤를 돌아보는데, 어라, 아까 뜯은 배춧잎이 그대로 있네요. 아차, 배추된장국을 끓이려 했으면서 배추를 미처 안 넣었네요. 허허, 그래도 간이 잘 맞고 맛은 좋으니 이 배춧잎은 다음에 된장국을 덥힐 적에 넣어야겠다고 생각합니다.

보라가 좋아하는 빛깔이야

읍내 신집에 들러 새 신을 장만합니다. 가벼우면서 발을 포근히 감싸는 신이 있으나 이 신을 큰아이가 영 안 내킨다고 합니다. 큰아이는 반짝거리는 신을 좋아합니다. 작은아이도 빛깔이 환하거나 고운 신을 좋아하지만, 가볍고 포근히 발을 감싸 주면서 빛깔이 환하거나 고운 신을 더욱 좋아합니다. 옜다, 그럼 산들보라가 이 신을 꿰면 되네. 너희 누나도 머잖아 가벼우면서 포근한 신을 좋아할 날이 올 테지.

뚝딱뚝딱 쓱삭쓱삭

아침에 밥을 짓고 빨래를 하고, 이웃님이 보내신 아이들 옷가지를 마당에 펼쳐서 해바라기를 시키고, 낮에 아이들을 이끌고 마을 샘터에 가서 신나게 샘터랑 빨래터를 치우고, 집으로 돌아와서 다 마른 옷가지를 걷고, 덜 마른 빨래는 처마 밑에서 하루 그대로 두기로 하고, 아침하고 낮에 밀린 설거지를 후다닥 하고, 쪽글을 보내야 할 곳에 보내고, 써야 할 글을 쓰고, 아이들한테 능금을 썰어서 주전부리로 주고, 큰아이는 노느라 고단한 몸을 쉬도록 자리에 눕히고, 새로 장만한 스텐 살림은 뜨거운 물을 붓고 하면서 설거지를 해서 볕바라기를 시켜서 집안으로 들이고, 또 이것을 하고 저것을 하니 어느덧 해가 꼴까닥 넘어갈 무렵.

이러구러 하루가 가는구나 하고 느끼면서, 오늘도 헛간 문을 손질하지 못했다고 깨닫습니다. 끝방 창호문도 얼른 두 겹 덧발라야지 하고 생각합니다. 이튿날에는 다 해낼 수 있을 테지요.

작은아이 새옷

가방을 촐랑촐랑 메고 읍내마실을 하던 작은아이 옷이 젖었습니다. 왜 젖었지 하고 살피니, 가방에 담은 물병이 제대로 안 닫혔는지, 물병에 있던 물이 몽땅 쏟아졌습니다. 웃옷도 아랫도리도 모두 갈아입혀야 합니다. 이제 아이들이 많이 컸기에 바깥마실을 할 적에 아이들 옷을 따로 챙기지 않습니다. 그러면 읍내에 나온 길이니 옷집에 들러 작은아이 옷을 사 오면 됩니다. 웃옷 두 벌하고 바지 한 벌하고 속옷까지 갑작스레 새로 장만합니다.

마실길에서 물을 쏟아 옷을 모두 적신 작은아이는 뜻밖에 새옷을 입습니다. 어쩌면 나도 어릴 적에 우리 작은아이처럼 얼결에 옷을 적시는 바람에 저잣마실길에 옷을 새로 장만해서 입은 적이 있는지 모릅니다. 마침 주머니에 묵혀 놓은 십만 원이 있어서 아이 옷값으로 알뜰히 잘 썼습니다.

은빛으로

엊저녁에 반쯤 설거지를 마치고 새벽에 나머지를 할까 하고 생각하다가, 기운을 새로 내어 모든 설거지를 마칩니다. 이러고서 두 아이하고 가볍게 말놀이를 익히고는 먼저 자리에 눕습니다. 새벽에 일어나 다시마하고 표고버섯을 물에 불립니다. 아침에 끓일 국을 생각하면서 국물을 우립니다. 엊그제부터 다시 마시마랑 표고버섯 국물을 우리는데, 한동안 이 국물을 안 우렸네 하고 깨닫습니다. 몸이 바빴나 마음이 바빴나, 아니면 다른 일에 몸도 마음도 빼앗겼나 하고 돌아봅니다.

얼마 앞서 스텐냄비랑 부엌칼을 새로 한 벌 장만했습니다. 어느새 우리 집 부엌은 은빛이 넘실거립니다. 처음부터 모두 은빛(스테인리스) 살림이지는 않았고, 하나씩 둘씩 장만하다 보니 은빛 살림이 제법 늘어납니다. 부엌살림을 나무빛이나 은빛으로 돌볼 적에 정갈할 수 있는 줄 헤아린 지는 얼마 안 됩니다. 곁님이 자꾸 일깨우고 가르쳐 주기에 비로소 이렇게 헤아립니다. 스스로 조금 더 마음을 쓰고, 손수 이것저것 더 새롭게 짓자는 생각을 고요히 마음자리에 심습니다.

빨래를 미루는 재미

아이들하고 살면서 하루라도 빨래를 안 하고 지나가는 날이 없었습니다. 하루라도 밥을 안 하고 지나가는 날이 없듯이 빨래도 날마다 어김없이 하면서 보냈어요. 이러다가 지난해부터 가끔 빨래를 안 하는 날이 생깁니다. 올해 들어 하루나 이틀쯤 빨래를 안 해도 되지 하고도 생각합니다.

저는 늘 손빨래를 하는데요, 빨래를 미룬다기보다 빨랫감을 조금 더 모아서 해도 넉넉하다는 생각으로 달라집니다. 어제 낮에 제법 수북하게 쌓인 빨랫감을 보면서도 일부러 하루를 지나갔고, 오늘 아침에 꽤 많이 쌓인 빨랫감을 보면서도 이튿날 하자고 지나갑니다.

마침 오늘은 하늘이 찌뿌둥하기에 아침부터 노래했어요. 비야 비야 신나게 오너라, 우리 고장 못마다 물이 다시 넘치도록 비야 비야 기쁘게 오너라, 하고 노래했습니다. 두 아이가 어릴 적에는 비야 비야 오지 마라, 기저귀 말려야 한단다, 비야 비야 멈추어라, 똥오줌에 젖은 이불 빨아서 말려야 한단다, 하고 노래했지요.

작은아이가 일곱 살을 지나가는 이즈음이라, 이제 제 노래가 달라지는구나 싶은데요, 이제 저 스스로 살짝 느긋하면서 넉넉해진 마음인가 하고 돌아봅니다. 두 아이가 갓난쟁이일 무렵에는 하루에 천기저귀를 서른~마흔 장을 거두어 빨아서 말려야 했으니 참말로 하루라도 빨래를 쉴 틈이 없어요. 그때에는 이불도 이레에 한두 차례씩 꼬박꼬박 빨아야 했고요.

빨래를 이틀째 안 하는 오늘 낮, 어쩐지 집안일이 매우 줄었구나 싶어 홀가분한 마음에 평상에 살짝 드러누워 봅니다. 얼마 앞서까지만 해도 이렇게 평상에 등허리를 펴려고 드러누울 겨를이 없이 지냈어요. 오늘 새삼스레 이 멋지고 아름다운 살림을 되돌아봅니다. 아이들이 그동안 얼마나 튼튼하고 씩씩하게 자라 주었는지, 두 아이가 개구지게 노는 모습을 마당 한켠에 모로 누워서 빙긋빙긋 웃음지으면서 바라봅니다.

★

노래걸음
셋

왜 우리보다 늦게 자는데 일찍 일어나?

며칠 앞서 큰아이가 불쑥 물었습니다. 그때에는 딱히 제대로 이야기해 주지 못했습니다. "아버지는 여러모로 할 일이 많으니 그러지." 하고만 대꾸했어요. 오늘 아침 문득 그 물음은 제가 어릴 적에 우리 어머니한테 여쭌 말이기도 하다고 떠올랐어요. 저도 어릴 적에 우리 어머니한테 으레 여쭈었지요.

"어머니는 저보다 늦게 주무시는데 어떻게 새벽에 그렇게 일찍 일어나셔요?"

아마 그때 어머니는 도마만 바라보면서 이렇게 얘기해 주셨지 싶습니다.

"할 일도 많고 도시락도 싸야 하니까 그러지."

우리 아이들도 앞으로 저희 나름대로 무언가 느끼거나 배울 텐데, 여기에 하나 더 배우도록 하자고 생각합니다. '어른이나 어버이는 그저 일이 많아'서 잠을 줄이지는 않는단다, 스스로 짓고 싶은 꿈이 있고 어여쁜 아이들하고 빚고 싶은 살림을 그리면서 즐겁게 몸을 놀린단다, 하고 말이지요.

연뿌리조림을 마친 날

큰 냄비 가득 연뿌리조림을 마친 날, 따뜻한 조림으로 밥을 맛나게 먹고서 밥상을 치우고 닦은 뒤에 그림책을 올려놓습니다. 재미있지? 재미있게 누리렴. 아직 따스한 기운이 남아서 뚜껑을 열고 식히는 연뿌리조림 곁에서 그림책 하나를 사이에 놓은 아이들을 바라보다가 슬그머니 옆방으로 갑니다. 조용히 눕습니다. 너희 아버지는 허리를 펴야겠어.

삼천오백 원 오른 달걀 한 판

닭이 수천만 마리가 죽어 나간다는 이야기를 처음 듣던 때를 떠올립니다. 그 뒤로 달걀값은 안 떨어집니다. 반 해가 넘었군요. 아무튼 우리 식구는 달걀 한 판을 장만해 놓으면 보름 남짓 먹어요.

국을 끓이며 가끔 달걀을 풀어요. 이러다가 달걀찜을 할 뚝배기를 하나 새로 장만했어요. 뚝배기로 달걀찜을 하면 한결 맛나리라 여겼어요. 면소재지에 아이들하고 자전거를 달린 김에 가게에서 달걀 한 판을 사는데 9000원을 치러요(2017년 1월 2일). 달걀값이 껑충 뛰기 앞서하고 대면 예전에는 5500원이었으니 삼천오백 원이 올랐네요. 달걀 한 판 값으로 갑자기 삼천오백 원이 뛴 셈이니 비싸다고 하면 비쌀 테지만, 달걀 한 판에 구천 원을 한다고 하더라도 그리 비싸다고는 여기지 않아요.

닭이 우리한테 베푼 알을 돈이 아닌 고마운 숨결로 헤아린다면 진작에 이만 한 값으로 받아도 되었다고 느껴요. 어쩌면 우리는 그동안 달걀을 너무 값싸게 너무 많이 사다가 먹은 탓에 '공장 축산'이 되었고, 이 흐름이 하루아침에 크게 말썽이 되어 수천만 마리에 이르는 닭이 슬프게 죽음길로 가고야 말았지 싶어요. 더 많이 먹는 밥은 이제 멈추어야 한다고 생각해요. 즐겁고 알맞게 먹는 밥으로 거듭나야지 싶습니다.

볶는 소리

밑반찬을 볶을 적에는 두 가지를 잇달아 볶습니다. 멸치이든 마른새우이든 불판 하나로 잇달아 볶아요. 이틀에 걸쳐 따로 볶으면 불판을 다시 닦지요. 한 가지를 볶고 나서 다른 한 가지를 볶으면 손이 더 가면서 밥상맡에 아이들하고 함께 앉지 못합니다. 그래도 부엌에서 함께 있고, 신나게 볶으면서 이 맛난 볶음을 맛나게 즐길 수 있기를 비는 마음이 됩니다. 볶는 소리에 노래하는 소리를 담습니다. 볶는 냄새에 사랑하는 이야기를 섞습니다

따라쟁이

밥상을 차려 아이들을 부릅니다. 아이들은 밥상맡에 앉아서 찐고구

마랑 찐감자랑 찐달걀을 신나게 먹습니다. 작은아이한테 "젓가락으로 풀도 집어 먹고." 하고 말하니, 작은아이는 "젓가락으로 풀도 집어 먹고."를 따라합니다. "밥상맡에 얌전하게 앉고." 하니 "밥상맡에 얌전하게 앉고."를 따라해요. 옳거니, 그렇단 말이지? "아버지 사랑해." 하니 "아버지 사랑해." 하고 따라합니다. 따라쟁이 아이들은 따라하면서 하나씩 배우고, 어버이는 어버이대로 하나씩 가르칩니다.

낡지 않은 자전거

저한테는 자전거가 몇 대 있습니다. 이 가운데 하나는 낡아서 더는 달릴 수 없습니다. 저하고 한몸이 되어 십만 킬로미터가 넘는 길을 달려 준 자전거는 이제 저희 책숲집 한켠에서 고이 쉽니다. 그러나 이 낡은 자전거는 어느 때부터인가 작은아이 놀잇감이 됩니다. 너무 오래 많이 달린 탓에 뼈대와 이음줄이 닳고 삭았는데, 작은아이는 제 몸보다 큰 이 자전거를 끌고 밀고 당기면서 놀아요. 작은아이가 보기에는 멀쩡하면서 멋스러운 자전거라고 합니다. 작은아이는 "왜 이 자전거는 안 타? 왜 이 자전거는 달릴 수 없어?" 하고 물어요. 아무래도 작은아이가 보기에 이 자전거는 낡은 자전거 아닌 그냥 자전거입니다. 멋스럽고 이쁜 자전거예요. 작은아이 말을 듣고서 오래도록 그 말을 곱씹습니다. 아버지가 이제 말을 바꾸어야겠구나. 이 자전거는 아버지랑 오래도록 한몸이 되어 온 나라를 누빈 씩씩한 자전거란다. 튼튼하고 아름다운 자전거야.

노래걸음 넷

밥보다 훨씬 좋아

두 아이를 이끌고 일산에 있는 이모네 집에 찾아가서 하룻밤 묵었지요. 이동안 두 아이는 그야말로 기운차게 놀았어요. 작은아이는 '우리 집에 없는 온갖 플라스틱 자동차 장난감'에 꽂혀서 밥을 멀리한 채 놀이에 빠져들고요. 일곱 살 작은아이는 스스로 한동안 생각에 잠기더니 '밥은 굶어도 좋다'는 길을 골라요. 그래서 그러라고 했습니다.

아이가 오늘 즐겁게 누릴 놀이는 '장난감 자동차'이기 때문에 이를 실컷 누려 보도록 풀어놓습니다. 일곱 살 아이한테 많이 작은 장난감 자동차에 이 아이는 몸을 구기면서 앉아서 해사하게 웃습니다. 들어갔다가 나왔다가 아주 신이 납니다. 이 아이 마음속에는 이토록 멋진 장난감 자동차가 눈앞에 있을 뿐 아니라, 두 살 조카는 아직 이 장난감 자동차를 어떻게 몰거나 탈 줄 모르니, 오직 혼자 차지하며 실컷 누릴 수 있어요. 타고 끌고 내리고 타고 끌고 내리고 ……

이를 몇 시간이고 해도 지치거나 따분하지 않습니다.

아이들을 다시 이끌고 고흥으로 돌아오는 시외버스에서 조용히 얘기해 봅니다.

"이모네에 있는 장난감은 모두 플라스틱이야."

"알아."

"알아도 그게 그렇게 재미있지?"

"응. 그렇지만 내가 앞으로 만들 장난감은 플라스틱이 아니라 나무야."

"그래, 네가 앞으로 플라스틱이 없는 새롭고 멋진 자동차를 지어 보렴. 달리는 자동차뿐 아니라 나는 자동차도, 또 장난감 자동차도."

"응, 내가 만들 자동차는 바퀴가 없어도 달리고 날 수 있는 자동차야."

즐거움을 누린 뒤에는 꿈을 꾸고, 이 꿈을 꾸면서 새롭게 거듭나거나 피어나는 마음이 된다면 넉넉하겠지요. 우리는 모두 아장아장 걸음을 내딛으면서 함께 배우고 자라는 사이일 테니까요.

아이를 키우는 길

아이를 키우는 길이란 무엇인가 하고 되새깁니다. 우리 집 아이들이 처음 우리한테 찾아온 날부터 오늘에 이르기까지 '아이를 키우는 길'이란 늘 하나라고 생각해요. 바로 사랑입니다. 사랑하는 살림을 슬기롭게 짓자는 생각으로 아이들하고 살아갑니다. 아이를 키운다기보다는 아이한테 살림을 물려줍니다. 아이를 돌본다기보다는 아이하고 살림을 차근차근 새롭게 짓습니다. 아이를 가르친다기보다는 아이하고 살림을 새로 짓는 길을 함께 배우고 같이 익히면서 한 걸음씩 나아갑니다.

사회에서는 흔히 '아이키우기(육아)'라는 말을 쓰는데, 저희가 저희 보금자리에서 이제껏 살아온 나날을 되새기면, 지난 하루하루는 언제나 '배움짓기(살림짓기)'였구나 싶어요. 아이하고 즐거이 배울 살림을 찾아나서는 길이었어요. 아이하고 기쁘게 배울 사랑을 스스로 찾는 길이었습니다.

사는 보람

어버이로 사는 보람이라면 바로 '웃음'이지 싶습니다. 곁님하고 짓는 즐거움이라면 이때에도 웃음이지 싶어요. 글을 쓰거나 책을 짓거나 한국말사전을 새롭게 엮는 기쁨도 언제나 웃음으로 드러나고요. 사진 한 장을 찍는 자리에서도 웃음을 담거나 느끼거나 나눌 수 있기에 꾸준하게 사진기를 손에 쥘 만하지 싶습니다.

아침저녁으로 밥을 차리는 어버이 기운은 어디에서 샘솟나 하고 돌아보면, 이때에도 웃음이로구나 싶어요. 즐거이 웃으면서 먹는 아이들을 바라볼 수 있기에 어버이는 늘 보람을 누려요. 사는 보람을 누리지요. 책상을 짜거나 평상을 짤 적에도, 짐을 바리바리 들고 나들이를 다닐 적에도, 밤에 잠자리에 들 적에도 새삼스레 웃음꽃을 가슴에 품으면서 흐뭇합니다.

기다림

아버지가 서울에서 바깥일을 보고 사흘 만에 돌아오니, 두 아이는 아버지를 기다리며 이것저것 했다고 참새처럼 노래합니다. 이 노랫소리를 들으며 기운을 차리고, 이 노랫소리를 헤아리며 잠자리에 들어요. 이 노랫소리를 그리며 새 아침을 열고, 이 노랫소리를 새롭게 지필 살림을 떠올리며 빨래부터 합니다. 어떤 일을 하거나 어떤 글을 쓸 적에는 어떤 새로운 길을 걸으며 배우는가 하고 설렙니다. 나날이 자라는 아이들 곁에서 함께 가르치고 배우며 이끄는 살림에서는 가만히 지켜보고 기다리면서 새삼스레 깨닫는 이야기를 차곡차곡 담습니다. 함께 지필 수 있는 불씨이기에 기다릴 테지요. 함께 따뜻하게 쬘 불이기에 기다리면서 즐거울 테고요.

네 손에는

네 손에 쥔 숟가락에 메추리알 하나. 메추리알은 간장 국물에 담겨 펄펄 끓는 동안 겉이 가무스름하게 옷을 입는데 속은 그예 노랗구나. 한입 살짝 베어물어 속을 들여다보고는 "이것 봐! 속은 아직 노래!" 하고 신나서 소리를 치네. 네 작은 한입처럼 너희 어머니랑 아버지도 어릴 적에 메추리알을 야금야금 베었고 속은 아직 노란 빛깔이 감돌아 참 재미있네 하고 느꼈지. 네 손에는 오래된 어제가 담겼고, 네 손에는 새로운 오늘이 흐르며, 네 손에는 눈부신 모레가 자라는구나.

선물이란

"우리 아이들아, 선물이란 무엇인지 아니?"

"음, 좋은 거?"

"좋은 거는 뭘까?"

"받으면 즐거운 거?"

"받으면 즐거운 거는 뭘까?"

"음, 받고 싶었던 거?"

"받고 싶었던 거는 뭘까?"

"음, 잘 모르겠어."

"가만히 생각해 보면 알 수 있는데, 서로 마음으로 만나도록 사랑을 담으면 모두 선물이 돼. 따스한 말 한 마디가 선물이 되지. 우리 아이들이 즐거운 마음을 그림으로 하나 그려서 주면 그 그림도 선물이 되고. 이모 좋지?"

"응."

"자, 그러면 이모한테 그림을 하나씩 그려서 선물해 보자."

"알았어. 좋아."

노래걸음 다섯

모든 아이는 착하다

모든 아이는 착하다고 느껴요. 착하지 않은 마음으로 태어난 아이는 없다고 느껴요. 다만 아이들이 착한 숨결을 널리 드러내지 못하도록 바쁘거나 힘겨운 터전이라면, 아이들은 그만 애늙은이가 되고 말지 싶어요. 이를테면 입시지옥이나 전쟁 기운이 감도는 터전에서는 착한 마음을 빼앗기지 싶습니다.

상냥한 눈빛과 따스한 목소리를 품고서 태어나는 아이들이라고 느껴요. 너른 가슴과 고운 손길로 태어나는 아이들이라고 느껴요. 이 아이들은 어버이한테서 즐거움을 물려받으면서 한결같이 착한 사람이 되기를 바라지 싶습니다. 온누리 아이들은 어버이한테서 사랑을 배우면서 늘 착한 넋으로 피어나기를 꿈꾸지 싶습니다. 문득문득 생각합니다. 아이들뿐 아니라 어른들도 처음에는 모두 착한 눈망울과 몸짓으로 이 땅에 태어난 아름다운 사람이라고.

우뚝

우리 책숲집 운동장 가운데에는 길게 도랑이 있습니다. 이곳은 비가 오면 물이 고입니다. 물이 고이면 곳곳에서 개구리가 모여듭니다. 이 개구리들은 어디에 있었는지 물만 고였다 하면 어김없이 모여들어 노래하고 헤엄칩니다. 이 도랑 옆을 지나갈 사람은 아이들하고 저뿐. 그야말로 느긋하게 노래하던 개구리는 우리가 바로 옆을 스치고 지나갈 때라야 깜짝 놀라서 허둥지둥 헤엄을 치며 달아나려 하거나 죽은 듯이 배를 까뒤집습니다. 이때에 두 아이는 어김없이 이 소리를 듣습니다. 허둥지둥 놀란 개구리가 물에 퐁당 뛰어드는 소리라든지 허겁지겁 물살을 가르는 소리를 듣지요.

"개구리가 왜 저래?"

"사람 발자국 소리를 아주 잘 듣거든. 그래서 무서워서 저러지."

"우리가 왜 무서워? 우리는 쟤네 잡아먹지 않는데."

"개구리는 소리를 아주 잘 듣지만, 이 소리가 새인지 사람인지, 사람 가운데에서 우리인지 낯선 누구인지 몰라. 우리 발소리를 자주 들으면 앞으로는 우리 발소리를 알아채고는 안 무서워할 테지만 아직 무서워할 수 있어."

배를 까뒤집고 죽은 척하는 개구리를 오래도록 들여다보니 개구리 스스로 너무 힘든지 슬그머니 몸을 돌려 잰 몸놀림으로 사라집니다.

그림잔치

우리 집에서 그림잔치를 누립니다. 저마다 즐겁게 마음 이야기를 손을 거쳐서 종이에 얹기에 그림잔치입니다. 우리가 바라보는 살림을 그리고, 우리가 걷는 길을 그리며, 우리가 품는 꿈을 그려요. 우리 이야기이기에 우리 그림이 됩니다. 우리가 짓는 살림인 터라 우리 잔치를 누립니다. 우리가 주고받는 꿈이 곧 사랑스러이 흐르는 노래가 됩니다.

설거지 요정

저녁에 고단하여 설거지를 못 마치고 드러누울 적이 있습니다. 이때마다 문득 생각하지요. 등허리를 펴고 나서 밤이나 새벽에 하자고. 이러다가 다시 생각해 봅니다. “우리 집에 설거지 요정이 있으면 얼마나 좋을까?” 하고. 밀린 설거지를 깊은 밤이나 새벽에 마칠 즈음 새삼스레 생각합니다. “내가 ‘우리 집 설거지 요정’이야!” 하고. 나는 다른 요정을 우리 집에 끌어들이기보다 내가 스스로 요정이 되기로 합니다.

잔소리도 새롭게

잔소리는 자질구레하게 하는 소리를 가리킵니다. 듣기 싫게 하는 말이라든지, 성가시게 자꾸 하는 말도 잔소리라고 할 만해요. 이 잔소리는 흔히 어버이가 아이한테 합니다. 아이가 어버이한테 잔소리를 하는 일은 드물어요. 참 많은 아이는 참 많은 어버이한테서 잔소리를 들으며 자랍니다. 아이는 나중에 어른이 되어 새롭게 아이를 낳아 새롭게 잔소리를 늘어놓고요. 이 고리는 참으로 오랫동안 이어지는데요, 오늘 문득 아이들한테 '잔소리'를 하다가 생각합니다.

'나부터 어릴 적에 잔소리를 듣기 몹시 싫어했으면서, 정작 오늘 이곳에서 우리 아이들한테, 다른 사람도 아닌 우리 아이들한테 잔소리를 하는구나? 나는 왜 나부터 이 고리를 안 끊지?'

누가 나한테 잔소리를 하더라도 나는 얼마든지 떨쳐내면 되어요. 누가 나를 괴롭히더라도 나는 얼마든지 이웃하고 사이좋게 평화를 나누면 되어요. 내가 어릴 적에 잔소리를 으레 듣고 자랐어도 오늘 나는 우리 아이들한테 새로운 마음이 되어 '사랑소리'를 들려줄 수 있어요.

우리 아이들은 어버이한테서 잔소리를 들으려고 태어난 목숨이 아니라고 생각합니다. 우리 아이들을 비롯해 온누리 모든 아이들은 저희 어버이한테서 '사랑소리'를 들으려고 태어난 목숨이라고 생각해요. 사랑소리를 들으며 웃음소리를 터뜨리고, 사랑소리가 가득한 곳에서 노랫소리를 터뜨리는 아이들입니다.

잔소리를 멈추면

잔소리를 멈추어 봅니다. 내가 나한테 잔소리를 해 보자고 생각합니다. 누구보다 내가 나한테 잔소리를 해 보니 더없이 끔찍합니다.

그래서 나는 나한테 이제 잔소리를 안 하기로 다짐합니다. 나는 나한테 '사랑소리'를 하고 '참소리'를 할 뿐 아니라, '노랫소리'랑 '웃음소리'를 들려주자는 생각을 잇습니다. 이러다가 "자질구레한 소리"가 아닌 "자그마한 소리"를 들려주어도 좋구나 하고 깨달아요.

작은 목소리를 들려주고 낮은 목소리를 들려주면 참으로 다르구나 하고 깨달아요. 조그맣게 속삭이는 소리를 들려주면서 부드러이 속살거리는 소리를 들려주면 스스로 새롭게 깨어날 만하구나 하고 느껴요. 잔잔하게 퍼지는 물결 같은 '잔잔소리'를 들려주어 보자고도 느끼고요. 이러한 느낌 그대로 우리 아이들한테 "살림을 짓는 소리"인 '살림소리'를 들려주고, "삶을 가꾸는 소리"인 '삶소리'를 들려주자고 거듭거듭 다짐합니다.

노래걸음 여섯

하루 만에 책상 짜기

낮 두 시부터 책상을 짭니다. 어떤 책상을 짤는지 며칠 동안 생각해 보았고, 아침에 틀이 섰어요. 아이들 밥을 차려 주고서 이십 분쯤 평상에 누워서 등허리를 펴고는 곧바로 톱을 들고 나무를 켭니다. 먼저 웃판을 단단히 짭니다. 나사못을 스무 개쯤 박습니다. 다음으로 책상다리를 켜서 나사못을 박습니다. 책상다리가 튼튼하도록 받침나무를 잘라서 나사못을 박지요.

속에 짧은 받침나무를 대고, 바깥으로 긴 받침나무를 대요. 이러고서 웃판을 한 겹 덧댑니다. 제법 묵직한 책상이 되는데 여기에서 끝이 아니에요. 모래종이로 삭삭 겉을 훑어서 부드럽게 하고는 곧바로 옻을 바릅니다. 두 아이가 곁에서 이모저모 거들었기에 네 시간 만에 책상 하나를 다 짜서 옻까지 발랐습니다. 평상도 책상도 하나를 하루에 뚝딱 하고 짤 수 있구나 싶어 스스로 놀랍니다. 앞으로 더 손쉽게 짤 테고, 아이들도 머잖아 저희 살림을 손수 짜내겠지요.

겉절이를 하는 밤

낮에 읍내마실을 하면서 우체국을 들르고 배추를 두 통 장만합니다. 집으로 돌아와서 바지런히 배추를 썰어 절여 놓습니다. 이러고 나서 양념을 마련하지요. 두어 시간 남짓 이대로 둡니다. 아이들이 잠듭니다. 밤에 겉절이를 합니다. 곁님하고 큰아이가 겉절이를 얼마나 잘 먹는지, 배추 한 통으로 담근 겉절이는 며칠이 안 되어 사라집니다. 배추 두 통 겉절이는 며칠이 갈 만할까요.

잘 먹어 주는 사람이 있으니 더욱 신나게 김치를 담급니다. 즐겁게 먹는 젓가락질을 지켜보니 새롭게 기운을 내어 여러 가지 김치를 담급니다. 겉절이를 담그고 나서 큰 통에 옮겨 놓는데, 다 옮기고서 손에 묻은 국물을 쪽 빨아 보니 "이야, 내가 담근 김치인데 이렇게 맛있나." 하는 소리가 절로 나옵니다. 손맛이란 맛있게 먹어 주는 살붙이를 그리면서 태어나는구나 싶어요. 손맛이란 즐겁게 먹으며 기쁘게 하루를 지을 아이들을 바라보는 동안 시나브로 깨어나지 싶어요.

한 방울 짜내기

손님이 많을 적에 두레상 구실도 하는 평상을 아침에 마무리합니다. 못을 마저 박고 옻을 발라서 말렸지요. 한낮 더위가 가라앉은 뒤에는 매화나무에서 매실을 두 아이하고 함께 땄어요. 두 아이는 사다리 타는 재미를 한껏 누립니다. 딴 매실을 손질할 적에는 힘들어

하기에 거의 혼자서 다 합니다. 이러고 나서 저녁을 새로 지어서 차리니, 큰아이도 작은아이도 아뭇소리 없이 말끔히 밥그릇을 비우고 또 비우고 자꾸 비워요. 신나게 뛰논데다가 심부름을 제법 했으니 밥이 잘 들어갑니다.

두 아이를 재우고서 나란히 누울까 하다가 설거지하고 부엌일을 더 합니다. 한숨 돌리고서 밤에 일어나서 할까 하다가 한 방울 힘을 더 짜내어 치웁니다. 행주를 빨아서 물기를 짤 적에 힘을 한 번 더 주면 몇 방울 주르륵 떨어지듯이, 하루를 마감하는 저녁나절에 기운을 다 썼네 싶으면서도 한 방울 기운을 더 짜낼 수 있어요. 이 한 방울이 있으니 어버이 자리에서 살아가겠지요.

'안아키'와 '사아키'

문득 '안아키'라는 말을 듣습니다. 무슨 말인가 했더니 "약 안 쓰고 아이 키우기"를 줄인 이름이라고 해요. 약을 쓰든 안 쓰든 아이를 얼마든지 튼튼하게 키울 수 있을 뿐 아니라, 아이에 앞서 어른 스스로 얼마든지 튼튼하게 살 수 있어요. 우리는 약이 있어야 튼튼할까요? 아니면 약이 없어서 안 튼튼할까요? 예부터 "밥이 약이다" 하는 말을 합니다. 몸을 살리는 밥을 알맞게 살펴서 제대로 지어서 먹으면 바로 밥 한 그릇이 약이요, 다른 약은 없어도 된다는 뜻이에요. 이와 달리 밥을 엉터리로 먹는다든지 아무렇게나 먹는다면, 제아무리 값지거나 비싸거나 대단한 밥을 먹어도 몸이 망가지거나 아프겠지요.

더 헤아려 본다면, 밥 한 그릇을 먹을 적에 서로 즐겁게 둘러앉아도란도란 웃음꽃이 피어나는 자리일 적에는 '돈으로 쳐서 값싼 밥'을 먹어도 더없이 즐거워서 몸이 좋아해요. 이와 달리 제아무리 '돈으로 쳐서 값지고 비싼 밥'을 먹더라도 무섭거나 메마르거나 짜증스럽거나 싫거나 미운 마음으로 수저를 든다면, 몸에 매우 나쁘고 도움이 안 되지요.

약을 쓰느냐 안 쓰느냐는 대수롭지 않다고 느껴요. 약을 쓸 수도 있고 안 쓸 수도 있어요. 굳이 약을 안 써야 하지 않듯, 굳이 약을 써야 하지 않아요. 약을 쓰느냐 안 쓰느냐가 아니라 '사랑이라는 마음으로 아이를 마주하며 돌보느냐 아니냐'를 헤아려야지 싶어요. '사랑이라는 마음으로 밥을 지어서, 사랑이라는 마음으로 밥상을 차려서 나누느냐'를 바라보아야지 싶어요.

우리가 '사랑하는 사람'하고 함께 있을 적에는 바로 이 사랑 때문에 즐거우면서 아름다운 하루가 되어요. 우리가 '안 사랑하는 사람'하고 함께 있을 적에는 기쁨도 즐거움도 아름다움도 없이 괴롭거나 고달픈 하루가 되지요. 약을 쓰고 또 써도 아이가 낫기는커녕 더 아플 뿐 아니라 괴로워해서 약을 내려놓고서 '사랑'으로 아이를 돌보며 살아가려는 어버이라면, 또 이러한 살림을 바라볼 수 있는 이웃이라면, '사랑으로 아이 키우기'를 '사이좋게 어깨동무'할 수 있으리라 생각해요.

글월 띄우기

우리 집 아이들은 바깥마실을 나오면 언제나 "언제 집에 가?" 하고 묻습니다. 바깥일을 다 보고서야 집으로 돌아갈 테지만, 집처럼 바깥에서 재미나게 뛰놀거나 노래하거나 춤출 수 없을 적마다 갑갑하구나 하고 여겨요. 아이들은 우리 집에서 신나게 노래하고 춤추면서 놀거든요. 이와 달리 버스나 기차나 전철이나 길에서는 노래를 하거나 춤추기가 어렵습니다. 바깥에는 우리만 있지 않은걸요. 두 아이는 읍내쯤 되는 마실이면 "같이 갈까? 말까?" 하고 망설이다가 으레 "그냥 집에서 놀래." 하고 고릅니다.

이러다 보니 아버지 혼자 바깥마실을 다녀오면서 볼일을 보는 날이 느는데요, 이렇게 혼자 집을 나설 적에 글월을 하나 적어서 큰아이 책상에 올려놓곤 합니다. 작은아이는 아직 글을 안 읽기 때문에 작은아이한테는 따로 남기지 않아요. 다만 먼 마실을 나오면 두 아이 모두한테 다른 고장 우체국에 들러 엽서를 장만해서 글월을 띄우지요. 두 아이가 집에서 새롭게 짓는 놀이와 살림과 배움을 생각하면서 글월을 적어서 띄웁니다. 두 아이한테 물려주고 싶은 사랑을 간추리고 짧은 이야기로 엮어 글월을 써서 띄워요.

★

노래걸음 일곱

어버이한테 팔이란

사람은 손이랑 팔이 있어서 여러 가지 일을 합니다. 하루를 가만히 돌아봅니다. 호미를 쥐어 땅을 쪼고, 낫을 쥐어 풀을 벱니다. 삽을 쥐어 땅을 파고, 칼을 쥐어 도마질을 합니다. 밥을 짓고, 설거지를 하며, 빨래를 해서 널고 걷고 개지요. 짐을 들어 나르고, 아이들 이마를 쓸어넘겨요. 아이들을 씻기고, 어버이인 내 몸을 씻습니다. 비질을 하고 걸레질을 합니다. 행주질을 합니다. 설거지를 마치면서 개수대를 슥슥 비벼서 물때를 벗겨요. 글을 쓰거나 책을 읽어요. 자전거 손잡이를 쥐고 달려요. 마을에서 보름에 한 차례씩 마을 어귀 빨래터 물이끼를 슥슥 수세미로 밀어서 벗깁니다. 바야흐로 저녁을 차리고서 팔에 힘이 다 빠지네 싶으면서 지끈지끈합니다. 아이들은 저녁을 먹고 나서 기운이 더욱 도니 신나게 뛰놀지 싶습니다. 어버이는 나이를 먹을수록 더욱 팔심을 가다듬으면서 이것저것 건사해야지 하고 느낍니다. 네 식구 나란히 곯아떨어질 무렵까지 씩씩해야지요.

안 위험해요, 즐겁지요

아이들이 논둑을 타든 담벼락을 타든 안 위험해요. 어른들이 "위험해!" 하고 말을 터뜨리기에 그때부터 위험해요. 아이들은 다치는 적이 없어요. 어른들이 "다칠라!" 하고 말을 내뱉기에 그때부터 다쳐요. 아이들은 힘드는 때가 없어요. 어른들이 "힘들겠네!" 하고 말을 늘어놓기에 이때부터 힘들어요. 아이들은 못하는 일이 없어요. 어른들이 "못하겠네!" 하는 말을 섣불리 꺼내니 그만 못하고 말아요. 아이들한테 어떤 말을 들려줄 생각인가요? 아이들이 씩씩하고 힘차게 자라기를 바라도록 북돋우려는 생각을 말에 담아서 들려주려는가요? 아이들이 즐겁고 아름답게 크기를 비는 마음으로 말 한 마디를 가려서 이야기하려는가요? 아이들은 언제나 '즐겁'습니다.

작은 놀이벗

아이는 종이를 오려서 빚은 인형을 주머니에 살포시 넣습니다. 마실을 나가며 종이인형을 데리고 갑니다. 마실길에 주머니에서 종이인형을 슬그머니 꺼내어 바람을 쏘여 줍니다. "○○야, 너 여기 처음와 보지?" 하면서 종이인형한테 이곳저곳 보여줍니다. 새로 핀 꽃송이를 보여주고, 커다란 나무를 보여주네요. 구름을 보라 이르고, 풀내음을 맡으라 하는군요. 이러다가 책에 사로잡힌 아이들은 책을 읽느라 종이인형을 얌전히 내려놓습니다. 종이인형한테는 책을 안 읽어 주니?

덜어 놓기

양파랑 호박이랑 감자를 부칩니다. 밀가루하고 쌀겨를 반죽해서 양파하고 호박하고 감자를 둘러서 부치고는, 앵두나무 곁에서 잘 자란 쑥을 뜯어서 쑥지짐이를 합니다. 두 아이는 쑥지짐이는 거의 손을 안 대고 양파부침하고 호박부침하고 감자부침을 하나도 안 남기고 다 먹습니다.

"우리 아이들아, 아버지 몫은?" 따로 접시에 덜어 놓으면 아이들이 안 건드립니다. 이때에는 어머니나 아버지 몫을 다른 접시에 챙겨 놓는 줄 알아요. 그러나 안 던 채 밥상에 올려놓으면 이 아이들은 젓가락질을 멈추지 못하고 다 비웁니다. 잘 먹으니 고마우면서, 덜어 놓지 못하니 아쉽습니다. 막상 부침개를 한 사람은 한 점도 못 먹기 때문에 아쉽지 않아요. 아버지가 부엌일이며 빨래이며 부산하게 일을 하느라 함께 밥상에 둘러앉지 못할 적에 한 점씩 남길 수 있으면 좋을 텐데 하고 생각합니다. 밥상 매무새를 놓고 찬찬히 이야기를 나누어야겠습니다.

숲

한 걸음씩 들어갈 수 있는 곳. 들어가면 들어갈수록 알 수 없지만 재미있는 곳. 무엇을 만날는지 알 수 없기에 새로운 곳. 가만히 귀를 기울이면 갖가지 노랫소리가 흐르는 곳. 발걸음 내딛는 소리가 매우 크게 들리면서 우리 걸음걸이를 새삼스레 느끼는 곳. 풀내음에 나무내음이 섞여 바람맛을 누리는 곳. 보금자리가 숲이 되고, 숲이 보금자리가 되는 자리에서 살림이 깨어난다.

★

노래걸음 여덟

하루 네 번 빨래

무더운 여름날입니다. 아침 일찍 빨래를 했고, 낮에 빨래를 더 합니다. 아이들하고 마을 어귀 빨래터에 가서 물이끼를 걷어내는데, 두 아이는 한여름에 빨래터 물놀이를 하고 싶답니다. 그러마 하고 지켜봅니다. 옷을 몽땅 적시며 까르르 웃고 떠듭니다. 마을 할매는 회관에 모여서 도란도란 이야기꽃을 피우시다가 우리 아이들이 함께 빨래터 치우기를 하는 모습을 보시고는 수박을 썰어 가져다주십니다.

집으로 돌아와서 빨래를 다시 합니다. 물놀이를 하며 적신 옷을 빨지요. 하루 내내 신나게 논 아이들은 저녁에도 지치지 않습니다. 달빛을 바라보며 마을 한 바퀴를 걷는데 작은아이는 내내 달립니다. 이리 앞서 달리고, 저리 돌아오며 달려요. 옴팡지게 땀을 흘리며 저녁놀이를 즐긴 작은아이를 씻기고서 작은아이 옷을 또 빨아요.

아이들을 재우기까지 하루 네 번 빨래를 한 셈이고 네 번 씻긴 셈이에요. 하루에 네 번 빨래를 하자니 어지럽습니다만 예전에는 하루에 네 번뿐 아니라 열 번이나 스무 번도 빨래를 했다는 대목이 떠오릅니다. 두 아이가 갓난쟁이일 적에 그랬어요.

큰아이는 천기저귀 하루 마흔다섯 장씩, 작은아이는 천기저귀 하루 서른 장씩 빨랫감을 주었어요. 이불은 사나흘에 한 번씩 빨래하도록 했지요. 포대기나 처네도 이레마다 빨래를 했고, 배냇저고리나 손천이나 참말로 어버이는 빨래돌이로 살아야 했습니다. 한동안 잊고 살던 '아침부터 저녁까지 빨래돌이 살림'을 이 한여름에 문득 맞닥뜨렸어요. 참말로 씩씩하게 무럭무럭 개구지게 잘 크네요.

부채를 두 손에 쥐고서

두 손에 부채를 하나씩 쥐고서 부채질을 합니다. 곯아떨어진 두 아이가 여름밤에 시원하게 잠들기를 바라는 마음입니다. 크게 팔을 저어서 부채질을 하기도 하고, 가볍게 팔을 놀리며 부채질을 하기도 합니다. 자다가 밤에 문득 일어나서 부채질을 하기도 하는데, 요새는 때때로 선풍기를 틉니다. 큰아이가 아홉 살이던 2016년까지는 선풍기로 재운 일이 없이 늘 부채로 재웠어요.

올들어 때때로 선풍기를 쓰기는 하되, 웬만한 때에는 으레 부채입니다. 선풍기가 안 좋다고 생각하지는 않아요. 그러나 부채를 손에 쥐면 아이들 몸에 맞추어 조금 세게 부치거나 살몃살몃 부쳐 줄 수 있습니다. 무엇보다 부채질은 무척 조용하면서 따사롭구나 싶어요. 더운 여름에 웬 따사로움을 찾느냐 싶을 만한데, 에어컨 바람보다 부채질 바람이 땀을 한결 잘 식혀 준다고 생각해요.

겉절이 담그다가 씻기다가

아침에 배추를 썰어서 절여 놓았습니다. 배추를 썰면서 쌀겨로 풀을 쑤었지요. 낮에 읍내 우체국을 다녀오고서 저녁을 차려 아이들을 먹인 뒤에는 큰아이부터 씻는데 작은아이는 아직 씻어 주어야 합니다. 한창 겉절이 양념을 하다가 부랴부랴 작은아이를 씻기고는 다시 겉절이 양념을 썰고 갈고 다집니다.

온 하루를 신나게 뛰어논 아이들은 먼저 꿈나라로 갑니다. 나는 절인 배추에 양념과 풀물을 붓고는 천천히 버무려서 겉절이를 마무리짓습니다. 마무리지은 겉절이는 김치통에 옮겨서 냉장고에 넣습니다. 설거지를 다 끝내고 시원하게 씻으니 뼈마디마다 욱신거리지만, 이튿날부터 새 김치를 함께 먹을 수 있다는 생각에 달게 꿈나라로 갑니다.

손발을 쓴다

장난감을 만지든 나무를 타든 똑같이 손발을 써요. 장난감을 만지면 장난감 기운이 몸에 서릴 테고, 나무를 타면 나무 기운이 몸에 서릴 테지요. 아이들하고 살아가면서 더 좋거나 더 나쁘다고 할 것은 따로 없는 줄 늘 깨닫고 배워요. 어떤 마음으로 마주하느냐에 따라 달라져요. 어떤 눈길로 바라보느냐에 따라 바뀌고요.

어버이 스스로 곱게 마음을 쓸 수 있으면 아이들은 고운 마음을 지켜보면서 배우더군요. 어버이 스스로 착하게 바라볼 줄 알면 아이들은 착하게 바라보는 눈길을 익히고요. 두 아이가 퍽 어릴 적에 나무타기를 한 번 보여주었더니, 아이들이 자라고 자라는 동안 스스로 나무타기를 해 보려고 용을 썼고, 이제 큰아이도 작은아이도 스스럼없이 나무타기를 즐기는 손발로 거듭납니다.

고작 한 번 보여주었다고 따라한다기보다, 아이들 마음을 사로잡을 만한 몸짓을 한 번 잘 보여준 셈이리라 느껴요. 손발을 쓰는 길이란, 손발로 살림을 사랑하는 길이지 싶습니다.

나들이를 가려고

나들이를 가려고 짐을 꾸립니다. 두 아이는 스스로 갈아입을 옷하고 손천을 챙깁니다. 물병까지 알뜰히 챙기기도 하지만 깜빡 잊기도 합니다. 아버지도 곧잘 한두 가지를 깜빡 잊으니 아이들도 더러 한두 가지를 잊을 수 있어요. 아이들한테 빠뜨린 것이 있느냐고 묻고, 더 챙겨 보라고 이야기하기도 하지만, 아무 말 없이 그냥 나서기도 합니다. 나중에 맞닥뜨려 보아야 배울 수 있으니까요. 한여름 뙤약볕을 쬐면서 바닷물을 안으려고 나들이를 갑니다.

부엌에서 별빛을 줍다

두 아이를 재우는 잠자리에서 이야기를 들려줍니다. 오늘 하루 무엇을 먹었고, 무엇이 즐거웁거나 좋았으며, 이 즐거웁거나 좋았던 기운을 어떻게 몸이랑 마음에 받아들이면서 새롭게 꿈을 꾸는 잠자리인가를 찬찬히 들려줍니다. 밤에 잠이 들면서 몸에 기운이 새로 차오르도록 할 뿐 아니라, 아침을 맞이할 적에 우리가 하루 동안 새삼스레 배우면서 즐거이 지을 삶이란 무엇인가를 생각해 보자고 이야기합니다.

이렇게 하고 나서 나도 잠자리에 누우려다가 물 한 모금 마시려고 부엌으로 가는데 부엌 바닥에 뭔가 하얗게 있는 듯해요. 허리를 숙여서 부엌 바닥을 짚는데 어라 아무것도 안 집힙니다. 아니, 별빛이 집히네요. 달빛하고.

노래걸음
아홉

아이들 목소리

아버지는 군내버스를 타고 혼자 읍내로 갑니다. 읍내에서 순천 가는 시외버스를 타고, 순천에서는 삼례로 가는 기차를 탑니다. 이날 하루 두 아이는 아버지하고 떨어진 채 시골집에서 낮이랑 저녁을 누립니다. 밥상맡에도 집에도 잠자리에도 아버지가 없는 하루입니다. 아이들은 밤이 되어도 좀처럼 잠들지 못하면서 전화를 겁니다.

"아버지 보고 싶어요. 아버지 언제 와요?"

"우리는 아무리 멀리 있어도 늘 마음으로 볼 수 있는걸? 아버지는 하루 자고 이튿날 집에 가요."

오늘날 우리 삶터에는 손전화라고 하는 무척 놀랍고 재미난 기계가 있어서 참으로 멀리 떨어진 데에서도 목소리를 나눌 수 있습니다. 나라밖에서까지 목소리를 섞을 수 있습니다. 그런데 말이지요, 이런 기계가 없더라도 서로 마음으로 아끼고 보살피는 숨결이 되면, 며칠 못 보더라도 한동안 멀리 떨어지더라도 마음으로 한가득 따스한 바람이 불지 싶어요. 아이들아 꿈을 꾸렴. 우리는 늘 꿈에서 하나로 만나거든. 아이들아 꿈을 꾸자. 우리는 서로 꿈으로 맺고 이어지는 노랫가락이야.

알타리무를 다듬으면서

마당 한쪽에서 알타리무를 다듬으면서 생각에 잠깁니다. 이 다듬기를 힘들어 할 까닭도 지겨워 할 까닭도 없지만, 손이 오래 많이 가는 일이니, 마음으로 노래를 부르지 않는다면 이 일을 못하겠네 하고 느낍니다. 알타리무뿐 아니라 그냥 무도, 배추도, 열무도, 오이도, 어떤 김치를 담근다고 하더라도 이 남새를 알뜰히 다듬어 주어야 합니다. 요즈음은 흔히들 가게에서 남새를 장만하지만 지난날에는 밭에서 모두 손수 심어서 돌본 뒤에 거두었어요. 다듬기 하나만 치자면 아주 조그마한 일이요 대수롭지도 않습니다.

여러 달 살뜰히 돌보면서 키우기에 비로소 얻는 남새예요. 이 같은 김치를 손수 담그느냐, 김치를 그냥 사다가 먹느냐, 집에서 김치를 담가 주는 사람이 있어서 젓가락만 손에 쥐면 되느냐, 김치를 담글 적에 옆에서 거드느냐, 이도 저도 아니고 아무것도 모르는 채 돈으로 사서 먹느냐에 따라서 살림뿐 아니라 삶이나 사랑은 틀림없이 달라진다고 느낍니다. 흥얼흥얼 혼자 노래를 부르면서 알타리무를 다듬습니다. 다듬은 것들은 옥수수 둘레에 뿌려 줄 생각으로 따로 건사해 놓습니다.

밥을 짓는 기운

밥을 짓는 기운은 어디에서 올까요. 밥을 차리는 기운은 어떻게 끌어낼까요. 밥상을 치우는 기운은 또 어떻게 쓸 수 있을까요. 밥을 먹이고 치우고 저녁에 먹을 밥을 헤아리면서 쌀을 씻어서 불리고, 설거지를 하고 빨래를 앞두고 부엌을 치우고 이모저모 하고서 숨을 살짝 돌리면서 문득 생각합니다. 우리 어머니는 지난날에 어떤 마음으로 밥을 지으셨고, 우리 아이들은 앞으로 어떤 마음으로 밥을 지을 만할까를 생각합니다. 오늘 나는 어떤 어른이자 어버이로서 밥을 짓는 마음이 되는가 하고 다시금 생각합니다.

언제나 말은 딱히 안 했지만

시골에서 살며 방송은 하나도 보거나 듣지 않기 때문에 어제 국악방송에서 인터뷰 방송이 나왔어도 듣지 못합니다. 일부러 안 듣는다기보다 저녁 아홉 시에 흐르는 방송은 도무지 들을 수 없어요. 아이들을 시골집에서 재우는 때는 저녁 여덟 시 안팎이에요. 저부터 아이들을 재우면서 몹시 고단하기에 으레 같이 잠들지요. 도시에서는 저녁 여덟 시나 아홉 시는 팔팔한 때라고 할 테지만, 시골에서는 그야말로 깊은 밤으로 접어드는 어귀랍니다.

오늘 낮에는 인터넷 기사가 하나 나왔어요. 지난주에 전화로 나눈 이야기를 갈무리해서 나온 기사인데, 방송국에서 요모조모 편집해서 나왔어요. 기사를 보면서 두 가지 생각이 들었지요. 하나는 '내가 안 쓰는 말씨로 왜 이렇게 내 말을 바꾸었을까?' 하는 생각이 들었고, 다른 하나는 '내 말씨를 온통 얄궂게 바꾸었지만 줄거리는 알맞게 잘 간추렸네' 하는 생각이 들었어요.

저녁에 아이들을 겨우 재우고 부엌일까지 마무리지은 뒤 가만히 생각에 잠깁니다. 저는 집밖일도 도맡지만 집안일도 도맡는 아버지입니다. 집안하고 집밖에서 벌어지는 일을 모두 혼자서 맡아요. '그럴 만하니'까 이처럼 집 안팎 살림을 꾸리는데, 아무튼 이 같은 대목을 한국 사회에서 이야기하기는 아직도 어렵지만 열 해 앞서를 헤아리니 그야말로 대단히 많이 나아졌구나 싶어요.

저는 제 일을 오직 '전문가'로 하기를 바라지 않아요. 어떤 일이든 누구나 전문가로 해야 한다고는 느끼지 않아요. 우리는 어떤 일을 하든 즐겁게 해야 한다고 느껴요. 제가 한국에서 몇 사람 없는 '사전 지음이(사전 편찬자)'로 일하지만, 이런 일을 하는 사람이 몇 천만 사람 가운데 몇 사람이 없더라도 제가 이 일만 붙잡느라 '집안일을 하나도 안 해도 된다'고 느끼지 않아요. 오히려 저는 집안일을 도맡으면서 '한국말사전을 짓고 엮는 일'을 더 재미나고 알차게 할 수 있다고 느끼곤 해요.

그래서 신문사나 방송사에서 저한테 연락을 해서 이런저런 말을 여쭐 적에 늘 이 같은 이야기를 들려주는데 막상 이런 이야기가 제대로 매체를 타는 일은 아직 없더군요. '집안일 다 하면서 국어사전 엮는 아버지'라는 이야기가 아니라, '살림을 손수 가꾸면서 말을 살찌우는 길을 새롭게 배우는 어버이'라는 이야기를 들려주고 싶은데, 아직 기자나 피디나 방송작가 분들은 이 대목을 눈여겨보시지 못하는 듯해요.

그리고 저는 늘 한 가지를 덧붙이지요. 아버지가 집안일하고 집밖일을 몽땅 맡는데 아이들이 참 잘 놀거든요. 저는 우리 아이들이 얼마나 사랑스럽고 고마운지 몰라요. 늘 새로우면서 재미나게 놀이하는 아이들이 '새로운 국어사전을 엮는 가장 큰 바탕'이 된다는 대목을 말하기는 하는데, 참말로 늘 말하지요, 그런데 이제껏 라디오나 신문이나 방송에서 이 대목이 제대로 나온 적은 없어요. 우리 집 아이들이 나중에 더 커서 저희 아버지하고 얽힌 기사를 찾아보다가 부디 저희 아버지가 저희(아이들)를 함부로 빼놓고 말하지 않았는데, 그 대목을 잘 헤아려 주기를 바라는 마음입니다. 참말 그렇거든요. 저는 늘 '인터뷰에서' 이 대목을 힘주어 말해요. "우리 아이들이 언제나 재미나고 신나게 놀며 노래하고 웃기에 이 살림이 바탕이 되어 제가 하는 일도 씩씩하고 즐겁게 할 수 있어요." 하고 말하거든요.

골짜기로 달리는 마음은

글을 쓰고, 살림을 꾸리고, 밥을 짓고, 도서관을 갈무리하고, 풀을 베고, 자전거를 몰아 면소재지 우체국을 다녀오고, 빨래를 하고, 바야흐로 멧길을 타고 골짜기를 다녀오자면 만만하지 않은 하루입니다. 그렇지만 으레 이 모두 찬찬히 해내면서 하루를 누립니다. 골짝마실을 마치고 집으로 돌아와서 마당을 치우고 저녁을 짓고 아이들을 씻기고 이럭저럭 빨래를 걷어서 개면 어느새 두 팔도 두 손도 힘이 쪼옥 빠집니다. 아귀힘이 사라지고 다리힘도 없지요. 자리에 모로 누워서 한 손에 연필을 쥐고 책을 펼치려고 해도 한두 쪽을 넘기기가 어렵습니다. 저는 해가 떨어지고 나서 곧 곯아떨어져야겠다고 느끼지만 아이들은 낮잠도 없이 곯아떨어지지 않고 더 놀려 합니다. 참 기운 좋네, 참 씩씩하네, 참 멋지네, 하는 말도 나오지만, 얘들아 꿈을 꾸면서 몸을 쉬어 주지 않겠니, 하는 말이 잇따릅니다. 날마다 골짝마실을 하고 싶으나 날마다 하지는 못하고 이틀이나 사흘에 한 차례 하는데, 저녁에 기운이 다하며 쓰러져도 이튿날이 되면 조금씩 되살아나서 다시금 생각해요. '자, 이 가을에는 가을대로 신나는 숲을 누리는 골짝마실을 해 볼까?' 하고요. 저도 아이들하고 함께 어린이다운 마음이 되어 골짝물놀이를 하고 싶어서 가파른 멧길을 땀흘리면서 자전거로 오릅니다.

★

노래걸음 열

우리 집 책순이

고흥집을 떠나 외할머니 외할아버지 댁하고 이모 이모부 집에서 지낸 지 이틀째 되는 날, 우리 집 책순이는 "내가 읽을 그림책이 없어." 하면서 힘들어 합니다. 다른 놀이를 실컷 했으니 책도 실컷 읽고 싶은데 마땅히 읽거나 볼 만한 책이 없기 때문입니다. 할머니 할아버지 댁에서도 큰아이가 읽을 책이 없지만, 이모 이모부 집에서도 큰아이가 읽을 책이 없다 할 만한데, 이제 이모 이모부 집에는 아기가 있어요. 이리하여 이모 이모부 집에는 책순이가 그리워하는 책이 있어, 이모 이모부 집에서 이것저것 놀이를 한 뒤에는 책꽂이에 있는 모든 책을 하나씩 꺼내어 그야말로 몽땅 읽어냅니다.

그러게, 네가 읽을 책을 네 가방에 한 권쯤 챙겨 오면 되었을 텐데. 곰곰이 돌아보면 이제껏 바깥마실을 할 적에 아버지가 으레 책방마실을 했기에 책방마실을 하며 '어디에서나 새로운 책을 쉽게 얻어' 보았으니 아쉽다고 여길 일이 없었을 테지요. 오늘까지 사흘 동안 몸으로 실컷 뛰놀며 기운을 옴팡 쓴 아이들이 시외버스에서 달게 곯아떨어지고서 우리 고흥집에서 다시 책순이가 될 모습을 그립니다.

어울림

읍내 신집에 노란 긴신만 있어서 노란 긴신을 장만했습니다. 작은 아이는 파란 긴신을 바랐으나 아이 발에 맞는 신이 없더군요. 그런데 하늘빛 실로 뜨면서 무화과잎을 붙인 손뜨개 웃옷에 파란 바지에 노란 긴신이 무척 잘 어울립니다. 모두 파랑이기보다는 살짝 다르면서 살가운 빛으로 어우러지면서 재미난 모습이 되지 싶습니다. 즐겁게 고맙게 반갑게 하나씩 바라보면서 받아들입니다. 거리끼거나 멀리할 일은 없습니다.

허리가 결려 못 앉는

아침 열 시 반부터 낮 세 시 반까지 부엌 치우기를 합니다. 시간으로 치면 다섯 시간인데, 이동안 이것저것 치우고 쓸고 닦고 버리고 갈무리하면서 허리가 결려 쪼그려앉지 못합니다. 바닥에 있는 것을 허리를 숙여 못 줍는 터라 아이들을 불러서 집어 달라고도 합니다. 늘 바지런히 치우고 살았다면 한꺼번에 치우거나 쓸어야 하지 않습니다. 날마다 조금씩 미루던 일을 한꺼번에 하니까 허리가 결려요. 그런데 하나씩 둘씩 제자리를 찾으면서 깔끔한 모습으로 거듭나는 부엌을 바라보자니, 다섯 시간을 내처 치우고서 한 시간쯤 쉬다가 다시 세 시간 남짓 마저 치운 이 하루란, 참으로 신나게 잘 보냈네 하는 생각이 듭니다. 결린 허리란 곧 반듯하게 펼 수 있을 테지요.

야무진 마실돌이

'아이는 누가 키우는가?' 하고 묻는다면 '아이는 어버이가 키울 테지요.' 하고 쉽게 말할 만합니다. 그러면 이렇게 물어볼게요. '어버이는 누가 키우는가요?' 어버이는 스스로 클까요? 아니면 '어버이는 아이가 키울 테지요.' 하고 말할 만할까요? 마실길을 함께 나서려 하면서 등가방을 메고 앞가방을 챙긴 작은아이를 지켜봅니다. 앞가방에는 아버지처럼 수첩에 볼펜을 척척 꽂습니다. 등가방에는 물병이며 장난감을 담습니다. 이쁜 마실돌이야, 이런 마실 차림새는 어디에서 배웠니? 너희 아버지한테서 배웠을 테지? 그런데 너희 아버지는 야무진 마실돌이를 바라보면서 아버지 스스로 언제나 더욱 씩씩하고 야무지게 살림을 짓고 노래를 부르는 하루를 가꾸자는 생각으로 새롭게 기운을 내는구나. 고마워.

귀지를 파는 아침

아이들 귀지를 팝니다. 두 아이 모두 "귀 파 주셔요." 하고 며칠 앞서부터 이야기했으나 그때에는 한창 부엌일이라든지 다른 일을 하던 때에 이야기한 터라, "그래, 이 일 끝내고." 하고 대꾸했는데, 막상 그때에 다른 일을 끝내고서 저도 아이들도 잊었어요. 이러다가 사흘 동안 바깥마실을 다녀왔지요. 바깥마실을 다녀온 이튿날 아침에 큰아이가 "아버지, 귀 파 주셔요." 하고 다시 말합니다. "그래, 귀 파야지." 하고 대꾸합니다.

큰아이를 마루에 누이고 왼귀부터 팝니다. 작은아이는 큰아이가 귀지를 파낼 적에 곁에서 놀지만, 막상 작은아이더러 "우리 귀 파 볼까?" 하고 물으니 "아니." 하고 대꾸합니다. 겨우 작은아이 오른귀는 팠으나 왼귀는 안 주겠답니다. 작은아이 오른귀에서 귀지가 얼마나 많이 나왔는가를 아이 눈으로 똑똑히 보았어도 왼귀를 안 내줍니다.

"보라야, 네 말이 아닌 귀지 말을 하지 말자. 귀지가 귀 밖으로 나오고 싶지 않다는 뜻을 밝혀도 네가 귀지 말을 따라야 할 까닭이 없어. 우리가 밥을 먹고 이를 안 닦니?" "아니." "우리가 신나게 놀고 몸을 안 씻니?" "아니." "손낯도, 팔다리도, 몸도, 이도, 귀도, 늘 깨끗하게 가꿀 적에 즐겁고 몸이 가벼워. 네가 귀지를 안 파겠다면 네 뜻대로 해. 네 몸은 네 몸이지 아버지 몸이 아니야." 오늘 낮이나 저녁 즈음에 작은아이가 오른귀도 마저 아버지한테 맡겨 줄까요? 기다려 보기로 합니다.

맛있게 먹는 아름다움

아이들이 밥을 먹으면서 "아, 밥이 맛있다!" 하고 말하면 어쩐지 기운이 납니다. 아이들이 밥을 먹는 내내 "아, 밥 참 맛있네!" 하고 말하면 새삼스레 웃음이 납니다. 아이들이 밥을 다 먹은 뒤 "아, 밥 맛있었어요! 고마워요!" 하고 말하면 새롭게 즐겁습니다. 그러나 아이들이 '맛있다' 한 마디를 들려주지 않더라도 밥을 짓는 살림은 늘 즐겁습니다. 저부터 스스로 즐겁지 않고서야 밥을 짓지 못합니다. 저부터 스스로 신나게 밥을 지어서 차리기에 이 밥을 다 함께 웃음으로 누리고 사랑으로 나눌 수 있다고 생각합니다.

바지를 기우다가

기울 바지가 많습니다. 워낙 오래 입어서 엉덩이 쪽이 해진 바지가 제법 많습니다. 이 바지를 틈이 날 적마다 기우는데 '틈이 날 적'을 헤아리며 기우자니 '틈이 안 나서' 으레 미루기 마련입니다. 오늘은 '틈을 내어' 기우자고 생각하다 보니 비로소 바지를 붙잡고 방바닥에 앉아서 바늘을 놀릴 만합니다. 이러다가 손님을 맞이하면서 바느질을 멈춥니다. 이튿날 다시 바늘을 손에 쥐고 바지를 기워야지요. 이 바지를 손수 기우면 지난 열 몇 해 동안 입은 바지를 다시 열 몇 해를 입을는지 모릅니다. 이 바지를 손수 기우면 그동안 이 바지를 즐겁게 입으며 누린 살림을 앞으로 새로운 기쁨으로 마디마디 아로새길 만하리라 느낍니다. 바느질을 잘 하든 못 하든 대수롭지 않아요. 그저 한 가지만 생각하면 되지 싶어요. 제가 늘 입는 옷을 제가 늘 사랑하는 마음이 될 때에 비로소 살림을 짓는구나 싶습니다.

닫는 말

'책으로 배우는 길' 열 걸음 가운데 《아나스타시아 4 함께 짓기》를 다루면서 이 책 73쪽에 흐르는 다음 대목을 옮겨 적었어요. 새삼스레 다시 옮겨 보겠습니다.

"블라지미르, 현대의 여러 가지 상황이, 지상의 여신들을 매일매일 부엌에 묶어 두는 거야. 당신이 그랬지, 내가 짐승 같고, 나의 생활 방식이 원시적이고, 당신이 사는 곳의 사람만이 문명인이라고. 그럼 왜 당신이 사는 문명사회의 여자들은 좁은 부엌에서 삶의 일부를 보내지? 방바닥을 닦고, 상점에서 무거운 것을 날라야 하지? 당신 세상의 문명을 그리 자랑하면서, 그곳은 왜 그리 지저분하지? 지상의 아름다운 여신들을 왜 청소부로 전락시키지?"

온누리 숱한 사내는 '이 땅 여신'을 부엌에 묶어 둡니다. '이 땅 여신'을 부엌에 묶어 두면서도 정작 부엌에 묶어 두는 줄 몰라요. 그런데 여신만 부엌에 묶이지 않습니다. 여신은 부엌에 묶이는 동안 '남신은 집 바깥에서 돈을 버느라 묶인' 얼거리입니다. 여신도 남신도 제자리에 없다고 할 수 있어요. 여신도 남신도 보금자리를 보금자리답게 가꾸면서 아이들하고 기쁜 살림을 짓는 길하고 멀어진다고 할 모습입니다.

《시골에서 살림 짓는 즐거움》을 읽어 주실 온누리 '여신 · 남신'인 분들이 우리 스스로 누구인가를 환하게 바라보고 아끼면서 돌볼 수 있기를 바라요. 어깨동무를 할 수 있기를, 참사랑을 할 수 있기를, 넉넉히 손을 맞잡으면서 하루를 가꿀 수 있기를, 아이랑 어른 모두 고운 사람인 줄 깨닫기를 바라요.

어떤 주의나 주장 너머에 있는 슬기를 보면 좋겠어요. 문명 너머에 있는 살림을 보면 좋겠어요. 문화 너머에 있는 사랑을 보면 좋겠어요. 교육이나 복지 너머에 있는 사람을 보면 좋겠어요. 서울(도시) 너머에 있는 숲을 보면 좋겠어요. 이리하여 서로 보고, 생각을 보면서, 숨결을 볼 줄 아는 새로운 눈을 틔우면 좋겠어요. 고맙습니다. 새터를, 숲집을, 함께 지어 봐요. ㅅㄴㄹ

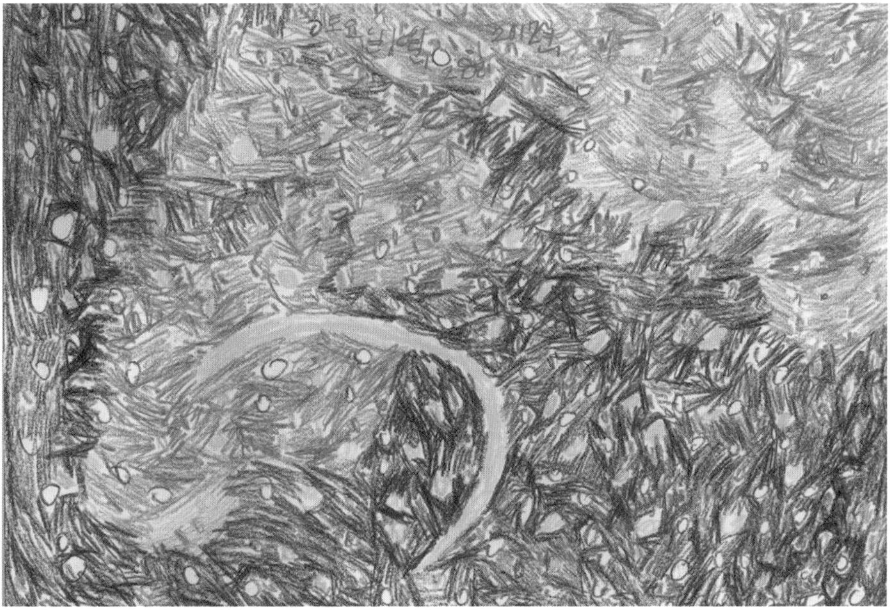

아바지몫

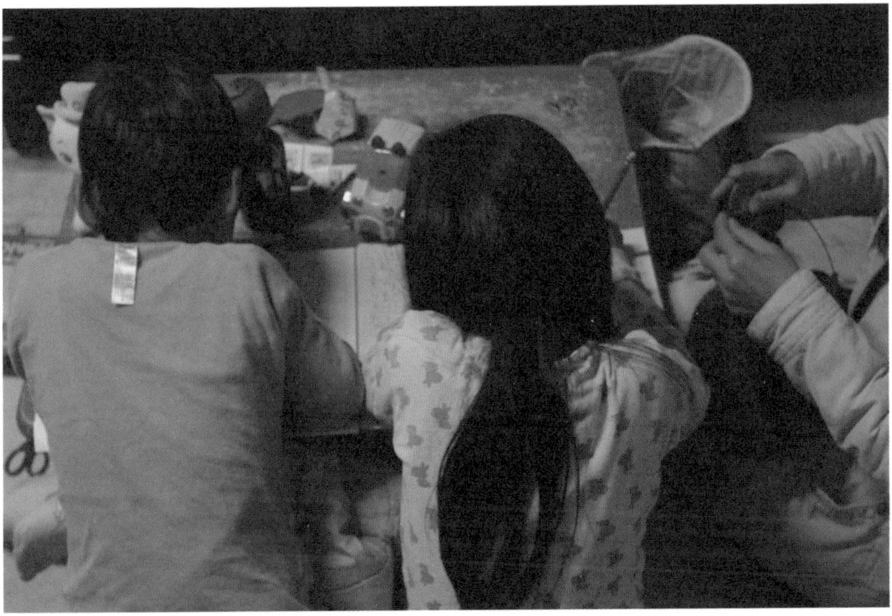

시골에서 살림 짓는 즐거움

초판 1쇄 발행 | 2017년 12월 7일

지은이 최종규 · 사름벼리
펴낸이 이정하
꾸민이 토가 김선태

펴낸곳 스토리닷
주소 서울시 서초구 방배동 934-3 203호
전화 010-8936-6618
팩스 0505-116-6618
ISBN 979-11-88613-01-4 03800

홈페이지 http://blog.naver.com/storydot
SNS www.facebook.com/storydot12
전자우편 storydot@naver.com
출판등록 2013. 09. 12 제2013-000162

이 도서의 국립중앙도서관 출판예정도서목록(CIP)은 서지정보유통지원시스템
홈페이지(http://seoji.nl.go.kr)와 국가자료공동목록시스템(http://www.nl.go.kr/kolisnet)에서
이용하실 수 있습니다.(CIP제어번호: CIP2017030473)

스토리닷은 독자여러분과 함께합니다.
책에 대한 의견이나 출간에 관심 있으신 분은 언제라도 연락주세요. 반갑게 맞이하겠습니다.